国家出版基金项目
NATIONAL PUBLICATION FOUNDATION

这里是新疆丛书

# 绿草无边

熊红久 ◎ 著

新疆文化出版社

图书在版编目（CIP）数据

绿草无边 / 熊红久著. — 乌鲁木齐：新疆文化出版社, 2024.6
（这里是新疆丛书）
ISBN 978-7-5694-4324-0

Ⅰ.①绿… Ⅱ.①熊… Ⅲ.①散文集－中国－当代 Ⅳ.①I267

中国国家版本馆CIP数据核字（2024）第014777号

## 绿草无边
LU CAO WU BIAN

著　者 / 熊红久

| | | | |
|---|---|---|---|
| 出 品 人　沈　岩 | | 责任印制　刘伟煜 | |
| 策　划　王　族　　王　荣 | | 装帧设计　李瑞芳 | |
| 责任编辑　邵　楠 | | 版式制作　田军辉 | |

出版发行　新疆文化出版社有限责任公司
地　　址　乌鲁木齐市沙依巴克区克拉玛依西街1100号（邮编：830091）
印　　刷　永清县晔盛亚胶印有限公司
开　　本　787 mm×1 092 mm　1/16
印　　张　15
字　　数　174千字
版　　次　2024年6月第1版
印　　次　2025年1月第2次印刷
书　　号　ISBN 978-7-5694-4324-0
定　　价　45.00元

## 盛宴的新疆

熊红久

　　新疆是一个打开的盛宴,装得下所有的惊叹和礼赞。

　　我说的是,当你站在天山脚下,面对苍茫辽阔的草原,或者仰望高耸入云的雪山时,陡然会产生许多的诡异想法。雄壮和柔美、苍凉和热烈、干燥和潮润、死寂和活泼,这些看似矛盾的景象,竟都能在这里和谐与共、相伴相生。最沉寂的沙漠和最汹涌的河流诞生于此;最挺拔的雪峰和最低洼的盆地驻足于此;最死寂的荒漠和最辽阔的草原相伴于此;最干涸的湖底和最美丽的湖泊遥望于此。每一次对新疆大地的遥望,都会惊诧于她的博大和丰饶,似乎没有什么奇迹是新疆做不到的。

作为一个生于斯长于斯的新疆人，天生注定自己的骨骼里，早就萃取了这片土地的养分，长成一朵雪莲或者一株胡杨，都是疆域想要的形状，都是大地呈现的芬芳。它们的物质特性隶属于新疆的一部分，它们的精神品质，却能展现整个新疆。就像一位新疆人，当我开始表达家乡的时候，内心早已拥有了166万平方公里的内涵和底蕴。

一直以为故乡与作家之间，有着一组隐秘的暗码，它构成了交流的基本要件。当我们摊开稿纸，开始为家乡书写的时候，其实是在进行一层层的解码，将每一个景象从我们的血液里面提炼出来，就像让盐从海水里面结晶出来那样，让漂泊的情结呈现出完整的原貌，也让柔软的情感找到坚实的依靠。

行走在新疆大地，面对一座山、一片湖、一丛金灿灿的胡杨，都会情不自禁地高歌起来、舞蹈起来，甚至冲着望不到边的草原虎啸狼嚎，这是内心生发的情感，是言语抵达不了的艺术再现。这时候会觉得，不是艺术找到了新疆，而是新疆孕育了艺术。

新疆大地的每一个细节，都富含着文艺表达的景象，文艺家所做的，只不过找到它们，并将其中的一部分领回家。想要全面展现新疆地域的丰富性和多样性，实在是一种奢望，任何一门艺术，也无法企及全部。所以，我只能在自己有限的篇幅里，打开一扇小窗，让外面的风，吹进来。你可以把进入肺腑的花香，当作整个新疆，穿越了你的胸膛。

对新疆这块土地的守望和牵挂，一万个文艺家会有一万种表达，但新疆只有一个，她不说话，看着一个个孩子被养大，又成名成家。新疆不会忘掉每一个孩子，就像天空不会漏掉每一颗星星一样，即使走得很远了，也如群星闪烁。这是被新疆大地擦亮的内心，她的光芒依然能映照出每一个人最初的梦想。

常常自豪地认为，记住了新疆的模样：高耸入云的雪山，蜿蜒曲折的河流,辽阔悠远的草原,寂寥空旷的荒漠……这一幅幅极具象征意蕴的画面,是新疆呈现给这个世界的名片。当我们沉思,真的想走近她的时候,这些景象却反而退向远处,成为了一个虚幻的背景,导致我们甚至怀疑自己,是不是真实地亲近过。所以,对新疆的描述,总显得力不从心,又画不真切。

用文字和这片土地对话,其实就是把散落一地的情节串联起来,是一个人与一个地方的相遇。我的诉说就是一条河流的表达,我的泪水就是一棵小草的露珠。当娓娓道来的时候,讲自己,也是在说这块疆域。其中的脉络,无论激荡还是舒缓,无论悲伤还是快乐,新疆是能听懂的,毕竟她与我们一起经历了全程。

当这些文字,被你目光养活的时候,也希望我的倾诉,激活了你奔赴的心愿。毕竟,错过了新疆,你的人生,将留下一片面积最大的遗憾。

是为序。

# 目 录

扫码查看

☑ 作者专栏
☑ 图说新疆
☑ 文化新疆
☑ 印象新疆

# 伊 克 苏 龙

## 巴鲁的学校

上车之前,巴鲁告诉我,此行要去的伊克苏龙在天山深处,是他童年成长的地方,草深的可以藏住一只小马驹。说这些话的时候,这个魁梧的蒙古族汉子手握方向盘,嘴里哼着歌,目光随意在崇山峻岭间逡巡,把盘山的小车开的像草原上游走的骏马,根本不在乎几尺外的百丈悬崖。

紧张的情绪尚未缓解,巴鲁又不时地伸出一只手,对窗外的山坡指指点点。这个山坳我放过羊,看,那座山梁后面长满了蘑菇,有脸盆大的,可以吃几顿。前面那片林子,小时候撞见过狼,马吓得浑身发抖,阿爸点着火,才把狼轰走。车子的起伏让绷紧的神经更加脆弱。窗外的苍茫叠翠和车轮下的峭壁深渊，提升着海拔的高度，也提升着耐力的高度。

翻过几道山丘，车子驶入林区，这些生长在海拔1800米之上的雪岭云杉，群集于天山肩头，如此拥挤的绿色，将山路压缩成了一条线，不时地隐入林间，郁郁葱葱的枝杈将路的走向，拱卫成绿荫长廊。眼前铺开的是纤毫未染的纯净，是几百年来被植物们反复酝酿的通透，飘逸着草熏和松香的空气，即刻占据了我们的嗅觉，这些大山的氧吧，在空落了多少个春秋之后，终于邂逅到了肺腑的价值评判。

在开阔处，卧着一条人字形路，旁边摆放一堆石头，其间插着几根松枝。巴鲁停下车说，这是敖包，做个礼性。走到路边，捡几块石头，落放其上，又逆时针转三圈。告诉我们，"三"，是蒙古人十分尊崇的数字，"三"的蒙古语发音，是"好"的意思，代表"吉祥平安"。说罢，又捡了一些石头放在后备箱，问他何意？他笑答，等会就知道了。

从人字旁撇出一条小路，向前几十米，引脚步到崖边。往下瞅，山坳处有幢破旧平房。巴鲁指着说，那是他小时候读书的牧区小学。

放眼望去，房子已经很旧了，黧黑的屋顶上长满杂草，卵石砌就的围墙已有几处塌陷，屋前有一片百十平方米的草甸，估计是当年的操场吧，如今长着茂盛的野蒿，愈发映衬出这几间老屋的陈旧。这个小学，当年只有两位老师，三十多个孩子。人少的班，只有三四个学生。遇到大雪天放学，得排着队走，五年级的大孩子走在前面，一年级的排在最后，从雪中蹚出一条半米深的路，徒步回家，两三个小时的行程，天早被踩黑了。巴鲁一边诉说，一边摇头，好像往昔的故事是被他摇醒的。也正是从那时候起，他的童年就和这些山花绿草、云岭雪松长在一起了。

由于实行了牧民定居工程，牧区的孩子们走出了大山，到县城上学了。这些散落在山坳的旧学堂，成了岁月的补丁。巴鲁说，经常梦见自己小时候的读书声，每次路过这里，心里总是酸酸的。

巴鲁的梦，其实是修筑了一条穿越时间的阶梯，那些长大后不再绽放的快乐，被援引而上，一一复活。

# 大 海 子

车子冲过一个陡坡，天空豁然开朗起来，眼前铺陈出一片辽阔的绿地，像是对三个多小时颠簸的褒奖。人的心情也随之从狭隘的疆域里，解放出来，一如湍急的河水驶入了浅湾，连呼吸都舒展了。

这片夏草场就叫伊克苏龙。

草没有辜负我们的期待，繁茂而野性，相互簇拥着，把视线带向远方。如果不是高耸的雪山挡了团队的走向，我想，这些生命如此顽强的植物，会将整个世界都打上自己烙印的。展示强大的唯一办法，就是把所有的弱小团结起来，以汹涌的洪流，淹没你的惊叹！

车子在绿涛间来回摇摆，似在马背上驰骋。没有路的草原反而衍生出了更多的路，人的精神也和着车子的曲形走势，变得随性而飘然起来。

越往前走，草长势越好。面对奔袭而来的空旷和辽远，让人不禁有些张皇失措了，车子仿佛猛然坠入一个巨大的旋涡之中，我们蛰伏在一枚飘摇的叶枚之上，随波逐流。

路过一片湿地，几株河柳环卫着，中央可见一条清清细细的小溪翩然穿过，怕光似的又迅速躲进草丛中，悄无声息地流向前方。

水是流向大海子的，看来今年的水面不会小，巴鲁显得很兴奋。

看！那就是大海子！车子走上高坡，巴鲁指着前方几百米处的一汪水域，远远望去，夕阳下泛着粼粼白光。

我们的到来惊飞了几只在水中嬉戏的野鸭，翅羽扇动的水面，把一圈圈的波纹荡回岸边。牧民将此水称为"迭兰淖尔"，意为"平静之湖"。

这个比足球场大些的湖，看上去更像一只大碗，一只摆放在草丛中的大碗，盛满了蓝天和白云。草原的人们更习惯于把这些水域称之为"海子"，算是在陆地深处对大海的一种思念吧！

海子坐落在婆罗科努山的南麓，在山体原本该斜坡走势的地方，形成了一片相对的洼地，湖就悬在了那里，像战士斜挎的军壶。椭圆的腰子形状，好似山的一个肾。

海子东岸有一座敖包，敖包石堆上交叉了许多松枝，系满各色哈达。巴鲁从后备厢把石头拿下来，端端正正摆放在敖包上，又从怀里掏出一条洁白的哈达，毕恭毕敬地系在敖包的松枝上。我挎起相机，走下山坡，也想在湖边寻几块石头，祭拜一下。可绕湖一周也没找到，只好走向更远处，依然一无所获。终于明白，巴鲁为什么要从那么远的地方搬来这些石头了。

巴鲁说，这里是附近牧民祈福、祭祀的场所。每年的七月，牧民会找喇嘛算出当年的祭日。这天，附近的牧民都会成群结队、盛装出行。祭拜结束后，湖边会举行赛马、叼羊、唱歌、舞蹈等活动，最后饮酒狂欢，相互祝福。

与许多庙宇殿堂的辉煌气派和各路诸神的肃杀威仪相比，眼前的小敖包过于简陋和破旧了，与预期的神圣完全联系不起来，使我无法心存禅意。加之，眼前的祭拜，无论形式还是祭品，都太过粗糙，细节的丧失，导致了我对功效的质疑，但回看巴鲁，他双眼微眯，神情专注，满脸崇圣至极。"打六岁起，父亲每年都会带我来，和许多牧民一起，祈祷一年的风调雨顺，牛羊满栏。"

望着与巍峨庙堂有着极大反差的简朴敖包，忽然觉得，那种依靠外在华丽来强化内心皈依的行径，竟十分可笑，它使许多原本属于自然的信奉，屈从于表象的威仪。在这里，一切尊崇，都服务于心灵的召唤。作为一种标志，奢华或简朴，当然与虔诚无关。

巴鲁走到岸边,跪下,双手捧起湖水,喝了几口,然后又将水轻轻拍在脸上,润泽面颊。他指着湖底说,水是从地下冒出的。我弓下身子,顺着手的方向,果然看见清澈见底的石缝间,有气泡上冒。

坐在水边,海子豁然辽阔起来,有了碧波荡漾的神韵,山峦的恍惚漂浮在水面上,又被阳光剪成碎片,都被一块蓝布兜着,实在装不下了,盈满的水才沿着东北角的一处窄缝,缓缓地流入坡下的湿地。

巴鲁掏出一只皮葫芦,灌满清泉,劝我将手里的矿泉水倒掉,也装一瓶湖水,说可以治百病。虽不信,但还是听从了劝告。

就面积而言,用湖来形容这泓水,是降低了湖的地位的,但牧民们认为它就是湖,就像湖对岸的敖包一样,从我现在的角度看过去,他就是一个十分不起眼的小点,牧民认为它是圣地,大小有什么关系呢?谁见过大过心的湖,谁见过高过头的地。

# 青 格 鲁 普

水面对岸地平线处鼓起一个黑影,起先是一个点,而后渐渐清晰成了一匹枣红马,朝我们飞奔。马蹄沿着水域边缘画了半弧,靠近车前。骑手敏捷地从马背上跳下,丢开缰绳,朝着巴鲁疾步走来,并与来访者一一握手,一条用旧的马鞭,始终垂吊在手腕上。见这么多双眼睛盯着他,青格鲁普一下显得局促起来,全然没有了刚才马背上的自信和威仪。他皮肤黝黑,笑容朴实,一看就是长期被紫外线映照和漠风雕蚀的结果,透着一层粗粝和敦厚,更融于草原的辽远和苍茫。

来人是这片草场的主人,也是巴鲁的表哥。简单地交流之后,他做一个告别手势,便翻身上马。马背给了新的能量,青格鲁普陡然间恢复了元气,气宇轩昂起来。扬鞭策马,留给我们一个迅速缩小的背影。

又绕过一座缓坡，地势更加平坦，草丛深处，一幢木屋与一座毡房相拥而仁。听见喇叭声，青格鲁普从木屋里走出来，打开院门，招呼我们。丢开了缰绳的枣红马，与两只羊一起，低头吃草，见有车来了，并不害怕，木然地抬头望我们一眼，并没有停下咀嚼的唇齿，我看见了一些绿汁，沿着马的嘴角，滴落在草丛间。

八月的夕阳在归隐山林前，尽力将余晖倾倒在密不透织的草原上，黧黑的木椽也镀上了一层金属的炫丽，木屋旁的毡房则显得矮小一些，紧紧依偎在边上。远远看去，木屋、毡房及周边的山岗包括整个草原，都被刷洗了一遍，重新上漆包浆，一派神采奕奕。

对于海拔2600多米的伊克苏龙而言，山下的酷暑是攀缘不到这里的，所以，一下车，清凉的寒气就开始侵蚀肌肤了，屋里与室外形成极大的温差。

女主人其米格正在滚烫的油锅里炸着谆脖（油炸果子），香飘四溢，热气腾腾。炕中央摆放着条形茶几，一盆刚出锅的油炸果子，一碗淡黄的奶油，一盘酸奶疙瘩，垂钓着我们的胃口。没等主人礼节上的请让，几双大手就呼啸而上了……接着，我看到了一些嘴角，像马一样流着油汁。

## 青 格 丽

我们的到来让10岁的青格丽异常兴奋，或许是家里好久没这么热闹了。她端着油炸果子，不停地劝我们吃，全然没有陌生和羞涩。她的笑容有着泉水的质地，可以直视湖底。只有稚嫩的面颊，袒露着与年龄不太相称的粗糙。母亲告诉我们，女儿在精河县一小读四年级，放暑假了，回家来。这阵子跟着爸爸骑马放羊，都吹黑了，还天天闹着要去。

见对她表现出了好奇，青格丽更来了精神，硬拉我出屋，去看被她照顾的两只小羊。门前草地上，一只羊在吃草，另一只斜卧地面，她搂着卧倒的那只，不停地婆娑着。它病了，不好好吃草，都瘦了好多了。小羊在女孩的怀里发出几声娇嫩的咩叫，让抚摸的小手变得更加温柔。小姑娘从地上拔起几根嫩草，往小羊的嘴里塞，小羊侧过头，躲开小手，直往怀里拱。小姑娘眸子里被拱出了些许焦灼和不安。多多吃草！快快好起来！青格丽的话听上去既是对羊的鼓励，更像是给自己信心。

我问青格丽，上学和放羊，更喜欢哪个？她说，都喜欢，上学有许多小朋友，但没有小动物；放羊有许多小动物，但没有小朋友。要是能带着小羊上学就好了。小姑娘用嘴亲了亲小羊的耳朵，话语里充满遗憾。

看看我画的草原吧！青格丽放下小羊，拉着我进了毡房。拇指粗的水曲柳树棍纵横交错，上百根木棍被牛筋绳连缀起来，组成网状的统一整体，支撑出蒙古包硕大的空间。室内收拾得很干净，圆形的地面上铺着厚厚的用驼毛赶制的隔潮毡子，中间端放一张长条桌，绣着花草的白色帷幔装饰着环形墙壁。与门相对的中墙上，悬挂着一幅成吉思汗像的挂毯画，下方地毯上，靠墙整整齐齐叠放着十几条被褥。门右侧，一只铁皮炉子正烧着一壶茶，嗤嗤的声响引导我的目光，却发现了悬挂在炉边的另一个物件，一只半人高的皮囊袋子。用手一晃，发出咣当咣当的水声，我问青格丽这是什么？她正在书包里翻找图画本，头也没抬。"那是妈妈做酸奶疙瘩的。"看我还在研究皮囊，青格丽走过来，解开袋口，抓起里面的木棒槌上下搅动，随后飘出了淡淡酸味的奶酪的清香。每天都要搅动好多次，十来天才能做好这一袋。青格丽轻描淡写地讲述完制作工艺，急着将我拽出毡房，坐在门口的枯木树干上，翻开画本，让我欣赏她画页上的家乡。

是草原给了她绿色的思想吧，使得纸页上的每一座山、每一条河都成了纯净的一部分，而每一匹马、每一只羊又都站在了绿色的中心，站在了小姑娘情感的中心。

听见父亲召唤,青格丽放下画本,迅速跑了过去。

# 牧人的手艺

屋后的草地上,躺着一只大羯羊。青格鲁普右手攥刀,左手在羊脖子上号脉,嘴里念念有词。"你是羊群里最好的羊,最好的羊要献给最好的朋友。在你小的时候我就看出来了,你是长得最漂亮的羊,好多小母羊都喜欢你呢!我也喜欢你。朋友来了,一定要把自己喜欢的东西拿出来,对不对?所以,你不要难过,走了之后,你的女朋友我会好好照顾的。"他诙谐的话语惹得巴鲁和我们都笑了。

青格鲁普像一个技艺精湛的外科大夫,手术刀准确无误地在肉与皮的夹缝间游走,很快,一只完整的羊,从裹挟的毛皮内剥离出来。他从羊腹部掏出一堆下水,丢给女儿。小姑娘回屋提了一壶清水,蹲在杂什旁,开始熟练地清洗冲刷,甚至巴鲁叔叔过来帮忙,也被她婉拒了。她像是找到了最乐意做的事,有条不紊地一块块摆弄着。其间,突然忘记了某个程序,停怔片刻,赶忙冲到父亲耳边,征询几句,得到机宜后,又返回再干,让整个劳动,充满了情趣。

一只粗壮的手,攥着一柄小巧的腰刀,像庄子笔下的庖丁,按照骨骼的走向,展示着娴熟和尖利。一只整羊,不到十分钟的功夫,就被解构完了。青格鲁普又点燃一堆木炭,将羊头、羊蹄置于火苗之上,燎烧皮毛,再用腰刀将烧黑的表皮刮净,他的利索与细致更显出了我们在草原上的一无是处。此时的青格鲁普,无疑,已成为朴实与彪悍的代名词了。

其米格将心、肝加工成几盘小菜,再将大锅添满水,将羊肉置入水中,小火炖煮。

煮肉是一个慢而细致的活。在草原上,没有什么太急的事情需要处理。一副炉灶，一口锅，使得慢火缓缓熬炖的，其实是一种美好的时光。一家人围坐在温暖的炕头，摊开馕饼，就着酥油和奶酪疙瘩，一边喝茶聊天，一边吸吮飘逸出的肉香。等待的过程，就是让心情放松的过程，悠闲的生活以味觉的形态，从四周涌来，慢慢地，将茶的清香湮没了。

女主人端坐在炉边的炕沿上，不时地用汤勺瓢去浮在水面的血沫，或再添些水。所有的内容，都被一口小小的锅牵扯着，让整个晚餐过程，充满期待。近两个小时的炉火，都得有人守在灶边。其米格告诉我们，不将血沫掏干净，羊肉膻味会很大，肉质也不鲜。听起来觉得这项工作极为简单，我便从女主人手里要过汤勺，也试着从锅里瓢沫。连续几勺都没把握好在翻滚中稍纵即逝的机会，不但没瓢出血沫，还把几大勺好汤也浪费了。其米格微笑着称赞我，挺好的，挺好的。最终我还是被青格鲁普拽上炕，大家盘腿围坐在炕桌周围，喝着热腾的奶茶，吃着刚出锅的菜肴。

## 一只碗喝酒

把一只空碗斟满，向我们展示一圈，而后一饮而尽。青格鲁普用袖子抹去嘴角溢出的酒，长舒一口气，说："今天，我表弟带着朋友到房子来，我很高兴，我们牧民也不会说话，高兴了就好好吃肉，好好喝酒。"他又斟满一碗，递给身边的巴鲁，他同样举碗喝干。巴鲁向我们解释，到了毡房，就是这种礼性，只用一只碗喝酒，轮到谁面前，都得干掉。

酒进行到你这，如若推辞不喝，就会影响到整个酒场的程序。往往在这种盛情之下，为了不耽搁别人的酒兴，来者大都表现出豪迈的秉性。除非个别酒量小的，两三碗之后，有了醉意，则完全可以就势躺下，稍作缓解，不会再有人强给你敬酒。在蒙古人的观念里，醉倒是对酒的最好表达，也是相互间情感最真挚的体现。只要酒醒了，就得坐起来，继续加入喝酒的队伍。所以，时常见到这样的场景：在一场酒的进行中，不停地有人躺下，鼾声微启；又不停地有人坐起，挽袖再战。几番下来，能坚持到最后的，便一定会成为主人最推崇的朋友。

按时间推算，一炕八九个人，每人端碗酒，讲几句祝福的话，耽搁些时间，一圈下来也要大半个钟头，也才一碗酒，不算太多。或许是上来就满满一碗，把人给唬住了，才对酒产生了恐惧，这反倒使敬酒的过程变得热闹而复杂起来。面对这碗酒，你会看到不同个性的人，喝酒的状态和表情，拒酒的言辞和理由。但最终，都抵不过主人举杯的真诚——屈膝躬背，双手过头。这种恭敬的态度，既是对酒，更是对人。最终，客人大都摒弃了对酒的忌惮，选择了与草原风格一致的纵情豪饮。三巡过后，人们之间的个性表达，都慢慢融合了，就像酥油投进了奶茶里。

此时的肉还在锅里，让我们觉得，慢火煮炖的，除了耐心，还有酒量。

青格丽端着一盆已洗净的羊杂走进来，交给母亲。在我们推杯换盏期间，小姑娘一直在外边收拾这些内脏。其米格从锅里捞出一块小骨头，以示犒劳，捏着奖品，小姑娘欢快地跑到一边去了。

## 一只羊耳朵

巴鲁和青格鲁普，让我们真正见识了蒙古汉子削肉的高超技艺：锋利的刀子随意摆动，一片片大小均匀的羊肉散落下来，就像木匠的刨花。很快，一块骨头就剔除得干干净净了，我们笑赞，这样的手艺，会遭到门外的牧羊狗痛骂的。

肉煮得恰好，不烂也不硬。草原上煮肉，除了盐和洋葱，不再添加其他佐料，使羊肉保持着鲜美的本质。

吃手把肉，一定得用手直接抓着吃，革除了筷子的中介，这种最直接的吃法,让人很容易找到与食物柔软的切合点、找到吃的本质,恰与周边的离离青草、牛羊散落的自然环境极为和谐,辅之以大碗喝酒的状态,即使再拘谨的性格,也会变得粗犷而豪迈起来。

这是草原带给我们的纯粹,空旷的原野把拥塞的心腾开了。对视巍峨的雪山与苍茫的大地,心灵豁然宽广。大自然用它的冷峻和广博,过滤掉了阴霾。

巴鲁边削肉边与表哥聊着今年的收成。羊价不错,一只大羊能卖八九百块钱,现有400多只大羊,每年产羔150多只,光买羔羊一年也有五六万的收入。我不解地问青格鲁普,为什么不养大了再卖?可以多挣好几万呢!他瞥了我一眼,将奶茶一口喝尽,碗递给妻子续茶。才缓缓说,我放了几十年羊了,以前在县城边上放,草很好,羊也便宜,几十块钱一只。现在价格好了,但草不行了。跑到大山里,走了这么远的路,还是找不到好的草场了。我不能光考虑自己挣钱,把地累坏了,以后我的孩子们怎么办?再说,草没有了,我要那么多钱干什么?

盯着这张黝黑朴实的面孔,忽然觉得,自己的灵魂竟落满了灰尘。他的思想和草原一样空灵而干净,干净的世界喂养了一颗干净的良心。

酒过五巡,已有不胜酒力者倒睡桌边。

羊头、羊杂端上来,羊头正冲着我。哈哈哈,最好的东西上来了!青格鲁普喊叫着,割下一只羊耳,示意张嘴,要亲手把食物放进我嘴里。一只粗糙而黑魆的手,已莅临嘴边。有些醉意的他,早已活泛起来,伴之以老朋友般的吼叫:张嘴!吃!吃!!我赶紧去抓盘子里的肉,连声说:自己来!自己来!主人显然不明白我的卫生底线,或者以为我在客气,黑手坚定地举在嘴边,咋看都像举着一颗手雷。更要命的是,我又清楚地看见了比手还黑的指甲,无法不对它们的行迹产生排斥性的联想。巴鲁说,这是草原最尊贵的客人才能享用的礼遇——主人亲自敬献羊耳——客人一定得吃掉的。看着男主人被酒精点燃的紫红脸庞和真诚期待的目光,我只好憋住一口气,张开嘴,含住羊耳。先把礼节接过来,再乘人不备,将口中物吐到餐巾纸上。这个想法刚孕育成雏形,一碗酒横在了面前。青格鲁普盯着我的嘴,似乎猜透了我的想法,面对虎视眈眈的目光,只好入乡随俗,听人摆布了。我憋住气,权当一副药丸,快速咀嚼,下咽,而后长舒一口气。见我吃下了羊耳,青格鲁普开心地笑了,半跪在炕上,把酒碗举过头顶。按照礼性,上了羊头,就可以唱敬酒歌了,在草原上喝酒,没有歌是不行的,那是对酒的不尊重。他的话一下提振了我的精神。

## 酒碗里的长调

蒙古长调,像是从酒碗里缓缓流出的。听不懂歌词的内容,却可以感受到一种苍凉和辽远。起初音域很低,如一架勒勒车在草原上游荡。慢慢响亮起来,有了阳光普照和百鸟的翔鸣,音调时而舒缓绵长如雄鹰展翅,时而急促跳跃似骏马驰骋。刚才还嘈杂的场面,很快安静下来。巴鲁击掌附和,打着节奏,晃着身子,完全陶醉在旋律的跌宕里。歌者则一手端着酒碗,一手参与表演,将身心,全部融入了音乐的境界里,让我们觉得,他就是那只鹰,那匹马,甚至,就是草原的中心。他的歌和他的人一样,带给我们的是粗粝、硬朗和旷达,这些洋溢着雄浑底蕴的高亢,将感觉带到了一种从未体验过的高度。

不知什么时候,那些过度城市化的元素,让内心和情感变得弱不禁风、狭隘偏激了,常常会为些小事斤斤计较、辗转反侧,最终导致身心疲惫,积郁成疾。从这个意义上说,草原给了我们一剂解药。这些高耸入云的雄伟,这些铺向天边的辽阔,都展示着博大的胸襟。

青格鲁普的长调是跟爷爷学的,爷爷是这一带很有名的长调艺人,婚丧嫁娶都会被邀请,威望很高。他说与爷爷相比,自己差远了,却也足以颠覆我们对他外表的评判。

长调就是酒,酒就是长调,我已经没法区别它们的差异了。尤其是在酒歌相伴的草原,它们同时流进了心田里,醉在了真情下。

为了弥补吃羊耳时的愧疚心态,我爽快接过酒,一饮而尽。青格鲁普又斟满一碗酒递给我,我连连摆手,表示不能再喝了。巴鲁向我解释,你把礼节弄错了,歌声没停酒是不能先喝的。歌停后,接过酒,要用右手无名指蘸一下酒,向上弹,敬天。再蘸一下,向下弹,敬地。蘸第三下,轻弹在朋友额头,敬朋友。然后才能喝酒,只喝一口,回敬给对方,他会替你喝一口,再回敬给你,你才能喝完。我用两碗酒,才学会草原敬酒的复杂方法。

在敬酒献歌的过程中,青格鲁普妻子和女儿的脸上,始终盛开着笑容,眼里蓄满了崇敬,伴随着曲调的快慢,她们的表情也在不停地变换,得意而欢悦,欣慰而富足。尤其是青格丽,时而合着父亲的节奏,扭动着身体;时而帮腔几句,煞有介事,自己完全进入了表演的氛围里,没有拘谨,没有矫揉,像一泓清泉汇入了另一泓清泉。

一圈唱罢,炕沿已横倒了好几个,勉强还能坐着的,仅剩下巴鲁和我了,我也早已醉意迷蒙。青格鲁普攥紧我的手,表示出了极大的感谢,为我能听他唱歌,也为我能陪他喝酒。他所做的一切,原本都是为了让我们开心、快乐的,现在却反过来谢我了,好像煮肉上酒的是我,接受款待的是他了。

## 母狼的故事

草原,你对它好,它就会对你好,不管是植物还是动物。

那年,下了一场很大的雪,好多动物都找不到吃的了。巴特加普骑着马抄近路往家赶,在羊肠小道边发现了一只快要冻僵的狼崽子,可能是母狼看着这个孩子已经不行了,就放弃在路边了,刚好被巴特加普碰见,他把狼崽揣在皮袄里带回了家。说服了妻子,分出一些奶水喂养狼崽子,最终救活了它。巴特加普的小儿子不到一岁,和小狼玩得可好了。狼比狗聪明得多,拉屎、尿尿从不在人面前,都是自己找一个干净的地方。一年之后,狼长得高大了,超过了孩子。长大了的狼不再总是围着孩子转了,有了自己的心事。尤其是听见公狼的嚎叫,就会跑到屋前的山坡上,对着远方的丛林予以回应。也引得好几只公狼,在房子周围活动。巴特加普知道它该有自己的生活了,就骑着马带着母狼走到山林深处,放它回归自然。但几次狼都尾随着马的足印,又悄悄回来了,卧在毡房门口。巴特加普一连赶了三天,也不再喂它食物。第四天,狼终于走了。

过了一年多,这只狼回来了,还挺着大肚子,巴特加普高兴得像见到了自己女儿似的,在羊圈边上亲手搭建了狼窝。没多久,母狼产下了三个幼崽,巴特加普甚至将放羊的活交给十二岁的大儿子去干,自己则亲自守在狼窝边,照料狼母子。这只狼带着孩子,一直生活在羊圈的边上。那时候狼很多,经常听到邻居消息,有狼光顾羊圈,咬死大羊。起初,巴特加普还经常半夜起来,到羊圈巡查,几个月过去了,自家的羊圈从没进过狼。有那只母狼保护羊群,主人开始放心大胆地睡觉了。

由于草不好,要到很远的地方牧羊。巴特加普将几只出生不久体弱的羊羔圈在门前的院子里,没随羊群走。晚上回来时,发现一只小羊被咬死了,倒在狼窝边,剩下半截身子,又看见几只小狼血红的嘴唇。没见母狼,估计是出去觅食了,那几只小狼一定是饿坏了。巴特加普什么也没做,回了房子。把另外几只羊羔,挪进了毡房。到了半夜,他爬起来,到羊圈走了一圈。

第二天,赶羊出圈时,巴特加普看见了那只觅食归来的母狼,它怔怔站在半只羔羊的尸体旁，一直盯着救它的主人。巴特加普把另外几只羊羔关在了毡房里。一声不吭，翻身上马，扬鞭而去。

牧羊归来又不见了母狼，巴特加普好生奇怪，那半只羊羔依然躺在狼窝边，三只狼崽子谁都没再动。

天快亮时，听见门外有响动，还夹杂小羊的叫声，起身去看，发现门口放着除了被狼崽吃剩的半只羊羔外，还有一只活的小羊，不知谁家的。巴特加普把小羊抱回屋子，很是纳闷。天亮后，细看小羊的脖子处有咬过的牙印，才恍然明白。赶忙冲到狼窝去看，已经空了，母狼带着三个崽子早已离开。

青格鲁普用刀背敲一节腿骨，断开后，用嘴把里面的骨髓吸出来。又端起一碗酒，一仰脖子，喝尽，酒在通过喉结时，发出了类似泉水的咕咚声响。而后说，巴特加普，就是我唱长调的爷爷。

狼的故事让我们都哑然了。我主动要了一碗酒，满口咽下，也想发出泉水的声音，却被呛住了，很长一段时间，咳嗽不止。

## 要时间干什么

到了这里，就要好好地吃，好好地喝。你看，这个地方手机信号也没有，谁也找不到你，可以放开地玩！一出大山，所有头疼的事情都来了。你再找不到像这样安静的地方了？其实，就是找不到你，有些事情，该咋办还咋办。见我在看手机，青格鲁普开导我。他说得没错，不会再有比这更安静的地方了，离开谁天也塌不下来。我是无意识去看的，不知什么时候，养成了这种习惯，没有手机的响铃，时间一下虚空了。

或许是长时间没人倾诉的缘故，或许他觉得自己的故事快到时效期，不讲出来就会变质似的，青格鲁普拥挤的语言，终于被酒引导着，找到了疏通的渠道。这倒非常适合我的期待,在没有压力的状态下,很多往事都倒映在了酒精的致幻里。

就是在这种状态下,他讲了自己的恋爱。

"和其米格是在祭敖包的时候认识的。她很能干,一见到她,就觉得她该成为我的老婆。所以,赛马前,我跟我的马好好谈了一次话,我告诉马,一定要跑到第一,要把扎了红绸子的骆驼赢回来,作为聘礼,送给美丽的姑娘。我向马保证,只要跑了第一,我也快快地给它找一匹漂亮的母马,让它们结婚,哈哈哈。"青格鲁普说得自己大笑不止,也惹得在旁边倒茶的其米格半是娇嗔半是羞怯。"后来我的马真的很争气,三公里速度赛,拿了第一。我把奖励的骆驼当场交给了她阿爸。我们的亲事,就这么定了。"

"他们家的草场离我们家有四五个山头,骑快马也要走两个小时。那个时候嘛,草真的好,我把羊赶到草场就不用管了,骑着马往她家跑。有时候马走得慢了,中午饭都来不及在她们家吃,见上一面,讲几句话,就赶快往回走。累是累了一点,但我觉得自己是全世界最幸福的人了。当然,我也给她唱了好多歌,蒙古长调,打动了她的心,她就快快走进我的毡房了。"讲到这里,青格鲁普倒了满满一碗酒,递给其米格,女主人微笑着接过碗,分两口,干了。

他还谈到了恋爱期间,骑马带着其米格走向草原深处,在花丛间第一次亲密接触的景象。"她的脸上、身上都沾满了金黄的花粉,好看得很!

回望窗外漆黑的夜色,感觉自己的头快被酒精腌透了,而青格鲁普和巴鲁依然情趣盎然,我环顾墙壁,没见到有钟表,就问:"几点了?时间差不多了吧!"

"几点?"青格鲁普用一种很奇怪的眼神看着我,"你要时间干什么?在我们这里,不要时间,只要高兴! 来来来,再干一碗!"

我接过酒,觉得他很随意的话,却一下针灸到了自己的穴位。是的,这么多年，我一直过度关注身边的时间和身外的事件了，这种关注结果，导致我放弃了对自己内心的把握和顺从，让太多的外在物质雕蚀着内心的完整。从思想到行为，早就皈依了时间的调遣。从什么时候起，我们舍弃了这种散漫的生活，舍弃了这种能抵达美好感觉的唯一途径。

酒被我一饮而尽，我终于站在了时间之外，成为快乐的一部分。

## 被狗吵醒的草原

我是被狗叫声唤醒的，却回忆不起来昨晚睡前的细节了，很多年没醉得这么沉了。

和衣出门，天色尚早，东方才泛起灰白，女主人却早已烧柴生炉，准备早饭了。一只大黄狗吼叫着冲了过来，被女主人喝住，在七八步远的地方冲着我悻悻了两声，又回到羊圈边上去了。

我慢慢在草地上散步，湿重的寒气很明显地飘溢在空中，时令虽然八月，却浸透着深秋的清凉。花草的幽香一直醒着，沿着晨雾的弥散，一波波荡漾开来，把自己仅有的青春，托付给周围的世界。一夜欢乐，尚在迷醉的神经，陡然间就被这缕清新所俘获，细若游丝的芬芳，随着气流的起伏，渐渐滋润心脾。

还有一夜没歇的昆虫，这些超级歌手，从傍晚唱到黎明的。它们一定把每次演出都当成最后的绝唱了，否则，何以在没有听众的剧场里，发挥得如此声嘶力竭？

狗的吠叫，一下一下将天空慢慢擦亮，原本黑魆魆的魅影，一寸寸清晰成了挺拔的雪松和云杉。这些趾高气扬的家伙，据守在山崖之上、葱岭之巅，甚至让清晨的烟岚都无法翻越，这使得更多的雾霭纠结在半坡，寻找突围的缺口。几头老成持重的奶牛，早已隐约在烟雾缭绕里，处事不惊地大口大口嚼食着上天的馈赠，将自己的身体，鼓胀成丰产的前兆。不远处，卸下鞍子的枣红马，则在安静的早餐，它或许已经意识到了一天的忙碌，加快了进食的速度，只是偶尔抬起头，端详一下绯红的东方，揣摩一下时间的进度。

整个世界都被露水俘获了，湿漉漉的天，湿漉漉的草，湿漉漉的空气，湿漉漉的鸟鸣，包括正从东山缓缓升起的太阳，都带着一身潮气，那些蜷缩山脚下休憩的羊群，发出的咩咩叫声，也都是水灵灵的，充满了空灵和娇润。

天亮透之后，青格鲁普从木屋旁边的毡房里钻了出来，手里掂着一副马鞍，走向心爱的坐骑，跟在身后的青格丽穿着一件艳丽的红色上衣，像一团火在草地上飘荡。父亲在装备马鞍的时候，女儿在靠近马头的位置上站了下来，手腕上还挂着一条马鞭。她轻轻拍了拍马头，自言自语地问候了几句，而后将小手移到马下巴处，不停地挠着，这显然是一个习惯性的动作，枣红马闭上了眼睛，一动不动，很是享受。

收拾停当，父亲把女儿轻轻抱起，放在鞍上，由于腿太短，青格丽两只脚踩踏不到马镫，只好垂在马背的两边。青格鲁普把缰绳递给她，在马臀上稍稍用力拍了一下，枣红马载着一团火焰，朝着山脚下，奶牛吃草的方向跑去了，那只大黄狗也紧紧追随马后。远远地，我看见了一朵移动的花，在阳光下盛开。

# 其 米 格

早早起床的其米格，在炸着油饼。我听到了毡房油锅里发出的"兹啦"声和飘出的香味。怕吵醒我们，其米格将铁锅移至木屋边的毡房里，准备早餐。从昨晚收拾残局，到今早起床做饭，她应该没睡几个小时。想起昨天，在男人们纵歌畅饮的时候，她除了炒菜、炖肉，就一直坐在炕沿上给客人们不停地添茶倒水，我竟想不起来她说过的一句完整话语，或者，她根本就没有表达。

青格鲁普走到毡房边我昨天看画本坐过的枯木旁，从地上捡起一把斧头，开始劈柴。一下一下，准确有力的节奏，在晨光里，响亮而清脆。一些木屑飞溅到毡房顶上，更多地被劈开成木柴，堆放旁边。我走过去，示意也动作几下，青格鲁普停下手，笑着说，你们不经常干这样的活，不会干的，但还是将斧头交给我。我仿照他的样子，一只脚踩在木干上，找准着力点，使劲劈下去，斧头却歪向一边，只擦破一点干树皮。重新高举利器，奋力劈下，又把斧刃卡在了树桩里，费了好些功夫，才弄出来。这些看似简单的行为，到了我的手里，总也摆不端正。怕耽误劈柴的时间，只好作罢，将斧子交还给主人。

其米格走出毡房，翘首远眺女儿骑马跑远的地方，再抱几根刚刚劈下的木柴，折回屋子，依然一言未发。但青格鲁普似乎早就明白妻子的意思，透过毡房后面的小窗子，冲着她喊，没事！青格丽马上就把奶牛赶回来了！

不到一刻钟，就听到了青格丽的喊叫，还夹杂着狗吠。小姑娘兴奋地赶着两头奶牛回到家门口，没等父亲接她，自己从马背上跳了下来，丢下缰绳，钻进毡房。听到动静的其米格拎着一只木桶出来，走向奶牛。她蹲在牛的身下，两腿夹住木桶，双手交替着来回在鼓胀的乳房上挤奶，一下一下，带着体温的乳汁，细线一样，落入了桶里。青格丽已站在了母亲身边，快速吃完冒着热气的油饼，也蹲下，学着母亲的样子挤奶，好几下都挤到了桶外，母亲只是笑着纠错，再把桶的位置摆正，一下一下地示范，耐心而温婉。女儿终于找对了方向，发出稚嫩的笑声，在母亲的赞许下，更加勤奋起来。

清晨的阳光里,一大一小两个背影,享受着劳动的欢欣。

早餐很简单却很合口味,把酥油和奶皮抹在热乎乎的油饼上,咬上一口,满嘴流汁,再喝一碗新鲜的奶茶,那种舒坦,沁人心脾。其米格还是昨天的样子,坐在炕沿,给我们喝干的空碗里,添上滚烫的奶茶,看着我们狂饮大嚼,显得很开心也很惬意。

早饭后,其米格灌了满满一壶奶茶,拿了两个馕,又包了两只羊蹄,塞进黄挎包,递给青格鲁普,这是午饭。羊要被赶到七八里外的草场去放,路上要走两个多小时。在太阳下山前再赶回来,天黑刚好到家。

青格鲁普走了几步,又返回木屋。出来时,往黄挎包里塞着东西,女主人追了出来,想夺回,却被嬉皮笑脸的丈夫挡住了。是一瓶昨天没开启的白酒。女主人故作生气,话语中带着默认后的抱怨,而男人早已翻身上马,一声呼哨,算是作答,冲出羊圈的羊被他吆喝着,赶赴草场。

"你把羊放好! 酒慢慢喝!"其米格这句完整的话,被嘈杂的羊叫声弹了回来,伴着走远的马蹄声,更像是自言自语。

## 马背上的酒瓶

车子在草原上走得很慢,隐约的车辙看上去更像一条久远的古训,缺少了路的锐气和方向。在这样开阔的视野下,车轮到有了信马由缰的理由。

巴鲁告诉我们,冬窝子过去是牧人呆的最久的地方,整个冬季都要在那里度过,所以房子盖得也要好些。经过一个夏天的生长,那里的草很茂盛,冬窝子一般会选在避风、雪少的靠南山坡。开车的话,两个多小时就到了。

由于车开得慢,后面一骑黑骏马超越了我们,看到骑手身体后仰躺在马背上，以为在睡觉，却看见一只酒瓶，举过头顶，而后送进嘴里。巴鲁赶忙摇下车玻璃，把头探出窗外，大声喊着，"伊登！伊登！"

倒下的身子直立起来，停住马，掉头回走，到了车窗前，见到巴鲁，发出了大声的尖叫，"哈哈哈！三友（蒙古语，你好）巴鲁！"边说边躬下身子把酒瓶递了进来。"三友，三友。"巴鲁回答，接过酒瓶。开车不能喝酒，违法的！我大声劝阻。巴鲁侧着头笑答"我不喝。"伊登瞪着猩红的眼睛，大声喊着，即使隔着两三米的距离，我依然能闻到浓浓的酒气。巴鲁下车打开后备箱，取了一瓶未开封的酒，扔了过去，伊登躬身接住，用嘴将瓶盖打开，正准备喝，忽然斜刺里又窜出一匹白马，在两马交会的一刹那，后来者一把夺走了伊登的战利品，狂笑着跑远了，边跑边喝。哎哎！伊登大叫着，策马追去，两匹马在草原上交叉行进，巴鲁急忙启动车撵了上去。在草原上，如果朋友的酒瓶里只剩下最后一点酒了，你喝了之后，一定要再拿一个满瓶酒还给他，巴鲁说，这是礼性。你好好看看草原人是咋喝酒的。

伊登追上了白马，隔着两步的间距，并驾齐驱。白马男子高喊一嗓，将酒瓶抛出，伊登斜出身子，几乎要脱离马鞍了，将酒瓶稳稳接住，又回身安坐马上。见我们驱车跟着他，伊登更加得意了，两腿磕碰马肚，让马加快了速度，自己又后仰躺在马背上，瓶口对嘴，酣畅狂饮。白马人急了，追了上来大喊大叫。伊登才懒洋洋地翻起身子，同样又将酒瓶抛了出去，白马汉子轻巧接住，也学着伊登的喝酒方式，倒在马背上，边跑边喝。马在草原上你追我赶，酒瓶在马背上，来回穿梭。

这是我所见过的最随意也最简单的喝酒方式，规避了菜肴和客套的羁绊，酒的效果直奔内心，这是物质抵达精神的最短的距离，无疑，也是最轻松的距离。

一道山坡，阻挡了车子前行线路，而马却可以毫无障碍地越过，最原始的交通工具成了草原上最畅达的载体，我们只能望着马的背影，望着快乐的背影,折转方向,但他们欢快的叫喊声,还能翻过山坡,追上我们的听觉,憩落其上。

## 看见鹅喉羚

山里除了羊马走的一条曲径,根本没有车路,但巴鲁就像了解自己的掌纹一样,了解这些环境。时而斜坡慢下,时而仰首冲刺,在密林中左拐右折,在山谷间游弋穿梭,车子在他的掌控之下,完成着牛羊的行程。虽然坐在车里,却感受着马背上的内容。

终于从密林间出来,车子开进宽阔的山谷,齐腿深的蒿草夹生着黄色的金莲花和紫色的柳兰,这些野花,都是天山山脉最常见的植物,密密麻麻地散落在崇山峻岭之间,成为绿色的主导,也成为秀美的源泉。行至拐弯处,车子必须翻过一道山梁,为了安全起见,巴鲁让大家下车,自己选择好路线,加大油门,越野车发出强力吼叫,冲向坡顶,还剩三四米了,车轮打滑,卷起残花败叶,轮胎也被绿汁打湿,车身渐渐倾斜下来,只好慢慢退到谷底,重新发起冲锋,我们紧跟车后,到了顶峰处用力推搡,终于使之成功登顶。车轮驶过,压出两道深深的车辙,从山外一直延伸进来。

走上山梁,看见大山不远处的阴坡,一大群黑牛在吃草,毫不在意我们的指指点点。我喊了几嗓子,竟岿然不动,甚至很漠然地瞭扫我们一眼,又垂下头,继续咀嚼自己的岁月。这让我想起多年前我去过的米尔其克草原,也是在山坳里,也是一些悠闲的黑牛,这种相似的境遇让我忽然觉得自己走在了往事里,或许那些牛根本就没离开过,就像是种在草原上似的。我想,对牛而言,我们人类也应该是相似的,无论谁来,一切都是过客,只有草是它们的终身情侣。是牛知道草不会离开它们的缘故吧,所以吃的姿态显得有些傲慢和随性,彰显着它们才是这里主人的势态。生活在这里的牛是有理由骄傲的,如此丰美的草场,如此凉爽的气候,如此静谧的环境,耗其一生,当然无悔。

这些都是高原牦牛,巴鲁说,"没专人放牧,都是散养的,隔上一周,主人才会骑马上山看看,清点一下数量。到了入冬,赶一些牛下去,卖掉,余下的牛整个冬天都会在山里,自己越冬,牦牛的生存能力是非凡的。"巴鲁的话让我凝视的目光里,多了一层肃然。

车子开到了一座悬崖边,巴鲁招呼我们下车,说这下面就是鹅喉羚的领地,这阵子,它们一定在山坡下吃草呢。为了不惊扰它们,我们弓着腰,慢慢靠近崖边。五六十米的垂直高度让我稍显昏眩,还没看清草色,巴鲁就指着草坡中间七八块褐色石块说,看,那就是鹅喉羚。盯了一会,果然看见"石块"在慢慢移动,由于没有发现我们,这些野生动物吃草的状态很悠然。巴鲁指着靠近林子边上的一只对我说,那是只头羊,负责望风,警惕性很高的。果然,我们脚下不小心滑落的一片碎石,立即被警卫者察觉,它不知发出了怎样的警告,刚才还在认真吃草的精灵们,都猛然抬起头来,朝着山顶方向端望,倏忽间,就齐刷刷地箭一般朝着密林飞奔,仅几秒钟,就把自己射进了丛林深处。

## 天 赐 草 场

四周的绿色像一个硕大的棋盘,我们是唯一一枚能区分出色差的棋子,沿着仅有的线路,迂回前行。巴鲁说,"唱支歌吧,这样的环境下不唱歌,就像蒙古族人闻到了酒香而不让喝酒一样,很难受的。"我们笑着推举,让他先唱,巴鲁没有推辞,说先抛砖引玉,然后轮着来,唱不好没关系,每个人都要唱的,唱歌就像野花开放一样,草原需要各种颜色的花朵。我们唱歌是因为高兴,而不是为了好听。巴鲁说完,清理了一下嗓子,一首浓郁的草原韵律,回响起来,音域很深沉也很舒缓:碧绿的草原伸向远方,天边浮现出座座白毡房,那里有童年七彩的憧憬,那是我出生的地方可爱的家乡……歌的流畅与山脉的起伏协调一致,宛若骏马与骑手,炊烟与晚霞。在这样的氛围下,音调的准确与表达的真切已经不重要了,重要的是在歌唱,重要的是让心中的情愫流淌出来,浇灌给每一株草、每一朵花、每一棵树、每一片云霞。

唱完了,巴鲁长舒一口气说,该下一位了。车里推辞不过,有人唱起了流行歌曲,这些靠麦克风和打击乐包裹起来的现代艺术,在剥离了附属元素之后,一下就显出了本质的虚弱,就像年迈的皇帝退去了威仪的龙袍后,所剩下的羸弱骨骼,根本支撑不起辽阔的疆域。面对眼前苍茫和博大,只有从草原中提炼出来的音乐才能表达至理,才能驾驭其中。从这个意义上说,蒙古长调,就是盘旋在草原上空的雄鹰,它的高度,让其他的燕雀望尘莫及。

在我们的央求下,巴鲁一直在唱,一曲接一曲,就像这弯弯的山路,一坡连一坡。直到远远看见一团鲜红的火球,在草原上跳跃、驰骋。巴鲁说,"看! 那是骑马的青格丽。我们到了,这就是我表哥的夏草场。"

走到近前,果然是小姑娘,她在开阔的草地上骑着马来回奔跑,羊们都散落在半山坡,在正午的阳光下,缱绻而慵懒。巴鲁问青格丽,阿爸在哪里? 女孩用马鞭指指山上的树林,我们下车,背上自备的干粮和酒,走向丛林。

青格鲁普倒在树荫下,鼾声四起,一只喝空的酒瓶和几块碎骨头丢在一旁,我们喊了两声,不见反应,巴鲁笑着说,等会儿,我有办法,他马上就会醒的。

我们把咸菜倒在馕饼上,巴鲁打开一瓶酒,又一口气喝空一瓶矿泉水,掏出腰刀,将瓶底削成一酒杯,斟了半杯酒,走到熟睡的青格鲁普身边,把酒一点点滴入他的口中,起先他梦呓般吮吸着酒滴,只几下就条件反射地弹坐起来,双眼圆睁,见到是巴鲁,哈哈大笑,伸手就来抢酒瓶,被巴鲁一把躲过,两人在草地上追逐起来。

青格丽也驱马上来,手里摘了一大把野花,高兴地送给我。凑近鼻前,馥郁的芳香清幽而绵长,一下就浸入了心扉。青格鲁普在喝了两杯酒之后,歌性大发,面对空旷的草原和山谷,他把脚下的山坡当成了表达的舞台,纵情挥洒着自己的欢乐。几曲歌毕,他又要了一杯酒,一饮而尽,而后翻身上马,高喊着,像古时的勇士,从山坡向着脚下的草场飞奔而去。看着马背上摇摇欲坠的身体,我有些担心,巴鲁笑了,说好的骑手是绝不会掉下马背的,即使烂醉如泥,无法行走,只要扶上马背,就能回家,马是认路的,到了家门口,狗一叫,女主人就知道了,再把男人扶进毡房。

远远地,枣红马小成了一颗枣,还在草原上飞驰。我想,只有在伊克苏龙,青格鲁普才会感受到心灵的飞翔。草原是他生存的土地,而马背,则是他快乐的中心。

极目远望,在山川的雄伟和草原的辽阔之下,人显出了极度的渺小,小成了浩瀚海洋里的一滴水,而正是这一滴滴海水的汇集,才形成了汹涌的波涛和肆虐的海啸,在它的威慑下,多少世间美好的事物被吞噬掉了?

草把自己躲进了深山,花把自己开放在深谷,美好的东西离我们越来越远了,我不知道,什么时候,我们的心胸会像牧人一样,真正能存放下,一棵草的祈祷,一株花的微笑。

# 仰望天山

　　天山是用来仰望的，就像散文是用来抒情的。当散文遇到天山，那种被提升的状态，宛若云雾，在雪峰间缭绕，恰似苍茫，在大地上漫漶。这是疆域所赋予的情感生发，也是历史所蕴含的生命光泽。新疆是一个打开的盛宴，装得下所有的惊喜和礼赞。

　　六月的新疆，是歌者与旋律的心神互助，是舞者与雄鹰的展翅翱翔。这里的辽阔，配得上你的眺望，这里的高耸，扶得起你的仰叹。

　　雄浑的天山，行走至此，终于慢慢打开了自己。一条峡谷，让天上人间隔空相望。使得早已习惯了平庸的内心，终于有了被拯救的欢悦，有了直抒胸臆的抵达。

　　天山大峡谷的名声，就像悬挂在乌鲁木齐胸前的金牌。"国家级森林公园""国家5A级旅游景区""国家级体育运动基地""中国最美十大森林"诸多王冠加冕其上，让没有到访过的人心生愧疚，好像错过此景，便已铸成人生大过。当那些美轮美奂的图片和文字，被众人推送到面前的时候，你不能不心生敬仰，又心驰神往，仿佛每一幅画面都会衍生出羽翅，带着你的愿望飞翔。

第一次去天山大峡谷，你会惊叹于壁立万仞的巍峨，似乎瞳孔已经装不下了山的高耸。苍翠挺拔的雪岭云杉、绿草如茵的南上牧场、清凉甘冽的照壁山湖水以及倒映在湖水之中的蓝天白云。这一条条注释，解读着天山的阴柔之美。面对亿万年练就的岿然和磅礴，你会霍然觉得，所有的辽阔和壮美都有了最稳重的依靠。血脉开始喷张起来，那些风起云涌的情绪，最终幻化成内心的沸腾。似乎天山的存在，就是为了显示人类的渺小。一直觉得，美好的事物不能仅凭眼睛来观察，要用心去品味，才能深入肌理。就像一道好菜，要闭上眼睛感知舌尖的氤氲。邂逅天山，它能用静谧过滤你浮躁的内心；用圣洁涤荡你视野的俗尘；用湛蓝驱逐你灰暗的阴霾。这或许就是"新疆天山"申遗成功的原因，作为新疆唯一的世界级自然遗产，天山是配得上这个盛誉的。

当道路细成了大山的一道掌纹，汽车就像甲壳虫，缓慢行走在山脚下，即使将头伸出窗外，依然望不见天山的巅峰。沿着照壁山水库向东走，右侧山涧有溪流潺潺而下，水域开阔处，可见几只白色水鸟在湖心游弋。两侧的山似乎开始向路间汇集，越走越快。道路忽然被整座山挡住了去路。山突然就跳到了路中央，像打家劫舍的草莽，手握松树的利剑，向过往者讨要路钱。我们的视线和思想无路可走。几只鹰，盘桓在天上，似乎在暗示什么。全车的人都以为，到了尽头。

绝处逢生不仅仅是人间才能创造的奇迹，在人与自然交往中，一定有着秘而不宣的内在原理。所以，当高耸的天山豁然裂开一条夹缝时，我们很容易就会想到天若有情之类的诗句。这是自绝望里生出的一道云梯，用以摆渡我们对这个世界的感恩。

天山大峡谷地处天山山脉中段，天格尔峰北麓，准噶尔盆地南缘。山势雄耸、起伏多变。地形总体呈南高北低之势，由南向北依次由暖温带、中温带、寒温带和寒带组成鲜明的气候带谱，形成天山山脉最具代表性的地貌特征和生态系统。天山有这样的能力，在一次旅行中，完成对四季的考研。对惯常了一山一景的游客而言，天山的丰富，已遮拦不住他们兴奋的神态。目光比心情更加急切，许多眼睛已经长在车窗上，呈放射状向四周延伸了。

在万丈壁仞的作用下，峡谷中的道路看上去有些弱不禁风，被挤压成了一根线，线的上端是经过裁剪的蓝天，在视线里，风筝一样飘忽不定。匍匐地面的路在山势的托举下，显然想站起来，却又被沉重的车轮，压弯了腰。想站的念头和压弯的决心，在路和车的较量中，以能耗的方式显现。发动机噪音粗重，车子行驶缓慢。这是整个峡谷最窄也最陡的路段。宽不足五米，坡却达三十多度。绵延二千多公里的天山，在这里裂开了一道口子，把自己的肺腑向人类摊铺开来。这是一道柔情的伤口，天山用内在的美，来医治西部的荒凉。

峡谷恰好将一个原始植物园分开，这才看出，我们其实是穿行在天山植物园里的。雪岭云杉是天山固有的最繁密树种，挺拔而粗壮，几百上千年的成长，让它们自信而低调。不像脚下的野花，什么柳兰、金莲花、蓝刺头、野蔷薇。见到来人，毫无顾忌地绽放，随心所欲地盛开，把一生的艳丽，全部展示出来，显得很不简朴，不会过日子似的，一餐饭就要把家底吃光。只有绿茵茵的酥油草，既不张扬也不羞怯，像个油漆工，把花与树之间的空隙，全部刷成绿色。甚至还想攀上岩石，毕竟太陡峭了，站立不稳，只得放弃。这让许多山崖裸露着黝黑皲裂的岩石。远远看去，老成持重，有了岁月的沧桑。

越往里走，峡谷越幽深，即使仰视，也只能看见被松枝剪碎的一些蓝纸片，洒在狭长的空中。溪水被茂密的草丛遮掩了，但叮叮咚咚的弦乐，却敲击得异常清脆。静谧的密林，被泉水的声响啄开一条道，欢快的旋律，顺着坡度流淌开来。气温明显低了，花草开始稀疏，云杉密集。车子进入了牛牦湖沟，这里是整个环线丛林最密集的区域。溪水蜿蜒，泉潭密布；怪石嶙峋，树木参天；奇峰耸立，烟岚缭绕。盘山路九曲回肠，一线天剪开云雾。

路越走越像一根鱼线，而车子则是一条上钩的鱼，在上下起伏和迂回环绕间，从沟底慢慢提到了水面。这个水面，已经跃居到了海拔两千米之高的山脊上。在六月的通透里，远处的皑皑雪山，清晰可见。与身边的苍翠松柏形成了两种势力的对峙。这是两个季节对信念的坚守。作为旁观者，在这样的空间和时间里去体察，让我们觉得，这两个季节之间相隔的，已不仅仅是距离了。雪峰处就是海拔4560米的天格尔峰，山顶终年积雪，最大的1号冰川是乌鲁木齐河的发源地，冰川距今480万年，古冰川遗迹保存得非常完整和清晰，有冰川活化石之誉。有了历史的厚重感，大家的注视里，就多了一层肃穆。我们所面对的不再是一峰冰雪，而是洞悉了沧海桑田和世事变幻的智者，鬓发双白，巍然屹立。雪山一言不发，只用洁净和高耸来俯视人类的波诡云谲。

车子攀升到2600米，越过一道梁，地势豁然开阔起来。视觉刚准备松弛一下，就撞见了天鹅湖。感觉湖是跑累了，却依然躲不开我们。只好收拾停当裙裾，静静坐在草地中央，低垂着头，像羞赧的少女，把雪山和白云都垂落到了湖面上。湖有四五个足球场那么大，周边被群山环卫。我们行车至此，都颇费周折，而这一汪水，不知是如何行走的。随木栈道拾级而下，靠近湖边。水很清凉，有不忍触碰的冷艳，也有冰清玉洁的高贵。

清澈见底,能看到几米深的石子,体现了湖应有的精神品质。而碧波荡漾,能感受微风徐来的清爽,则蕴含着湖温馨的人文情怀了。

缺少了天鹅的水面,湖显得有些落寞,这也让天鹅湖的名字添了些虚妄。知情人告诉我们,在没有建成景区之前,这里是天鹅理想的家园,每年春夏间,都有几十只在这里栖息游耍。游客多了,惊扰了它们的生活,天鹅迁徙到更深的山湖里去了。到了秋季,游人稀少了,它们才会飞回来。我们的失落里,多了一层对自然的忧虑。尽管我们渴望与这些精灵们相遇,但对天鹅而言,无论哪一类游客,都是它们生命的戕害者。对于所有的自然之子,无论植物还是动物,无论蓝天还是白云,我们都没有权利改变它们应有的状态。

站在海拔3000米的天门观景台上,可以俯瞰整个乔亚草场,刚才经过的牛牦湖沟,像一条拉链,把两座山襟连在了一起,合成一套完整而得体的绿色衣衫。而乔亚草场则是晾晒在山坡上的绿毛毯了,上面绣满了马牛羊和毡房的图案,甚至连炊烟和奶茶的清香,都绣了进去。

在天山面前,那些原以为很重要的事情,陡然变得轻飘起来,还有什么值得斤斤计较,还有什么可以肝肠寸断。面对如此的庞大和虚空,人类的那点意识形态,已经轻若游云。站在这里,叩拜山水为师,聆听云松对话,听得久了,就涵养出了一个男人所尊崇的胸怀和伟岸来。

这或许是天山所独有的一种品性,它能让每一个登临其上的人,都从自己的生命经验里,体悟到一种从未有过的感动与启迪。并让它成为力量的一部分。当一个人的精神高度与天山齐肩的时候,这个世界,其实是为他打开的。

天山在看着你,错过了新疆,你的人生将留下一片,面积最大的遗憾。

# 天　境

## 烟雨中的巴音阿门

对精河而言，巴音阿门仿佛是一顶绚丽璀璨的桂冠，戴在海拔两千多米的婆罗科努山系上。或者像一句祈福的暗语，默诵几遍之后，会有一扇奇异的大门，为它款款开启，那里山幽境异，那里飘仙溢魅。这种想法是在车子驶近巴音阿门景区，被远山缭绕的云雾和山巅覆盖的松柏催生出来的。

新修的柏油路，像埋在大地肌肤里的血脉，将县城和景区连通起来，车子模仿着血流的形态，往大山心脏奔涌。临近山边时，一株人造的巨型胡杨，压低了弓形的身子，摆出一副拱门的造型,将路赫然截住。横梁处飞舞着几个草书:巴音阿门景区。由于门的存在,使得原本联袂在一起的景区,被断然划分成了内外两个不同的阶层,像高等学府的校门,从心理上,把原本朴素的价值观分割开来,让我们的欣赏和判断,因为门的存在而产生了落差。缴费之后,印有景区独特风光的门票,看上去更像一句有价的提示,使我们刚才还散漫的情绪,渐次聚拢起来。

车子越行越高,从县城的海拔600多米已攀升到了山脚下的1500多米,开始进入大山的腹地了。透过车窗,可以看见西侧的山峰,烟围云绕,部分山尖深入云端,仿佛孙大圣偷摘蟠桃向天界伸够的手臂,而近处山涧流淌的溪水,恰如无忌的童言,喧哗而夸张地在我们的耳膜间,发表着对大山的赞誉之词。溪水是从大山深处流淌出来的,像一首欢歌,余音袅袅,在鲜花叠印和丛林密织间,飘摇而至。有水的相伴,整座大山都显得灵动起来,巍峨间透露出了婉约和缠绵,像这条蜿蜒斗折的山道,车子在曲折中,越来越接近风景的真谛。

顺着山边一条砂石路,几道徘徊之后,车子驶入了和丽山庄——一个花草恣意茂盛,鸡鸭信步田园的很大的院落。我们刚下车即刻被几十只毫无惧色的群鸡所包围,它们先是瞪圆了眼睛细细打量着我们,继而紧跟在身后,浩浩荡荡簇拥着走向预定的包房,几位女士心生恐慌,惊呼着小跑起来,惹得几只体健的雄鸡,竟也一路追逐,直至将她们追入坐落在池塘边上的一座板房内。

板房不大,远远看去,半壁悬建水面上,半壁掩映草丛间,尚未进入就让我们的心理同时具有了江南水秀和草原花香的双重意境。房间内一扇大窗朝南洞开,坐在地毯上举目眺望,几缕白云描空寂,一池秋水映苍山。凭窗低视,我们仿佛置身一艘静泊的船舫。脚下的一汪清波,浮动着几只闲栖的白鹅,红掌下依次排开的涟漪,让山的静谧也在清澈的波纹里,慢慢回荡开来。

　　时间像一位体质不好的老者,力不从心地颓坐在山下,没能跟进山庄,这使得我们舒缓的心情不再受时间的敦促,一切都显得随性而自得。缺少了紧迫的约束后,云雾的散漫更找到了悠然的理由,它们在视线里,不断地变换着身姿,忽而不绝如缕,烟丝般缠山绕梁,忽而迷蒙混沌,迷雾般湮松没柏,仿佛不知疲倦的孩提,嬉戏于山谷、密林之间。忽见一团云雾,沿山脊而下,直冲着我们的板房斜奔过来,刚才还彻蓝空灵的天际,瞬间便水雾蒸腾了。你仿佛能听见由远及近迈着猫步轻轻走来的细雨的脚步声,当侧耳想仔细鉴别时,却又不甚真切了。一阵微风掠过,你才觉出潮润的水汽已经打湿了脸颊,紧随其后的缜密雨丝裹挟着清凉,便无遮无拦地开始演绎一派江南的韵味了。每一株花草都举着渴望,承纳雨露的滋润。与山里的雨相比,平原的雨总显得有些高高在上,似乎被赋予了某种使命,在深思熟虑之后,才从天而降,急促而磅礴。而山里的雨更像是一位涉世未深的少女,欲言又止欲罢还羞,它的莅临似乎不是履行一种责任,而完全是表达一种情绪,所以,山雨让我们觉得更具感性的情怀,也就更贴近我们的心灵。站在水雾中间,伸出手你就能触摸到雨的肌肤,张开鼻息,水汽便会涌进你的肺腑,人雨之间,其实已分不出彼此了,人在云雾中出没,雾在肌体内循环。是海拔的高度,让我们接近了自然,接近了真实,也接近了纯粹。所以,有时候,无论是人还是植物,都需要一定的高度,来还原我们的秉性。

　　此时的山雨,更像是一位魔术的高手了,只瞬间功夫,便将刚才还烟尘弥漫、陈村旧貌的环境,变换成清新雅致、翠绿如茵的景观了,每一朵野花都极具了出水芙蓉的高洁。飘落池塘的雨滴,想极力放缓脚步,不忍心惊扰几对在塘内享受爱情的白鹅,却无法控制住自己的好奇,纷纷失足入水,在塘面画满了大大小小的水圈,一环套一环,这些散作一团的雨的足迹,竟创造了更显诗意的生活情趣,禽鹅们结伴嬉戏,在一个个此起彼伏的波纹间穿梭游弋,山雨更催生了它们爱情的纯净和浪漫。如果鹅的最终归宿不成为游客餐桌上佳肴的话,能在这样绿色环境里穷尽一生,即使今生无爱,也当是禽鸟的幸事。

就像来时的翩然而至一样,雨走的时候也悄然无声。我们收回目光,围坐在茶几前,刚喝下半杯热茶,再回身,雨已了无踪迹了,只留下一派湿漉漉的景象,就像刚掩门而出的丽人,房间内只留下了她缥缈的体香。

与我们同来的两位老画家赶紧走出户外,支起画架,把自己的艺术感受投入到苍山翠柏之中,用五颜六色的颜料,构筑对美好景致的记忆。

细雨过后的巴音阿门,更显出了山的妩媚和俊朗,一切朦胧的罩影渐渐退去,苍翠和伟岸耸立成我们视线的主题,作为天山骄子,婆罗科努山的雄性气势,使之成为傲视精河县域一万多平方公里的统领,它站在海拔的最高处,以自然的法则统治着季节的轮回和岁月的更迭。山谷间时聚时散的云雾,应该是它情感最柔软的部分,山知不知道,正是这最具柔情的细节,才打动了花草、树木,以及观景赏花的游子。就像许多伟人,最能感动我们的不是他叱咤风云的撼天动地,而是细微情愫的真实表达。

许多相互依存的东西是无法分开的,云雾是大山最生动的思想,大山是云雾最可靠的依托。


## 果珠尔栈道·精灵溪


汽车将我们泊在山脚下,由于景点刚刚开发,来观光的人并不是太多,这倒是我们独享其静的难得机遇。

一个木制的路标指示牌,将我们引入曲径。木牌并列几个名字:果珠尔栈道——精灵溪——天鹰峰瀑布——天亭——都拉洪。这看上去像一道需要解析的数学题，必须依序用完前面列举的所有条件，才能运算出最后一个结果。我们首先从栈道开始答题。

耳熟能详的"明修栈道，暗度陈仓"的成语，总让我把栈道和古代战争联系在一起。所以，我从山底开始向上攀援的时候，一直在设想果珠尔栈道的存在状态。

不知是松林的过度茂密，还是栈道的气数将尽，一条细若游丝小路，拼尽最后的气力，从密林间挤将出来，躺在了我们面前，显得奄奄一息。窄窄的只供一个人通行的果珠尔栈道，在我们的脚下更像是一截将要朽去的历史，但仍旧恪尽职守，竭尽全力地摆渡着我们对大自然的憧憬。或许山的坡度太陡，栈道也体力不支了，有几截原木塌落在路基下，被新生的树干挡住，才没有滑落山谷。葱郁的林木将我们头顶的天空遮蔽起来，使我们仿佛徜徉在"之"字形的回廊里，渐次升高。每到折弯处，都会有一条厚木板订制的简易木凳虚位以待，可供休息。静坐其上，不禁鼓气深息，可以感到，花草的芬芳、林果的松香以及潮润泥土的气息都迫不及待地拥围上来，抢夺着嗅觉的市场份额，只有无法上前的溪流，隐喻在目光难以企及的视线之外，却也不放弃用水声来叩醒我的听觉，有了声音的加入，让我对整个密林的解读，变得立体起来。我猜想，这一定是提示牌上所列的精灵溪了。

林子是静谧得，交错的枝杈将8月的阳光过滤的已无力抵达树木的茎秆，这让丛林的空间看上去幽暗而深邃，不时地有熟透的松果跌落下来，细微的响动与远处缥缈的溪流声交织在一起，让静与动之间恰好找到了相互依存的理由。看见茂密的林木间，耸立着几株两人合围的粗壮冷杉，树龄至少也三四百岁了，以人的思维来推断，那些细矮些的应该就是大树的子孙了，一大家族拥围在一起，远远看去，其乐融融。其实仔细想想，做一棵树也没有什么不好，亲人之间没有别离之痛，相互之间没有选择之苦,没有利益争夺。从一出生,每株树便确定了自己的位置,没有强权、没有贵贱;青梅竹马,永不分离。不必像人一样,会长成千姿百态,甚至千疮百孔。而后四处漂泊,殚精竭虑,甚至穷尽一生的时间,为身体更为心灵寻找一个停靠的码头。

我停放在木凳上的背包忽然倾倒下来,放在上端的西红柿滚落而出,有两颗冲出牢笼,顺着山坡疾速滚下,鲜艳的红球,引导追寻的目光,倏忽就不见了。我当然不甘心就此丧失背了大半截山道的成果,轻易地越狱潜逃,或许更想看看掩映在葱茏的花草间只听水声不见真容的精灵溪,索性顺着鲜果隐匿的方向,攀援而下。

坡度并不算太陡,但长年腐败的松叶让脚下的泥土变得很松软,脚踩上去显得有些虚幻,手扶着松枝慢慢穿过,可以感到不时地有成年的蛛网挂在脸上,我或许是几百年来第一个从这里穿行的人,如果不是西红柿的引导,这条曲径不知要过多久才会被人的脚步涉足。

鲜红的颜色与林间黧黑的腐土是很容易区分的,所以,我在发现鲜果的同时,也看到了那条一直用水声在我耳边缭绕的精灵溪。清清亮亮又急急匆匆,这既是它的品质又是它的秉性,从我脚下蜿蜒淌过时,我感到它其实在用自身的清洁洗濯着我的目光。我不能不去抚摸它,尽管知道它也一如任何地区的山泉一样,清冽而冰凉。对人类来说,山泉一定是清凉的,因为人只是山的过客,没有时间去读懂它隐藏于内心的温暖和真情,而对那些与水为伴每一株草、一棵树、甚至一块山石而言,水肯定是极具温婉而缠绵的,在它途经的每一个区域,那些受过滴水滋养的植物们,都会用茂盛来表达自己的感激之情。

终点在敦促我,还要继续攀登,不少同行人匆匆超越了我,他们低头弓背,似乎心中的愿望很沉重,压弯了蹒跚的步履,踽踽上行。心中过早地确定抵达的目标,有时会成为一种羁绊,它阻碍着你的心境和视野,让你只关注到实现的途径,却无暇顾及身边的风景。一直以为,赏景是应该信马由缰的,给自己一个田园的意境,去收获一份自由的心情。所以,我的脚步其实是被目光驾驭的,更多表现出的是一种兴趣的阅读。

　　觉得身后的背包被地球的引力拉拽的愈发沉重了,我停下脚步,整理背包,无意抬头,却发现了隐匿在树丛中的一块绛色木牌,篆刻着几个字——天鹰峰瀑布。如果不回身,我一定会错过它的。我们的脚步随着标牌改变了走向,往上的石级也似乎更加粗糙和陡峭了。转过两道弯,就隐约听见了前方瀑布的水声,越近越能感受到它训练有素的歌唱,躲在山后,一半含蓄一半慌张。这让我稍显萎靡情绪一下振奋起来,步伐开始矫健,神情愈加昂扬,引力之手也仿佛一下松开了刚才还紧拽着的身后的背包。

## 天鹰峰瀑布 · 天亭

　　不知道这山峰的名字,既然瀑布叫天鹰峰瀑布,那么眼前赫立的山峰就一定是天鹰峰了。抬头仰视,百丈陡崖嶙峋狰狞,几块突兀的顽石像粘黏在悬壁上,随时会抖落下来,而自上垂落的瀑布,又跌宕在顽石之上,像做着一个三级跳,又冲将下来,并伴着稍显夸张的喧哗。

　　山和水是难以分开的一对恋人,就像蝶与花。而山与水,只有恋成了瀑布的壮景,才会让人真正体味到爱的凄美和坚贞。山把全部的生命,投入坚如磐石的等待,水把所有的眷恋,化作千辛万苦的追寻。终于,山与水拥抱在了一起,却又酿造出另一场爱的别离。山用自己旷日持久的等待,换来了水的片刻停留,山与水之间的约定,是我们无法猜解的秘密。我常常被水的这种义无反顾、粉身碎骨的绝唱,感动的无言以对,我不知道,是什么力量让似水的柔情,陡然间耸立起来,这柔软的物质,以磅礴的态势,为自己也为追求的信念,竖起一座丰碑。

因此,对瀑布的认识影响到了我对山的态度,似乎没有瀑布的山,只是经历着一种平俗的生活,没有肝肠寸断,没有刻骨铭心,这种平俗诉诸于人,则人生波澜不惊,诉诸则物象平淡无奇。所以,当我看到天鹰峰瀑布的时候,无论如何也无法静默了。两三丈宽的瀑布并不能叫开阔,但在干旱缺水的西域丛山之中,已属壮观了。即使我们站在离瀑布十几米远的观景台上,仍能感到被雾化的水珠沁入面颊、发际的清凉。走投无路的水,从山尖奋勇一跳,却又被突兀出来的顽石阻挡,再次挣脱,冲向虚空。经过再三跌宕,瀑布将自己猛然跃入峰底的潭中,刚才还激昂的情绪陡然间静穆下来,化作一汪温情,以精灵溪的身份,流向山下。

我看到有几位游客顺着山脚慢慢躲进瀑布织就的幕帘后,将耳朵紧贴着岩壁,倾听着什么,出来后问其缘故,答曰有疾驰的马蹄声。好奇心是最好的老师,我被这个老师引领着也走进了瀑布的身后,岩壁与瀑布间形成一条一米多宽的走廊,细小的水珠溅落石壁上,我冲外的衣衫很快就潮润了,赶紧将右耳朵贴近岩石,却只有哗哗的水声从左耳灌入,影响了专心。干脆捂住左耳,屏气静听,果真有轰轰隆隆的声响从岩石深处隐隐渗出,似万马奔腾,耳根稍离石壁,便听不真切了,再靠紧,又奔涌而来。我甚为奇怪,几次反复,如出一辙。同听者,都以为奇。直到肩膀感到了湿意,我才从水帘下钻出。

退到山弯处,回望瀑布,刚好斜阳反照其上,使清澈的水流绽放出一道耀眼的白光,镶嵌在黝黑的青山之间。我突然觉得瀑布更像一道阶梯了,引我们的情感扶梯而上,寻找存乎于山水之间的永恒主题。

就我们浏览的整座大山而言,天鹰峰和瀑布只是半道途径的一个插曲,在日常的生活中,我们也常常会遇到这样的情况,在设计好了的轨迹中,在意识之外,会突然插入一些意想不到的细节,因此而改变了原有的航向,而这些未被列入计划的节外生枝,或许会构成整个文章中最具魅力的情节。

又回到了果珠尔栈道,由于游览了天鹰峰瀑布,我被同伴们落下很远了。从现在的角度,我隐约可以看到山巅处露出尖顶的小亭,和从亭子里发出的缥缈的呼唤,声音落入林中,就像投入湖中的鱼钓,我疲惫的双足,仿佛一下变成了咬钩的鱼,积极而努力起来。当目标被视线企及之后,归途就显得具体而亲切了。

我几乎是一鼓作气登上天亭的,甚至来不及细细擦拭满头汗珠。卸掉背包,身心都霍然清爽下来,阵阵凉风扑面而至,将燥热的情绪慢慢抚平,我这才有了"会当凌绝顶"的体验。

亭子是用纯木头制作的,小巧玲珑,古色古香,伫立在崇山峻岭之上,一下有了仙道遗风的神韵。闲坐其上,环顾周遭,忽觉自己竟端坐在一艘航船之上,脚下全是汹涌的绿色波涛,两侧与此比肩的山峰,更像几艘竞渡的舟船,你追我赶,奋勇向前。

远眺西天,被阻隔的阳光一缕缕钻透了云层的禁锢,流泻出一线嫣红的晚霞,映照着随峰起伏的丛林之上,整个山林仿佛套穿了迷彩盛装,阴柔相济,层次分明。

渐渐地,开始有雾沉降下来,轻手轻脚地将松林慢慢掩盖,但远处被白雪覆盖的山尖,却不愿束手就擒,坚定地戳穿云层,将冷峻和圣洁高高举过头顶。而被山风裹挟的阵阵松涛,发出了海浪的回响,让我们恍如置身孤岛,四周密布着苍茫的波涛。

从我们端坐的天亭遥视对面的苍山,顿然觉得自己渺小成了一粒草籽,被埋在了山的掌心。而不知天高地厚的目光,却始终认为山巅与天亭之间,似乎仅几步之遥,几只在头顶盘旋苍鹰,用高飞的翅膀,为我神游的思绪,开辟了一条畅达的路径,但我知道自己的脚步无论如何也不会莅临山顶的,因为我看到了许多与山为伍的松树,前呼后拥、蜂拥而至,穷尽一生的气力，也没能攀援峰顶。这让整座山看上去像用脑过度而发际落秃的哲人，智慧渐渐高出了林木，银色的思想，深入云端。

当西侧山脉云雾缭绕、山岚弥散之际，东北方的天空早已云开雾散、朗朗乾坤了，同一副底片上显影出了两种截然相反的自然状态，晴朗与弥漫、通透与遮掩，都被山林导演着，我们成了被迷惑的观众。

## 空中草原——都拉洪

由天亭南行，攀上一条小道，再从几块巨石构成的夹缝间穿过，向前百余米，爬上一道缓坡，天空豁然开阔起来。本应高峻的山顶被谁削去，留的一片平坦葱茏的绿茵，静静地端坐其上。

好像恭候了多时似的，这片草原早已失去了耐心，我们刚刚露头，它便迫不及待地扑面而来，迅速抢占了我们惊诧的目光。十几块巨石，很突兀地错落在草原周围，像守护的卫士，其中最大两块相邻的巨石上，雕刻着一对深情回望的情侣和几只肥硕的绵羊，这让原本冰凉的石块一下子变得温情起来。两平方公里的草原看上去更像是表演的舞台，四周簇拥的排列整齐的塔松模仿着观众的神态，更远处则是姿态更高的崇山峻岭，一副君临天下的威仪，端视着前台。舞台的主角当然是羊群了，这些演员们把自己打扮成了珍珠的模样，一粒一粒嵌在草丛中。忽然看见一匹白骏马从树林间冲将出来，小骑手边挥舞羊鞭，边发出尖利的口哨，散落的珍珠被串联起来，又汇成了流动的河，慢慢向丛林边流淌。它们的举动引得林间几头吃草的牛，不满地抬起头来，用怪怨的眼神瞟了几眼，又处事不惊地继续享用生活的馈赠去了。倒是几匹散放在小木屋周围的黄骠马，警惕地昂起头，环顾四周，对于我们造访，也并未表现出太多的惊诧，垂落的马尾不时翘起，扫打几下牛虻和草蝇，显得很休闲，也很惬意。生活在这里的牛羊是幸运的。

阳光忽然从云层里斜穿出来，霎时，马的影子变成了橡皮筋，被夸张地拉得很长。暖暖的金色镀亮草原，我可以明显地感到，背后的阳光用温度轻轻抚摸我的肌肤，也抚摸着牛羊的幸福。被阳光宠幸的牲畜们，偶尔也停止进食，抬头看天，或将蘸满草叶的颈项抖动几下，这也许就是它们表达感激的行为方式了。

刚才还在马背上驰骋的牧人，已经斜躺在草丛间最大的石块上了，头枕羊鞭，毡帽遮脸，仿佛世外桃源的隐者，垂钓着岁月的悠闲，而那些散漫的羊群，现在看上去更像是他梦境里的星空，在银河中闪烁。那匹雪白的坐骑，在牧人的身边低头吃草，忽然昂起头来，嘴里咀嚼着青草，绿汁顺着嘴角流淌出来，又滴落在草尖上。

起先是一匹枣红马围着南侧的林间缓缓小跑，其余马匹慢慢相随，随后移动速度逐渐加快，直到演变成极速奔驰。整个草原的几十匹马都参与其中，越跑越快，即将冲下山坡的瞬间，又调转方向，继续以冲刺的速度狂奔不止。这或许只是马儿们饱餐后的一次嬉戏，却让我深刻地感受到了力量的奔涌，畅快而劲道。一直观望的白马也经不住蛊惑，慢步向马群靠拢，百十米之后，牧人一声尖利的口哨，拦住了白马的行程，它怔住步子，侧耳倾听，果然又一声口哨，马像被拽了缰绳一般，恋恋不舍地折回头，回到牧人身边。

我独坐石头上，看着夕阳慢慢向山林坠落，被它操纵的光线也从草原上一寸寸隐去，退到石尖、退到树尖、最后从山尖上凋落，只留几霞余晖，映照在天空闲逸的白云之上。整个山群开始一步步灰暗起来，像谁把黑墨一点点添注进晴空里，阴影欲显浓郁。硕大的丛林非常吸墨，最先亮出了黝黑的肤色，而后把整片草原都慢慢洇开了。

一朵不安心缭绕山峰的乌云，朝着都拉洪草原缓缓飘来，衔来一片雨丝,像手工极好的妇人,针脚匀称地将云与草地斜斜地的缝缀在一起。遗憾的是精湛的手艺没有彰显多久,就极快地被一道彩虹给阻隔了。被织成了七彩的光芒,高高拱起,把两座峻险的青山都收入了麾下。我还是第一次站在海拔1800多米的空中草原上,欣赏如此秀美的彩虹,它仿佛就伫立在眼前二三百米的前方,让你觉得触手可及又虚幻如梦。十几分钟后,像冰激凌融化那般,先从顶部开始,虹把色彩慢慢浸泡进灰蓝的天空里,越来越宽,直到剩下两节拱柱,像被洪水冲断的拱桥,最后只剩下右侧的桥墩,淡淡地隐约在山林之中了。

被雨淋湿的牧人翻身上马,朝着羊群走去,口哨清脆,羊鞭挥舞。刚才还散落星状的羊,渐次聚拢起来,汇集成了一汪泉,牧人绕泉一周,清点羊数,然后一声吆喝,头羊率领属下沿着早已熟知的下山牧道,回归本营。

八月阳光的落去,像松了劲的弹簧,被它压制的寒气渐渐强盛起来。对山林而言,阴暗和寒冷出双入对,形影相随。所以,山里阳光所给予的温暖,远比平原要重要得多。越来越暗的天色让我们感受到,周边的大山正一步步围拢过来,一浪一浪的松涛便是轻盈的脚步声,或许山是走惯了夜路的,显得从容不迫,将自己行走的目的,悄悄隐匿在幽暗之中,远远看去,山峦和暗夜愈发亲昵起来了。

草原和丛林愈显灰暗,原本两种分明的颜色和独立的状态,也开始相互浸染和融合,最后,走入都为之认可的境界——黝黑而混沌。

没有了阳光的统领,乌云早已变得杂乱无序,开始三五成群地朝着山尖压落下来,云像储藏了深厚的功力,把山压得越来越矮,最终与云成为同僚。天空一下变得空旷起来,只有两只苍鹰在我们的头顶盘旋。鹰是山飞翔的灵魂,山峻与苍天的交流是通过鹰的翅膀来实现的。所以,有时候看似静止的事物,其实,早已把腾飞的愿望升在了天上。盘旋的鹰用翅膀的笔描绘着淡墨的背景,一下一下,夜色被涂抹得更加幽黑了。

山脚下的毡房，缥缈的炊烟以及走远羊群的咩咩声，都构成了我们下山的理由，而寒气则更让我们快马加鞭了。

为抄近路，我横穿草甸，草丛间随性长满了齐腿高的蒿草，一不小心，手触碰叶上，竟像被蝎子蜇了那般，又痛又痒。急忙询问，有知情者告知，此草学名荨麻草，俗称蝎子草，肌肤触及，如毒蝎针刺。片刻之后，手背红肿，燥热灼痛，让你无法不记住这片草原的热情。

摸黑下山，路径斗折，亦步亦趋，小心翼翼，行至山下已耗时许久。气温也明显温和了，再端详手面时，肿痛竟已烟消云散，恢复如初了。

从山上到山下，从光亮到幽暗，我们只用了几个小时，便横渡了不同的心理境界。高有高的风寒，亮有亮的缺陷，有时候，在山下欣赏山峰的挺拔，或许比攀上巅峰，更让人心存敬畏，就像在幽暗中聆听松涛一样，它带给我们的想象，远比你清晰地看到每株松树的发出的声响更具引力，我们需要这样的指引。一如指南针的作用，是帮助我们找到方向，而不是抵达南极。

# 天赐草原云赐湖

对于从博尔塔拉出发向西行驶90余公里,却要攀升2070多米高度的赛里木湖而言,逆坡而上的季风行走至此,是要费些时日的。所以,直到阳历五月,这片广袤的草原,才赢得春天的驻足,这使得赛里木湖从意境上看去,更像是一阕咏春诗词的韵脚,高趣雅致地点缀在天山之肩,涵养着一个浪漫季节的律动。

## 碧 水 清 波

汽车沿奎—赛高速公路一直西行,在翻越乱山子高坡后,地势豁然开阔起来,明显觉得,心情已随着车速冲出了狭长的走廊,视线也随着呼吸陡然轻松下来。稍加留意,你就可以看见一幅醒目的路牌伫立道边，上面赫然"赛里木湖"几个大字。湖的标识，使刚才一路干燥的视野，至少在心里开始变得空灵起来，胸腔一下子浸满了潮润。而此时，除了招牌上的文字与湖有关之外，即使极目远眺，仍看不见任何水波激滟的蛛丝马迹，但情绪却昂扬起来，目光成为意识的爪牙。

湖像深藏闺中不愿露面的少女，即使千呼万唤，依然不露声色，弓着腰，猫在高坡之下，像一个游戏高手。但毕竟458平方公里的湖面太大啦，很快湖就表现出了力不从心。起先是一抹弓形的莹光镀亮了地平线，给碧绿的草原镶嵌了银边，而后银色慢慢扩散，似有一双巨手，把合拢的草原一寸寸推开，腾出一方水域，让湖的身体舒展开来。待车子拐上坡顶，惊愕会占据你所有的表情。起先看到的那一扇开阔水面，仅仅是冰山一角，更加辽阔浩淼的碧水，沿着瞳孔的四周大张旗鼓地包抄上来，一下就把你的所有猜想，沉溺水中。而行走的目光，很快就失去了冲力，像燃尽的焰火，坠落下来，无可选择地跌入湖中。所以，当你迎面整个赛里木湖，极目尽处的草原，更像是给水面绣制的绿边。

这时，质地纯正的阳光肯定会从湛蓝的空中冲将下来，像溃堤的洪水，让整个视线一片汪洋。而你裸露的肌肤，甚至可以感受到阳光栖落时的重量以及轻轻滑落的声响。几十里之外的雪山，用巍峨和高耸截留住你的惊叹，并将它反弹回来，破碎成湖面粼粼的波光，倒映的雪山便随着晃动的波纹一圈圈扩散开来，这些积木般的图案，在水波的作用下，表现得虚幻而缥缈。

蓝天下的赛里木湖，静如处子。堆积天边的草原和雪山组成了一道堤坝，阻止住湖水往蓝天奔跑的企图，却无法摧毁它们对蓝色的心心相印。所以，蓝天看上去更像是湖的心情。

此时的湖就站在对面，幽怨而冷静地凝望着你，一言不发，像打量陌生的对手。其实,湖是才从严寒的禁锢中解脱出来的。整整一个冬季,湖面被厚达几十公分的坚冰所覆盖,这块沉重的夹板,把所有与湖有关的信息和活力都封存起来,再辅以厚厚的白雪,将最后的细节密不透风地遮盖住,制造出一块平坦的陆地。这种只有在冬季才可以操作的游戏,被自然之手耍弄得既娴熟又不露凿痕。我常常想,如此磅礴广袤的水,面对寒冷的淫威,竟然也只能俯首帖耳,蛰伏冰下,屏气息声,毫无作为。直到次年的阳春四月,湖的冰衣才被升高的温度一层层剥离,从沉重的桎梏中渐渐挣脱出来。而整个湖面冰层的融化,似乎在一夜间就完成了,像是一场政治风暴,昨天还李唐天下,翌日便改弦宋祖了。冰消雪融之后,使得憋屈一冬的湖水,尽显真容。那历久弥坚的深蓝,仍旧保持静默的姿态,阅尽无数匆匆走远的时光。

你当然可以列举出上百种对蓝色确切的定义,而眼前这一泓深蓝,却瘫痪了所有的词汇。它是一种被晴空提炼了杂质的纯色,在鲜亮的光明里,蓝得忧郁而深沉,蓝得高贵而自尊,蓝得肆无忌惮又无可挑剔,蓝得让人费尽周折也无法抵达她的内心。这个从大海边走失的孩子,却把海的品质,种在了草原。

花和草早已织就了一张硕大的绿毯,引导你的脚步,深陷在松软缠绵的境界里,亦步亦趋,接近湖水。但蓝色似乎更像少女羞怯的爱情,还未等你步入近前,那抹幽蓝便往湖心款款退却,与你的追逐的速度难分伯仲,你驻足,蓝色也停止移动,既不愿让人接近又不想轻易远离。待你行至湖边,刚才还看似蓝绸的湖水,此刻却澄净如泉,竟可以透视数米,直逼湖底,连深水石隙间悄悄游弋的几尾小鱼,都能被目光悉数擒获。

赛里木湖的水位每年都以两三个毫米速度上涨,这与身处新疆由于无法抵御高强度蒸发而日渐干瘪的其他湖泊来比,有着不可替代的成长环境。造成迥异的原因便是蓝天下被草原娇生惯养的浮云,它桀骜不驯又我行我素的个性,让刚才还晴空万里的蓝天,忽然间就被奔袭而至乌云一手遮天了,霎时间大雨滂沱不已,可不到半个时辰,又烟消云散天霁如初。雨水的停歇和它的到来一样,毫无征兆,这使得作案后花草间流淌的雨水,看上去与头顶的云天毫不相干。乌云几乎每天都在重复着此项工作,毫无倦意,乐此不疲,其艰辛的结果,便是让汩汩的涓流,提上了湖面的高度。

你可以蹲坐在岸边的礁石之上,低头俯视,但见湖水微微颤动,轻柔洗濯你卷藏在微笑里的疲惫和沧桑。用手撩拨清冽的湖水,一股剔透的冰凉瞬间便沁入心脾,燥热和激荡随之安静下来。凝视这面镜子,思想却穿透了时间的厚度,追赶上1842年初冬虎门销烟后被贬伊犁年近六旬的林则徐大人。他立马驻足湖边,环顾四周早已枯黄的草木,面对眼前寒风彻骨的湖滨,这位被历史放逐的老人,是否读到了自己仰天长叹的愤懑和报国无门的悲凉!

如此纯净的湖水,逼视着每一个直面的心灵,它让我们的灵魂变得通透,让精神的污垢无处躲藏。它平静地注视,深入骨髓,仿佛一个跌宕万事的智者,汹涌过后,一切都了如心镜了,生命也变得平和,其实,平和才是生活最高深的境界。

能与纯净清波相媲美的当然只有圣洁的天鹅了,这个湖的精灵,成群结队地逡巡在浅滩水面,或颈项高昂,绅士般呵护着忠贞的爱情,或展翅嬉戏,孩提般宣泄着酣畅的欢快。它们把自己的世界,越来越靠近了人类的生活。在极为重视野生动物保护的博尔塔拉,赛里木湖的天鹅,已经很多代没有听到过猎枪的声音了,在远离了"血腥"之后,现在看上去,它们更像一群知足常乐的凡夫俗子,无拘无束地眷顾身边的物情,尽心竭力地享受上苍的馈赠。只有当我们乘坐的摩托艇快速驶来时,天鹅才不满地回望几眼,然后慵懒地缓缓飞起,在水面划出几朵腾空的白云,飘移不远,就又回落湖面。对于人类的惊扰,它们早已从容面对了。而另外与天鹅为邻的斑头雁,看上去则勤劳得多,它不停地扇动褐色的羽翅,从低空来回飞过,始终忙着生计,与天鹅的闲适相比,斑头雁似乎有着更为远大的宏伟蓝图。一群灰鹤则亭亭玉立在浅湾,不时地摆弄几下修长的玉腿,或绽开羽翅翩然起舞,溅起串串晶莹的玉珠。我想,人与鸟在习性上,理应相通的。由于处世哲学和生存态度的不同,虽共处一域,生活的品位和情趣是大相径庭的。只有白眉鸭在水陆两栖间穿梭,不时地踱上岸来,追逐些蚱蜢或叼食些草尖,待有人靠近时,便訇然飞起,落入湖中,继续淘食些小虾浮虫。我对白眉鸭个性,始终抱有胸无大志的印象,无法将它与天鹅的高贵、斑头雁的勤劳、灰鹤的旷达相并论,但它们却都是赛里木湖这棋盘里的棋子,在相互的对弈中,黑白相间又错落有致,和谐享用这一汪碧水,构成一个立体的棋局。

清澈的湖水,滋养了鸟类清澈的灵魂。

## 花　繁　草　茂

草是一丛丛紧挨着湖滨的,仿佛众多的淘金者蜂拥而至,赶到了岸边才猛然警醒——所有的草都不会水,没有一株敢跳下去。而身后更多地被蛊惑的不明真相者,从山岗、丛林、从四面八方,源源不断地奔赴过来,铺天盖地、越挤越多,我甚至能听到它们杂乱而急促的脚步声。这使得溺水的目光刚从清澈、湛蓝的湖水中艰难上岸后,又迅速被这一望无际的绿色,紧紧攥住。

草是草原最基本的构成,像水滴是大海的元素一样。你把任何一株草捧在手心,也看不出它的曼妙和恢宏,甚至表露出渺小和卑弱,但正是这无数弱小的汇集,才构成了纵横绵延的广博和波澜壮阔的气度。博尔塔拉草原,在阿拉套山与赛里木湖之间,找到了自己最绚丽的坐标。

花最初是隐藏在草里生长的,或者花自己也未意识到与草的区别,一起破土、一起萌芽,像破壳后混群的鹅鸭,后来茎秆渐次高出,后来尖顶鼓出苞蕾,一些靠近西岸的先觉者,率先绽放开灿烂的笑容,而后指引着身边的左邻右舍相继垂范,最后从湖滨一直逶迤到山巅,举目远望,满山遍野的鲜花竞相绽放。尤其是围绕着湖岸周边盛开的委陵菜,极具帝王品质,每一朵花,都高举着冠军的金质奖牌,很霸道地傲视群芳。五月的阳光扮靓了她的衣裳,她镀亮了整个草原。

追求真爱的黄蜂,把浪漫发挥到了极致,它们深陷在爱情迷宫里,把自己的青春,抵押给无法离弃的万紫千红。而柔美绚丽的彩蝶,则会引导我们一步步向大山深处走去。随着坡度的缓缓升高,花群像不停换装的模特,忽而浅紫,忽而乳白。又至一片开阔坡地,粉红娇艳的花色,突然决堤,汹涌澎湃地淹没我们的视野。只恨目光的空间太过狭小,早被瑰丽拥挤得满满当当了,但仍有无法抗拒的魅惑,正以花、草、松柏、山岚的形式,纷至沓来。许多行动迟缓的风景,徘徊在极目之外,用梦幻般的视觉效果,为存在的价值举证。

往远处眺望,以为是朵白云歇在了山腰,攀近才惊诧,竟是一团未及融化的冰雪,蛰伏在凹处。这个最后的冬季,固守着先辈的遗训,奋力拼杀尽全部的力气,最终倒在了博大的春光里,无奈的残喘细若游丝,几尺之外,就是与之对峙的花草,这很容易让人联想起一个强弩之末的王朝,被它曾经不屑的草民,揭竿而起,掀翻在地。一种事物的强大,是要依附于它的历史根基的,当时间成为最不牢靠的浮冰时,识时务者便成了俊杰。但并不是所有的雪,都能认识到春天的意义,譬如阳春五月,就会忽然出现一层云雾将骄阳缭绕,天空瞬间暗淡下来,复辟的冬天始终没有放弃翻盘的企图,很快就裹挟着雪花匆匆而至,刚才还是五彩的花草,迅速披上了素装,每朵花的头上,都顶着一个厚重的冬季,但花草们相互搀扶着咬牙坚挺,我听见它们彼此鼓励的声音。这是一个十分奇特的自然景观,其他地区极为罕见,而赛里木湖则习以为常。你会在惊叹于天工神秀的同时,又折服在弱小的伟大里。相互颠覆的两个世界,挨得如此之近,花和雪更像是在促膝和谈,双方用心化解开凝结已久的宿怨。冬天终究还是大势已去了,所以,现实的雪,看上去更像是一种装饰,是给美丽蒙上的一缕轻纱,更突显了草原应有的妩媚和娇柔。最终,所有的冷漠都会化解,一腔春水完成了两个季节共同的夙愿,毕竟,谁也无法挣脱对草原的眷恋。

品行端正的松树,则永远彰显着沉默的个性,站在海拔两千多米的高坡之上,

由于不善表达,松树把所有的经历和故事,一圈一圈写进了心里,让自己深刻记牢了每一阵风的容颜,每一场雨的内涵。而后,让这许多说不出口的往事,和自己一起一轮轮变老。只有鹰是自由的,在蓝天下,用翅膀改写着生存的高度。每一次起飞或者降落,都把追求写在蓝天的记忆里,作为草原最虔诚的守望者,鹰用翱翔完成生命的礼赞。和松树一样,它们都把生存的底线拔得很高,高到人类只有昂起头,才能仰视到它们的尊严。

作为一匹骏马,它的性格,更具备了草原的特征。开始还在低头吃草,忽然,很警觉地抬起头来,遥望天际,远处的毡房把一缕炊烟写在了天上,马就像接到了牧人的指令,朝着天边急促奔去,马蹄把齐密的花草,划开了一道伤口,清幽的花香,弥散开来。奉行唯物论的黄牛,只顾低头吃草,毫不理会身边异情。处事不惊的态度,使牛永远也学不会雷厉风行。马蹄声倒是引得几峰吃草的骆驼,抬起被花粉迷蒙的双眼,冲着远去的背影,怪异地远眺,嘴角还流淌着青色的草汁。对于骆驼,我始终抱有同情,是前辈作孽震怒了天庭么?才使得它们一出生就背负了两座高山,同在

草原,骆驼给我的感觉,始终以畸形的体态存活在重压之下。

对草原发出赞叹的只有人类,花的美丽和娇艳,丝毫不会引起这些原始居民的惊异,熟视无睹被写在它们无动于衷的表情里。这些被我们称之为风景的胜地,只是牛羊的料场,而它们祖祖辈辈要思考的,是活下去的理由。

赛里木湖及周边的草原被批准为4A级的国家风景管理区了,为了花草的繁茂,三年之内,周边的牲畜都要迁走。我不知道,失去了生灵的草原,像不像没有思想的大脑? 更不知道,几十辈世袭于此的牛羊,在最后道别的时候,如果能发话,他们会告诉我们什么?

# 酒 醉 情 长

为了满足博尔塔拉草原牛羊生存的需要,牧人要随着不同季节进行转场,像养蜂人追随花季。作为草原最有价值的家当,毡房会被小心地折叠起来,分架在骆背上,一个流动的故乡便随着众多的蹄声,行走起来。所以,在博尔塔拉蒙古人的眼里,故乡的概念,既可以博大到所有充满绿色的草原,又可以轻巧到几峰骆驼就能驮走全部的重量。但有一点是无疑的,蒙古包是草原上最具温情的空间,它拴住了多少回望的目光! 尤其对游子而言,那坐落在天边的毡包,早已磨砺成心灵的舍利,是魂的归宿,梦的故园。

大部分放牧的时间,牧人都会斜着身子,平躺在高高的阳坡上,头枕马鞭,帽遮双眼,手里紧握一瓶白干,不时地把瓶口准确而闲适地送到嘴边,深咂几下,黧黑的脸上迅疾荡开了心满意足的安宁。赛里木湖也一动不动地盯着那些以食为天的牲畜,它们吃草的技能娴熟而果断。多少年了,它们始终以不变的姿态咀嚼着岁月的内容。当然,偶尔也会抬起头来看看天，动作老道就像扶锄田野的老农，擦完汗水，仰视苍穹，估摸雨水的消息。一片肥美的草场，一群肥壮的牛羊，就能喂饱牧人的全部的理想。朴实，成为草原上，人畜共守的格言。

待到向晚的炊烟，把袅袅上升的思念，若隐若现地描上云端，草原就会随着慢慢沉落的夕阳沉静下来。此时，水足饭饱的羊群，正走在回家的路上，位高权重的牧羊犬，尽职地追咬着被落下的落伍者，促其进步。而牧人则斜挎在马上，行将干涸的酒瓶，揣在胸口，酒瓶塞子早已不知滚落何处了。缥缈的酒香，摇摇欲坠的背影、昏昏欲睡的草原。直到接近毡房时，才猛然睁开眼睛，让你猜不出，他刚才是假寐还是真的嗅到了奶茶的飘香。燃烧成猩红色的干牛粪，烘烤着锅底的馕饼，与山尖被烧红的夕阳，烘烤草原这张大饼，形成了极为相似的模仿，毡房周边弥漫着粮食的芬芳，而赛里木的整池湖水，已被夕阳的腮粉，涂抹的一汪嫣红了。

对于牧人而言，你让他们在酒香和琴声里做一个选择，显然是徒劳的，就像让孩子分辨爸爸妈妈哪个是我们的更爱一样。在牧人的眼里，两者原本就是不可分割的，像组成生命不可或缺的两种元素。所以我们能做的，就是将酒碗高高举起，连同对草原的膜拜和祝福一同饮下。在酒精的驱使下，毡房和感情的温度都会慢慢升腾起来。这时，你不用恳请，主人都会主动取下悬挂的马头琴，垫在腿间，来回拉动几下，调试好音律，而后接过敬来的一碗奶酒，一饮而尽，悠扬的旋律便滑然而出了。稍稍屏气凝听，你就会感觉到，自己已被两根琴弦越捆越紧，诗情也在无法遏止的激荡中，应运而生：

　　　　一匹骏马穿越空间

　　　　从草丰水美的琴弦里

　　　　飞溅出来

我们骑在马背之上
追赶着悠扬的旋律
抵达草原

被马蹄捣碎的音符
沾满野花的梦境
一波波荡开
向晚的炊烟


速度是被琴弓射出的箭
而这匹中箭的马
又把自己射向
白云的身边

牛羊安详毡房安详
琴声把安详
编成小河的流淌

雄鹰用翱翔翅膀
打开了一个牧场
谁把辽阔的草原
拴在两根弦上

马跑过的地方

草被划开了一道伤口

就像低婉的音乐

划开了我的忧伤


如此简单又如此纯粹，酒和音乐是家乡这棵树上结出的果实。毡房已承载不下越聚越多的热情。主人索性将琴声移植毡房外，让更多的欢乐点燃整个夜晚。围绕篝火席地而坐。这时，长者会虔诚地捧起银碗，而后缓缓亮出一曲沧桑辽远的蒙古长调，如泣如诉的表达伴随着舒缓的旋律，鹰翅般滑向微曦的天边。

天色黯淡下来后，牧人进入了自己真实的生活，此时的赛里木湖，也收敛了白日耀眼的风姿，成为静默的倾听者，一浪浪拍打湖滨的微波，仿佛也迎合着长调的节拍。

仍能听见不少的马蹄声，冲着篝火驰骋而来，马背上尽是一群欢快的少年，其中还有不过五六岁的孩童，火光映红了他们的稚嫩和野趣。相互间在马背上打斗嬉戏，竟如履平地，忽然某匹马被恶作剧地猛抽一鞭受惊前窜，少年就像黏附在了马背上，任凭骏马奋蹄疾驰。一抹黑影，朝着绛紫色的湖面狂奔而去，速度将奔马和骑手，一起楔进了夜色。

第二天，羊鞭会和太阳一起醒来，驱动新的生活。博尔塔拉草原，每年都接纳新增的祈福，并把自然的恩赐，反哺给越来越茂密的人群。

当身边越来越多的湖泊干涸之后，谁还能拯救这泓原始的美丽！

# 夏 尔 西 里

## 道 路 崎 岖

"夏尔西里"是蒙古语,意为"金色的山梁"。夏尔西里位于新疆博尔塔拉蒙古自治州境内,是我国为数不多的位于国境线上的自然保护区,它集森林、草原与草甸、内陆湿地和荒漠多种生态系统为一体,面积为314平方公里。

对于夏尔西里神秘好奇的感觉,完全是因为这片土地在外漂泊了几十年,才回归祖国的缘故,这有点像去探望一位自己从未谋面的至亲,忐忑和兴奋控制着我们的目光和情绪。所以,即使坐在通往夏尔西里的车上,我的脑海却一直在用另外熟悉的景象来虚构它现在的模样。

车子由博乐市向北驶出十几公里后,折道向西,在国境公路上飞驰。道路平坦,视野辽阔,这让人很容易放松自己的心情。窗外不时滑过的牛羊和蓝天上的白云一样,远远看去,在博尔塔拉草原上,显得闲适而恬静。如果说白云的存在让天空变得更加蔚蓝的话,那么牛羊的点缀,让草原则显得更加辽远了。

道路是在过了营房后,开始变得凹凸不平了。这是一条新修的路,是在崇山峻岭中开凿一条狭长山道,通往山顶的瞭望哨,也是我们进入夏尔西里自然保护区的必经之路。从连部的海拔1500多米,到山顶的海拔3100多米,在约20公里的山道上要盘旋攀升1600多米的高度,使得这段一车多宽的道路,既显得简陋又变得崎岖,几处弯道和陡坡车子左摇右晃,使得满车人都屏气吞声,心悬山崖,亲历其上,我们的观光行为具有了不少探险的意味。

这条探寻美景道路的崎岖就像它回归祖国时的艰难一样,有许多沟坎和陡坡。

九十年代苏联解体,夏尔西里成为我国与哈萨克斯坦的争议区,经过多年的磋商和交涉,1994年4月26日,中哈两国签署了《中哈国界协定》。1997年9月24日,中哈两国签署了第一个《中哈国界补充协定》。1998年7月4日,中哈双方签署了第二个《中哈国界补充协定》,确认夏尔西里争议区的走向。1999年11月下旬,中哈两国领导人签署了《中哈关于两国边界问题获得全面解决的联合公报》。将争议区内220平方公里的领土,交还中国。2000年6月,自治区人民政府批准建立夏尔西里自然保护区,2003年10月8日,我方开始对该区域行使主权。

保护区回归祖国后,我国科研人员曾多次组织科考队,对该区的地质地貌和动植物资源进行考察,发现了一批重要的动植物类型,包括有珍稀兰科植物红门兰等在内的野生植物1676种,包括雪豹、棕熊等国家重点保护动物在内的野生脊椎动物179种,昆虫420种,是中亚与蒙古两大植物区系、古北界北方型动物区系的分布区。

　　道路再曲折颠簸,但最终还是走向了应有的归宿。但眼前的道路,却更像悬在我们嗓子眼的一根鱼鲠了。只要不往万丈沟壑的车轮下窥视,你的目光就会被窗外的重峦叠嶂所捕获,苍翠依附于雄伟之躯,更显博大,山岚缭绕于峻险之巅,最具妖娆。阿尔套山的大气和伟岸,就像草原的蒙古族骑士,驰骋在时空交错的天地之间。

　　车子停在瞭望哨的板房前,这里已是整座山峰的最高点。一道大铁门拦住车队,大门后面曲折蜿蜒的铁丝网就是中哈两国的边界线。部队战士和保护区管理站的工作人员对我们的人车进行登记,又交代一些安全事项后,打开大门,我们沿着平缓的砂石路下行,进入自然保护区。

## 空 中 花 园

　　新修的平坦而宽阔沙石路面,逶迤进入草丛深处,将原本繁密茂盛的草甸切割开来。沿山坡而上的,是梯次分布的各类林木,娉娉亭亭的雪岭云杉,挺拔高峻的疣枝桦,粗壮开阔的密叶杨等组成混交林,遮天蔽日,一统天下。它们脚下,顺势倾洒出绿茵茵的草地,竞相开放着各色野花,雪青的糙苏、淡紫色的黄芪、紫红的红门兰、乳白的蔷薇、金黄的委陵菜等,都向天竞放,把自己骄傲的答卷高高举过头顶,姿态万千,形色娇艳,雄伟的苍劲和阴柔的妩媚,在盘根错节的回旋中,和谐调配。而路在这样的大背景下,更像是一条细绳,妄想捆扎住这幅绿色的巨型油画。

　　越往里走,山势也呈扇状,变得愈加平缓起来,这让更多的花草有足够的空间来排兵布阵,从山巅一直流泻到坡底。随意地极目远眺,远方的青山似乎是为了阻挡住这一汪碧绿才耸立在前方的,却未曾料到,最终自己也难逃被绿化的命运,而成为绿的招牌,悬挂在天边。起伏的群山被一床硕大的绿色棉被严丝合缝地覆盖着,没有漏出一线间隙,这种映衬使得棉被之上的蓝天,像一幅刚刚抖开的绒布,纤毫未染,更显深邃,而白云则是画家才涂抹上去的颜料,甚至还没来得及洇开,愈加纯净了。或许是看惯了新疆的荒漠和戈壁的赭黄,当满目充盈着苍翠和碧绿的色调时,我陡然忘记了自己所处的地域,以为置身于南国丛林的幻象里。只有极具男人气势的阿尔套山脉,昭示着天山特有的品质,阻挡住我们向前奔涌的思绪。无论是从相机的镜孔里还是我们的瞳孔里,看到如此纯美的画面,总觉得不真实,像人工合成的产品,因为天然造化的东西,总是有些瑕疵的,而眼前的美景,无懈可击。

旧的惊叹被缓慢行驶的车轮碾在身后,因为总有新的欢呼突然诞生。车子拐过一道山梁,我们整车人的目光一下就被眼前盛开的紫色的花朵灼伤了。

这简直就是一片燃烧的紫色火焰,从山腰一直向坡底烧去,脚下的大地也被它的激情点燃了,变得沸腾而热烈起来。我们纷纷涌下车,举起相机,走近火焰。

路基下,是集中盛开的红门兰花,一些黄芪和委陵菜夹杂其中,我还从没见过如此密度的花草,没有间隙、没有秩序,甚至没有起码的生存空间,一株压一株,一棵挤一棵,但每一株花草都饱蘸激情,蜂拥而上,几乎撑破了我们的视线。让我一下联想到六十年代时期,天安门广场人山人海举着红语录本的景象。不能不想让人联想到诸如"铺天盖地""人潮涌动"之类的成语。花是有灵性的,它把自身打造得如此璀璨是需要得到人类的赞许和惊艳的。否则,花与草便伯仲不分了。或许几十年来,自生自灭的命运,让这些美丽无人观赏,反而成就了它们卧薪尝胆的理由。这一刻,积攒了太久的美艳从土地的深处、思想的深处、季节的深处迸发出来,让人们为自己才发现它的魅惑而愧疚不已。

走进鲜花丛中看似为了留影,其实是抵挡不住这一片娇艳欲滴的色彩所产生的蛊惑,就像无法拒绝一位绝色女子的微笑一样,我们的脚步是被目光牵引着进入了紫色的海水中,波浪很快就淹没了我们的背影,大多人的脸部,也被鲜花掩映起来,只好拨开一人多高的花草,面对镜头,露出比鲜花逊色得多的笑脸。

生长在这里的每一株花草,应该是幸福的,祖祖辈辈世袭而居,没有锋利的金属拦腰斩断成长的命运,没有饕餮的巨齿粗暴咀嚼盛开的愿望,花的情趣可以尽情绽放,色的艳丽可以充分展示,草木一秋,圆满而善终。这与山外许多过牧的草原相比,真是世外桃源了。

# 动 物 王 国

车子穿行在两座山中间的平缓地带,路延伸到谷底后变得平坦而笔直,羊茅、羽衣草、珠芽蓼还有许多不知名的野草组成团队,迫不及待地从山巅上冲将下来,却被一道浅浅的车辙,挡住去路,但草的清香却没能刹住,通过车窗挤进车内,又停留在我们的嗅觉上。于是,满车的青草味,弥散了目光。那些走不进车内的花草,只好拥挤在路边,一簇绛紫、一簇明黄,我们的视线被装饰得五彩缤纷,车子也仿佛行驶在百花丛中。不时有被我们惊扰的粉蝶翩然飞起,华丽的双翅,引着我们仓促的目光又追随进另一蓬艳花丛中,有两只彩蝶飞进车中,被我捉住一只,翅膀的尾部,长着一对类似于眼睛的图案,同车有熟知者说,这叫眼蝶,是在此生存的近百种蝴蝶中的一种。我把蝶放在手心,仔细端详,它翅膀轻颤,两根触须不停转动,停留十几秒钟后,展开双翅,飞出车外。这只眼蝶或许是第一次与人类如此近距离接触,在它有生之年的记忆里,一定会有我的位置。想到这里,我不禁有些暗自得意了。百种绚丽的蝴蝶,伴生着百种鲜花的绽放,既是花的幸运,也是蝶的福祉,花是蝶的映照,蝶是花的延伸。

车子拐弯进入了坦克沟,有一条溪水从沟里流出,而后缓缓淌入路基下的自然渠沟里,形成一条小河,茂密的林下灌丛将河水遮掩起来,我们不时能听到水流的声响,却无法看清它的真容,有不少河曲柳和天山桦生长在河坝里,体形比灌木大很多,看上去更像小班里的留级生。

"看,那是什么?"车里有眼尖的人大喊起来,顺着手指的方向,我们果然看见六七十米之外的一条小溪边上,有两只动物在喝水,我们的出现,让它们低下的头抬了起来,但并没有惊慌跑开。车子停下,我从包里掏出望远镜,清楚看见了两只马鹿,雄性的头顶着两蓬高昂的鹿角,将雌鹿掩在身后,与我们对望了几分钟后,它们才缓缓走入林中,甚至在入林前,雌鹿还回望了我们一眼,神情若定,像是面对另一群也在此生活的动物。我将望远镜的视线由林中升高,放眼更远的山梁,一下看到了更多的动物,那是几十只黄羊,在朝阳的山坡悠闲午餐,一只头羊站在最高处,四处瞭望,呈弓形的两只羊角,像举起的两把利剑,直刺苍穹。同伴们争抢望远镜,轮流观赏,只可惜,那群羊被拦在了铁丝网之外,是一群外籍黄羊。我们的到来似乎并未打扰它们的进食,无论马鹿还是黄羊,在它们的生存体验里,人类还没有构成威胁。

这些动物让我突然想起,前不久一个老摄影家拿给我看的他抓拍的几张照片,也是在夏尔西里,他乘坐的车子刚翻过一道梁,突然看见半山坡一大群北山羊,摄影家说顶多有四五十米远,他兴奋地跳下车,连拍了十几张,直到羊群翻过山梁。他说好久没这么近距离看见野生动物了,还是三十多年前,自己是小伙子的时候,在牧区曾近距离看见过。他说这话的时候,兴奋的程度,溢于言表。我看了照片,的确很壮观,上百只北山羊,遍布山岗。

车子停在保尔德河桥头,我们走到河边,河面有八九米宽,水是从不远处的茂密林间奔涌而出的,水流湍急。河水清澈而冰凉,即使在骄阳七月,洗濯面颊,也有彻骨清凉沁入肌肤。有人顺着河岸的草丛往里走,准备去小解,步行了几十米后,领队在身后大喊:"不能再走了!出国了!"引得我们都放眼望去,在几十米外的河边,果然看见一个蓝色的界桩,几乎被花草遮挡住了,那是哈国设置的边界线。大家嬉笑着调转方向,朝着河岸另一端,深入祖国的腹地深处。时间不长,见一男子慌慌张张从草丛中跑出,腰带甚至还没扎好,大喊:野猪!这里有野猪!就像战争片里站岗的哨兵发现了敌情。我和几个胆大地走进林中,见到了一片被拱起的草皮,的确有几处是新近才开发的,或许是我们误闯了野猪的菜园。

领队告诉我们,在夏尔西里见到野生动物是习以为常的事,再往深一点的林子里走,或许还会碰见雪豹、高鼻羚羊、棕熊等国家一、二级保护动物,这里更是黑琴鸡、环颈雉、石鸡以及许多鸟兽生存的天堂。

只要这些生物的生存状态不要被破坏,我想,夏尔西里就是人类最值得骄傲的动物王国。

# 植 物 乐 园

越往前走,植物越茂密,甚至路面上都长满了花花草草,使路的感念变得模糊起来,有些花草甚至与我们的越野车比肩等高了,可以看出,草在这里生长

是不需要节制的,就像蒙古人在草原上的歌唱一样,纵情发挥,恣意奔放,无须顾忌身外的目光。从这个意义上说,有些时候,做一株草,真的挺好。

刚才还晴空万里,一片乌云游荡过来,便衔来一场阵雨,远处的阳光

甚至都没被遮住,这使得雨滴的成色晶莹剔透。就像撞见动物我们毫无防备那般,遭遇这场雨竟也是如此毫无征兆,这与城市里要下雨之前的先阴霾密布、再风起云涌、又电闪雷鸣、最后才雨水跌落相比,缺少了形式和过程,只在结果上,体现出了与众不同的个性。

雨停之后,我们走到了一座小木屋前,四周茂盛的蒿草已经将木屋遮掩的只剩下一小截盖顶了,远远看去,像是在绿色波涛中浮出的一只木盒。领队说这是苏联士兵留下的哨卡营房。顺着领队用脚从蒿草中踏开的一条路,我们走到近前,木屋是用一根根原木搭建而成的,风吹雨淋的缘故,木质都已皲裂成很多道黧黑的深缝,有几只黑蚁从中爬出。房间不足十平方米,屋角一个坍塌的炉灶,屋中一个早已锈蚀的木质土炕。几十年前的某个清晨,一位士兵点燃炉火,推开房门,看到第一缕阳光从高过窗棂草丛中透落,倾洒在他晾晒着野蘑菇的窗台上。如今,灶火已灭,但草还在年复一年地成长,尤其是上了房泥的屋顶,早已被一丛丛鹅冠草、马先蒿所覆盖。在夏尔西里,大自然是不允许有泥土显露的,就像我们现在的某些沿海发达的村镇,不允许有贫困户的存在一样,共同致富使大家都能和睦相处。长了草的屋顶,更像一顶萨克族少女插上了鹰毛的花帽,微风之下,飘逸而轻盈。

离开木屋,车子一路上行,我们已从沟底开始攀援了,行驶了几公里后,弯过一道山坡,就像前面我们被那一大片紫色的花海所淹没那般,又被眼前这一片灿灿的金黄所阻隔。这是由多榔菊、凤毛菊组成得菊花的海洋,每一朵黄花就是一支彩笔,将这半坡的颜色涂抹的整齐划一,心无旁骛。与紫色花海奔涌而下相反,这些金色的烈焰顺势而上,一直烧到山顶,在阳光的助威下,演绎得轰轰烈烈又坦坦荡荡。

忽然,有人发现在我们车后拐弯处的灌丛里,有野生草莓,颗粒像桑椹果那般大小,只是生长在荆棘枝上。来这里之前,我查阅了一些植物种类的相关资料,知道这种植物叫树莓,果子酸甜鲜美,十分爽口,大家蜂拥采集,赞誉不绝。同时伴生的还有红果小檗、黄果山楂等浆果,成为我们口中盛开的美景。

对于200多平方公里范围内遍布着1600多种植物的夏尔西里而言,能有这么丰富的植被,确实是土地的幸运。它就像家境殷实的富户,来了贵客随时都可以拿出美味佳珍予以款待。我走过新疆许多地方,有些区域甚至荒凉到幅员上百公里,竟无一片绿色,更不要谈鲜花蝶影了。这让我不禁产生了一些联想:夏尔西里或许是上帝的库房,他把自己最好的东西都存放在了这里,才使得这片土地有如此丰腴的秀美储备。因而,拥有夏尔西里的博尔塔拉成为幸运的享用者,而生活在博尔塔拉的我们,又更具备了近水楼台的先资。我常常想,美丽应该是一种具有疗效的药用植物,可以医治我们心灵的绝望和荒芜,所以,夏尔西里的绝尘美艳是不能只留给苍天和山川的,那是对一种特效药物的亵渎,它必须发挥应有的疗效价值,通过我们镜头的折射和心灵的过滤,提炼出其最纯粹的精华,变成一串串弥漫着浓郁原始气味的味蕾,停留在每一位渴望纯净的舌尖上。

# 草原深处是故乡

当你深吸一口气，然后缓缓说出"博尔塔拉"这个名字，便有了音符的律动和燕雀的反转——从舌尖上轻盈滑出的不是一个地名，而是一曲歌唱。是的，博尔塔拉具备这样的神奇和曼妙，无论是地名所蕴含的韵律，还是地域所构筑的绚丽，都在诉说着一个像辽阔草原上长调一样悠扬的理由。

一直以为故乡与作家之间，有着一组隐秘的暗码，它构成了交流的基本要件。我们摊开稿纸，开始为家乡表达的时候，其实是在进行一层层的解码，将每一个景象从我们的血液里面提炼出来，就像让盐从海水里面结晶出来那样，让漂泊的情结呈现出完整的原貌，也让柔软的情感找到坚实的依靠。

城市太拥挤了，装不下这个名字，家乡只好躲在天边，和草站在一起，模仿花的样子，绽放空旷和缓慢。当我站在千里之外的城市，回望博尔塔拉的时候，距离忽然催生出了岁月的沧桑和隐忍的牵挂，一种被叫作思念的情绪，慢慢升腾出来，占领了我的胸口和语言。原本平常的事件和平凡的人物，渐次被唤醒，使得那些隐匿在草原深处的细节，跻身向前，在记忆里游走和回放，急不可耐地展现自己存在的价值和意义。当我开始诉说的时候，家乡变得清晰起来，也变得温暖起来。那是历史留下的温度，给后人取暖。

常常自豪地认为，我们记住了故乡的模样：高耸入云的雪山，蜿蜒曲折的河流，辽阔悠远的草原，寂寥空旷的荒漠……这一幅幅极具象征意蕴的画面，是故乡呈现给这个世界的名片。在沉静的思索里，真的想走近她，触摸一些往事的时候，故乡反而退向远处，成为一个虚幻的背景，导致我甚至怀疑自己是不是在这样的环境中长大。为什么自己置身其中的时候竟毫无知觉，而离开之后，她却魂牵梦萦又无法抵达。由此看来，故乡不是用来度过的，而是用来回望的。

我们和故乡之间的情感依恋，是不可复制的。我们给每一株花草命名，替每一次欢乐立传，让平庸的生活有了况味和波澜。

故乡不会忘掉每一个孩子，就像天空不会漏掉每一颗星星一样，即使走得很远了，也如群星闪烁。这是被故乡擦亮的内心所折射出来的光芒，它依然能映照出我们最初的梦想。

更愿意相信，故乡是我们最可靠的收留地。第一声啼哭，是被荒漠的风收留的；第一串脚印，是被尘土飞扬的黄土路收留的；第一首情诗，是被长满水曲柳的小河收留的；第一次爱情，是被一只断了弦的旧吉他收留的。许多的第一次，都交给了故乡，它们构成了我和故乡之间特有的秘密。正是这些不可重复的细节，故乡记住了我的特征，并腾出一域空间，存放我的一生。

一万个人，会有一万个故乡，这是生活留给我们的成长途径，它让一个人区别于芸芸众生，也让一个人带着故乡飞翔。而一个故乡，会牵动成千上万的人，故乡把每一个人都当成了种子，种进了乡音和乡土里，开花或者结果，都能嗅到故乡的芬芳。

青色草原鲜花芬芳，骏马白云下自由驰骋，雄鹰蓝天里展翅翱翔，赛里木湖荡漾着天鹅的梦想，毡房把炊烟画在天上……歌词的描述与记忆的景象叠加起来，成为故乡最动人的环节，她的美丽被我们一页一页翻开，仿佛顺着出走的履迹，我们就能一步一步退回到最初的童年，退回到生命的起点。我想，那时所有的人都能发现，我们才是故乡最完美的诗篇。

用文字和故乡对话，其实就是把散落一地的情节串联起来，是一个人与一个地方的相遇。我的诉说就是这块土地的表达，当娓娓道来的时候，我在讲自己，更多的是在说这块疆域。其中的脉络，无论激荡还是舒缓，无论悲伤还是快乐，故乡是能听懂的，毕竟她与我们一起经历了全程。

一次乡朋聚会，一耄耋老者，拄杖而来，听到故乡牧歌，竟老泪纵横。他说岁月行将埋没腐朽的躯体，却无法掩盖故乡的眷恋。正是一个个游子真挚的情感，才养活了故乡清晰的容颜。

故乡，已成为我们携带一生的印章，也是镌刻在心里最稳固的方向。诗和远方，就是她俊俏的模样。


    这个夜晚，想起了草原
    想起鹰翅下熟透的黄昏
    湖水被蓝天接管
    只有野花张开嗓子
    喊白了雪山

喊绿了草原

酒香泡着夜幕
奶茶煮着星星
马头琴轻轻一拉
就绑定了我的一生

每只昆虫提着一盏灯
想用鸣叫照亮多少梦境
每只羊就是一个工厂
生产多少阳光
才能纺出幸福的景象

风远嫁了松涛
篝火娶回了牧场
溪流用整夜的情话
拴住了毡房
却拴不住月光

总有一些背影越走越远
顺着敖包的方向
走成游子的忧伤

露珠啊露珠
你怎么长成了眼泪的模样

打湿童年的山岗

打湿低垂的马缰


这个夜晚,我想起了草原

岁月搬不动家乡

距离隔不开爹娘

# 我心中有条河

　　非常喜欢一首草原歌曲《心中淌出的河》：千里牧场，辽阔的歌海，马背牧人，乘风的轻舟。悠扬的旋律像起伏的山坡，又似散淡的白云，千百年里，只用一种姿态飞翔。

　　有一些词是属于专供的，只有特殊的地域才能涵养出与之相匹配的气魄，比如雄浑之于天山，比如辽阔之于草原。站在被天山拱卫的茫茫原野，任凭草像决堤的江水，汹涌澎湃，漫无边际。置身这样的境界，你会忽然觉得，那些弱不禁风的词汇和无足轻重的幽怨，早已逃之夭夭了。新疆用它的博大和苍茫，剥离掉所有的负赘，只留下筋骨和感动。让你的身心瞬间透明起来，也轻松起来。你有了做一缕清风或者一株蒿草的冲动，这时候，你已经成为旷野的一部分了。

你可以俯下身子，向一株草致敬。向它的渺小和安静致敬。向不会开花的命运致敬。向被荒漠驱赶的高度致敬。在与雪线齐肩的晨曦里，绽放自己的梦境。理解草原，要从观察一棵草开始。你就找到了事物的起点，有了支撑情感走向的根基。更多的时候，朴素比奢华更具生存的定力。

你还可以慢慢抬起头，极目远眺。最终会发现，即使穷尽气力，视线也无法企及天际，远方早就成为未知的象征。不要总想看透一切，超越一切。在草原，过程远比结果重要得多。一如这清澈的流水，在蜿蜒曲折中，默默徜徉。任凭一些花草高过它的水面，隐伏在绿色之下，托着袅袅的馨香，托着整个春天的梦想。

在草原上，没有一条河流是雷霆万钧或者疾速飞逝的，仿佛是为了配合缓慢的节奏和舒缓的意境，所有的事物都降低了速度，河也是在九曲十八弯的回望中，折映出粼粼的波光和柔性的妩媚。这样的徘徊，便有了抚摸的意蕴，草原的肌肤因此而芬芳起来。只有在草原，才能见到水与草之间，如此地依依不舍，缱绻缠绵。也只有在草原，水才找到了自己应有的纯净品格和禀赋的柔美本性。

这里是粗犷和细腻的统一，是巍峨的弱小和对应，是硬朗和柔顺的融合，是放纵和怜爱的交织。两种完全不同的秉性，被天山和草原联袂起来，绘制出一幅刚柔相济的山水长卷。

歌中还唱道：沿着马头琴的旋律，随着乳香向彩虹飘去。心中淌出的河，唱给遥远的歌。当面对这一望无际的辽阔时，不要总把目光伸向远方。学做一条河吧，学做一条从心中淌出的河，用一个微笑，一次凝视，来滋养身旁的一株草，一朵花。它的意义，远胜于你眺望无法预知的远方。

辽阔之上，有着无垠蓝天和千仞雪峰；有着季节轮回和万里长虹；有着俯视我们的苍鹰和鸿雁；有着磨砺我们的风雨和寒冬。

辽阔之下,是些渺小的草和弱小的昆虫,穷其一生它们也只能生存在这狭小的区间里,或许,在它们的眼里,我们才是辽阔的化身。

　　辽阔是从心中淌出的河,心的飞翔,才是辽阔应有的方向。

# 萨尔巴斯套

似乎和贫瘠的石头有关吧。进山的路总显得很瘦。车子颠簸得像一条上钩的鱼,而鱼线一样的路费尽周折地将我们一寸一寸扯入大山,我们要去的是一个被群山环绕的叫萨尔巴斯套的夏草场。

车子行驶在天山支脉的科拉古琴山谷中。翻过一道陡坡,目光倏然被压缩成一条窄窄的巷道,这被高耸的大山挤扁的道路在我们的视野里更加崎岖起来。车子仿佛浪尖上的一叶扁舟,使得车里我们的视线也飘忽不定,无法认真地去观赏不远处旖旎的风景。与其说是在路上跋涉,倒不如更确切地说是在河床上颠簸。

这是一条干涸的河床,岁月早已将曾经澎湃的河水驱赶得无影无踪了,只留下这幅依旧汹涌架势,像秦长城一样昭示着已经走远的辉煌,我甚至仍然可以听到那不屈不挠的涛声就回荡在山谷间。作为水流的记忆,石头把那段历史镌刻在了自己的身上。

车子在河床间慢慢爬行,要不时绕开被流水挟带遗弃在山谷的卵石,在山洪逃亡之后,这些石头成了诠释它过去强悍的唯一物证。

车子行驶到一个幽深的峡谷,冷峻的岩壁被切割的光滑而高耸。路在这里饿得极瘦,弱不禁风的躯体看上去像被斜挂了起来,路旁立了一块铁牌,赫然写着"喀拉大坂"四个字。我们都下了车,费了不少功夫,在大家连推带搡下,车子终于越过了陡坡。

跃入眼帘的,是阴坡的一排排松树以及松树下悠然吃草的几只鹅喉羚。由于加大了对野生动物的保护,这些精灵们有了较为安全的生存环境,使我们在山谷里,轻易就能见到悠闲吃草的它们。

萨尔巴斯套,有"水草肥美"之意,是葱郁的夏草场。越冬之后的羊群,带着牧人朴素的憧憬,沿着我们现在走的这条山路——也是羊群祖祖辈辈一生也不会迷失的路线,迁徙到那里,度过整个夏天。牧人的生活是被季节牵着走的,他们对时令的把握要比我们深刻的多。

绕过两道山梁,视线豁然宽阔起来。看见一些转场至此的羊群散布在半坡上。在博尔塔拉草原生活的这些生命,是在颠沛中开始的,由于牧草的缘故,羊群每年要转场几次,夏草场应该是牧人与羊都渴望停留的地方。丰腴的水草,煦暖的阳光以及缓慢的生活节奏,无论牧人还是牲畜,都找到了自己最舒适的生存状态。

其实,对于草原的了解我们不会高过一只羊,这些慵懒的家伙在午餐后,随意地散卧着,像一整块白云扯开后散落的碎片。阳坡的牧人枕着马鞭,斜躺的姿势随意而悠然,被毡帽半遮的黧黑的脸,透射出与生俱来的健康。我肯定他不是在思考,兴风作浪的战争硝烟和铺天盖地的经济浪潮都在马鞭之外,整个草原屏住了呼吸,世界被一场梦统治着。我们有理由相信,在人与自然的关爱中,没有什么能超过牧人。在人类不停地破坏着自然的和谐,而后又殚精竭虑地拙补时,那些珍爱自然、顺应规律的行为,早已成为牧人一以贯之的秉性,他们对每一株草、每一寸土地的呵护,就像尊崇自己的长辈。由于心灵的清澈,使得牧人的梦和草原的蓝天一样,晴朗而空明。

车子行驶过一座木桥,流淌的涧水顺势而下,由于落差的缘故加之石块的阻挡,水流的声响听上去有些夸大其词,却将潮湿、清冽的意境,弥散的更具韵味了。

蜿蜿蜒蜒得山径瘦的怕举不起一辆车的重量,却依然坚持着将我们送入林区。楸桦、松柏,雪岭云杉等高大林木,渐次排列。清脆的鸟鸣,被松枝稍加修剪,也曲曲折折地传递过来,给爽朗的心情,镶嵌了一道金边。忽然有人惊呼,顺手远望,见一只雄鹿仁立山巅,即使俯视我们,头顶的长角依旧昂扬而挺拔。停留片刻,便箭一般把自己射入林中。

路被拥挤的蒿草磨砺成一柄锋利的剑了,深深刺入大山腹中,车子蚂蚁般在剑锋上蠕行。越来越茂密的林木,像撑起的伞骨,将阳光阻隔在绿荫之外,就连环顾的目光也被遮蔽了。司机巴鲁说,我们已驶入了原始森林。

车子要不时地避开一些松枝,味浓的松香提炼出久违的清新,在车内弥漫,野山菊和金莲花像招展的村姑,一簇簇嬉闹着拥围在一起,娇艳而妩媚。潮润的空气使嗅觉变得异常多情,似在与视觉抢夺着优先权,一阵幽香过后,看见一大片开满白色小花的乔木林,错落有致地环卫着一汪碧水,这泓从山涧流出的溪水,折徊在此,憩睡片刻,留下一排梦呓——那些白色的小花——而后一路欢畅,任身后的花草林木,将悦动的背影衬托的意境迷离而悠远。

恍若虚幻的美景将举着相机的同伴纷纷拽下车,站在美丽和镜头的中央,让自己成为景色的一部分,对美好事物的渴慕使得人们这一刻的思想,变得清澈而纯洁起来。才觉得,人是经常需要与自然沟通的,就像肺需要负氧离子的滋养一样。在自然面前,人类总显得过于年轻和幼稚。

一些风化的碎石从高处滑落下来,将路面掩埋成了斜坡,面对路基下的深沟,车子行进的颤颤巍巍,亦步亦趋,而随后赶来的牧人则信马由缰,驱牛赶羊,几声犀利的呼哨,便将我们的车轮落得很远了,面对崎岖的羊肠小道,现代交通工具显得一无是处。

几处险道过后,路终于渐渐宽阔起来。像是躲藏在一道山梁后,那片极大的郁郁葱葱的草原突兀地呈现在我们眼前时,竟使我们有些猝不及防,仿佛突然落入了设计好的包围圈里。密织的荒草将路一下子隐藏起来,像时光企图淡化往事似的,而路在荒芜中又不屈不挠地浮出来,隐隐约约,欲言又止。被落差驱逐的溪流也奔赴这里,舒缓信步,却好像知道自己后面还有更荆棘的征程,百转千折总不愿匆匆离去,将柔情和眷恋向这片旷野尽情表白之后,才依依惜别。

开阔的草场仍生长在山谷间,但这种开阔看上去,像是绿色用硕大的双手,将两座原本比肩的山脉奋力推开而腾出的生存地域,是自己不懈拼搏,赢得的成果,从而使得这片草场在我们的视野里,既显得弥足珍贵又不可多得。看到如此景致,车里的人都跳出车外,奔向溪流或者采摘齐腿的野花,在他们的眼里,这已是梦幻的异乡。

山坳里的毡房和袅袅炊烟提醒我们,仙境和人间已融为一体。

美丽所能引起的震撼,也仅仅笼罩在我们这些山外人的赞叹里,而牧人却习以为常了,这里不过是一片普通的草原,一座肥美的料场,一个生存的空间。司空见惯的还有那些牛羊和马匹,它们躬下身子竟顾觅食,偶尔抬起头,漠然地撩扫几眼,一副处事不惊的样子,嘴角淌出一行绿汁,滴落在花丛间。

巴鲁说,我们到了,这里就是萨尔巴斯套。

# 我 的 草 原

　　从一个城市，向着草原进发的时候，其实我们的心，已经开始绿了。这是自然带给我们的先期抵达，它让我们的精神体验相对于身体，要轻盈许多。所以，被我们常常穿越的这段距离，更像是由坚硬物质向柔软情感的过渡。对于生活在以荒漠戈壁为统驭的新疆人而言，草原已幻化为一种支撑美好憧憬的符号，它让更多的心灵，保持着郁郁葱葱的生机。

　　对于草原，我们是得腾出一些时间去感悟的，一如我们得留存一些空间储藏走远的童年一样。我们当然不能靠它来养活，但它却会成为一种精神的参照，援引着现实不时地莅临其上，来温暖当下的生活。

　　当你决定走向草原的时候，首先，必须放弃那种被称之为"速度"的工业名词,让自己的心情散漫下来,散漫成一群吃草的牛羊或者一位在草坡上枕鞭而憩的牧人。草原给了我们慢下来的理由:那缓缓流动的白云、微微拂来的清风、在一朵花蕊间流连忘返的黑蜂以及轻手轻脚荡向岸边的湖水,都在注解着舒缓的曼妙。一切美好的感觉都是在慢中诞生的,这很容易让我们想到爱情——那种于心灵深处渐渐渗透出来的牵挂,那段花前月下、海滨湖畔的流连,都在点点滴滴融化着今生的结缘。较之于生命而言,慢是趋向从容的开始,也是形成淡定的前提;是体验美好的阶梯,也是抵达彼岸的舟船。

从一开始,你的心情就会随着路况的周折而慢慢发生变化,结束了平直宽阔的象征着现代成就的高速路之后,山区一下变得逍遥起来,路则成为一条被大山随风摆弄的绸带,百转千回,盘桓在崇山峻岭其间;跌宕起伏,出没于苍松翠柏深处。路的境界仿佛是为了配合草原的心态而衍生出来的,像一本好书的引言。这让我们的情绪,很容易就被环绕进一种云山雾罩的气氛里,任思想被攀援而上曲径引导着,一点一点朝着充满绿色的方向着陆。纵横交错的山脉仿佛横刀立马的卫士,总将大美庇护于遥迢的绝境之外,这或许就是新疆草原所禀赋的共性吧。

草原结伴着湖泊,一直躲在山雾屏障的背后,待车子冲开最后一道山梁,才倏然跳跃出来,来不及刹车的目光,猛然和它们冲撞了满怀,先是意识瞠目结舌,而后是瞳孔蓄满惊叹。

将花草平铺直叙的是赛里木草原,用碧水映透蓝天的是赛里木湖。

我们到来的时候,草已经很深了。可以看出,在此之前,这些草一直随性地生长,一株挨一株,无序而嘈杂。它们拥挤在一起是为了相互取暖么?或者是为了传递彼此成长的消息?我无法猜透这些草的品行,正是因为草的拥挤,绿色被汇聚到了一起,一如水的拥挤把海洋汇聚到了一起一样。远远望去,这些草竟有了万顷碧波的神韵,在我们的视觉范畴内,草原和海洋同时具有了辽阔的属性。

如果你极目尽头,就一定会看到,草其实早就摆好了姿态,在等着我们,让所有的视觉一下就被奔袭而来的绿色淹没了。如果不是飞驰而来的山挡住了草的走向,这些汹涌的潮水会一直排浪蓝天之上的。站在草原上,你会觉得,没有草干不了的事。低洼或者高坡,它们都能极为轻易地据为己有,草把自己意志演绎成了整个世界的走向。

这时候,你可以俯下身子,慢慢拨开草丛,轻轻拔下一株草,看到一些泥土被细细得根抓裹着,草显得柔弱而渺小,甚至绿的有些灰白和淡定。一株草和一滴水排除了个体存在的状态之外,对于汇集成群体的效果是一致的,都会浩浩荡荡,都会气势磅礴,而这些伟岸,都来自每一株渺小的力量。仔细想想,其实,这个世界上所谓的强大和弱小,是没有绝对界限的。往往是这样,孤立的庞大最终抵不过渺小的汇集,一滴一滴的水,能汇聚成洪流,摧城拔寨。一粒一粒的沙子,能拼凑起庞然的沙漠,掩埋地球。

在远离大海的西部,草原用苍茫的品质,弥补了海的缺憾,把绿色的个性,一直荡漾到天边,而一匹在草尖上奔驰的骏马,则更像一艘碧波之上的快艇,飞驰电掣,勇往直前。

仿佛是为了映照海的秉性,赛里木湖与赛里木草原并列在了一起,坐在湖岸,左边是碧草,右边是碧水,看得久了,我竟有些分辨不出哪是草原哪是湖水了?或者我已经将它们融合在了一起,存储于胸,成为心灵的氧吧。

看着看着,你就会感到,无论是草原还是湖水,其实,都在瞪着一双清澈的眼,凝视着我们,眼里装满了与生俱来的纯净。面对这样的通透,常常让我们情不自禁地低下头来。

草原是高贵的,湖水是高贵的,甚至连我们呼吸到的被花香过滤的空气也是高贵的,在这些高贵的品质面前,我们的灵魂也开始透明起来。

　　站在草原之上,你无法不把自己的内心,放飞成一只翱翔的鹰,守护着这片圣洁。

　　每一个黄昏和黎明,天空都会写满,鹰的眷恋。

# 永远的赛里木

你不能不惊诧于海拔两千多米的这一湖幽蓝的,被满目苍翠草原环围着的四百五十平方公里的赛里木湖,在阳光倒映的粼粼波光里,显得静谧而深邃。

我别无选择地被她的博大而清澈所震撼着。极目的群山将峰巅的皑皑白雪倒映在湖面,仿佛与白云相媲美那般,尚未分出优劣便会被几只惊鸿的黄鸭扑水的翅膀将完整的景色分解的支离破碎。但极快地又黏合在一起像久别的恋人。

你不得不承认,有时候清澈的平心静气远比浑浊的汹涌澎湃更令人敬畏。这是一种睿智的静思,使你难以掩饰的私心杂念在如此逼视的透明里无处藏身。因此,除了惊叹之外的敢于直面便显得弥足珍贵。

我无法猜透一百多年前林则徐的马蹄声是否也惊起众多的鸭鸣，他面对这如此清凉的水，能否洗尽映照出的忧愤、无奈与沧桑。遁去的往事早已被毡房猩红的粪炭煮成飘飘袅袅的奶香，日子便是被牛羊咀嚼的小草，年复一年的青了又黄。

　　许多不知名的花，或红或黄，或紫或蓝，并不在乎人类的存在，恣情地将自己从山脚下攀缘到山顶，很野性地簇拥在一起，并不理会几只黄蜂孜孜不倦的挑衅，将自己最美的部分展示给世界，像进城的村姑首次穿上自己心仪已久的靓装。

　　就我而言，更能震撼心灵得则是在湖边草地上狂飙的一匹马，那奋扬的四蹄将速度诠释的既简单又精粹。猎猎的鬃毛看上去更像一面旗帜。马用桀骜不驯的性格把人类的羡慕驮成一句挥之不去的惊叹。就马而言，奔跑只是它生存的一种手段。

　　最刻骨的景致应该是走进牧人的毡房。尽管岁月的刀将每一道山脊和沟壑镌刻在牧人略显沧桑的脸上，却掩饰不住他们与生俱来的豪放。有时一瓶极普通的酒，便可以点燃整个毡房的热情，一生的理想，此时变得极为朴素且触手可及。拨动那柄油亮的老琴，清贫的生活与悠扬的歌声被美酒极协调地糅合在一起，自然且不露凿痕。我无法猜透这质朴的琴声能洞穿多少在他们身后纷纷枯黄的日子，但有一点可以肯定，不会凋落的是他们生命里永不疲倦的信念，这信念不一定是火炬，却熠熠生光。真诚——许多轰轰烈烈的岁月划过之后，这成为草原唯一恪守的格言。

　　赛里木的美是惊世骇俗的，像肩负着不屈的使命那般。在苍凉的西部蛮荒之中突兀出来，像浣溪村的西施，她的诞生就是要结束一种司空见惯的失望。用自身的瑰丽来拯救这满目的荒凉便成为赛里木不可推卸的责任。

　　徜徉于湖光山色遍野翠绿之中，我们仿佛是一棵随意的松树或一株清沁的水草,所有的情感被涂上浓浓的泥土的芬芳。挥之不散的眷恋恰如几只扶摇的苍鹰,一种无限的神往被扯到山的那一边,缥缈且不忍触摸。此时,用一种景致来形容另一种景致显得极为苍白且力不从心,赛里木是无法描绘得,我们只能任凭她用随心所欲的雅致将心中的纷繁浮躁梳理的淡泊而宁静。

即使离开多日,无论如何你的情绪始终被一只莫名的手轻轻地托着,不弃不离。细细想来,这便是一种怀恋。她所带给你的并不是摧枯拉朽的激荡,而如一条涓涓的细流,慢慢地渗透到你灵魂深处,最终淹没你全部的记忆。

呵!赛里木,你静静地把自己举在高原之上,举成一湖令人流连忘返的赞叹!

# 站在高处的美丽

八月的阳光过滤着我们爽朗的心情,湛蓝的天空,就像刚从干洗店取出来的,一尘不染。我随着"探路者"户外俱乐部,前往温泉县境内的鄂克托塞尔沟,野外徒步。

承载了三十余位"驴友"的轿子车,经过两个多小时的颠簸,终于停在了沟口。听觉迅速被很响的流水声抓住,稍稍侧目就可以发现,一条清澈的溪流肆无忌惮地从山沟的深处冲将下来,快跃上路面时,又被鹅卵石渠引领着突然绕个弯,回身从桥下钻过。

总领队黑风吹水在招呼团队合完影后,大家背上各自行头,沿着溪水边的萋萋小路,鱼贯而行。路在脚下显得很含混,潮湿的蒿草和盛开的野花,不时地将路搂在怀里,使得这条毫无主见的路,半推半就地时常委身于山野之中，忘记了自己引领的职责，我们只好让自己的脚成为探路先锋，好在几个经验丰富的"老驴"，一直在前，以先驱的姿态，并辟着前进的方向。

这是一条纵深约有十几公里的深沟，被曲折地夹在两座大山之间，由于车辆无法行驶，人迹罕至，使得花草和林木看上去都沾染了"深养闺中人未识"的味道。一株株塔松仿佛受过高等教育，很礼节地腾让出空旷的走廊，交给花草去恣意生长，而自己则默默无闻地拥挤在山坡的两侧，像列队检阅的士兵，庄严而肃穆。

我的力不从心是行走半个多小时翻越一个山岗之后出现的，身后十来斤的背包，惹得地球的引力总追着我不放，额头大颗的汗珠恣意滂沱，与我感同身受的几个"新驴"，早已蹲坐在一丛树荫下，像刚出水的鲤鱼，鼓着腮帮呼吸。目睹几个瘦弱女子，背着看上去比我的包多一倍的内容，神色从容地超越我们，使我惊诧的同时多了些钦佩和内疚。最不能容忍的是一个顶多六七岁的小男孩，煞有介事地背着一只与他身材匹配的小包，气宇轩昂地从我面前走过，还意味深长地侧头看了我一眼，使我的疲惫羞愧难当。我连忙起身追赶，蹒跚的步履让我深刻感到，衡量伟大和弱小的标准，决不在外观的形体上，更多的时候，我们会为一种不屈精神所折服，哪怕这种坚忍不拔的毅力，发生在一只小小的蚂蚁的身上。

黑风吹水来回在人群中穿梭，并大声鼓励落下的队员：走过这一段，前面景色更加秀丽，坡度也十分平缓，大家加油！

沿着溪水蜿蜒而上，周边的草木更加葱郁起来，一些或金或紫的野花，肆无忌惮地拥挤到原本就瘦弱的山路两边，使路的个性，更加低迷。走到一座山脚下，路终于从花草中冲将出来，将自己悬挂在山腰。脚下是几十米的陡直山崖和水声很大的涧溪，我们只能小心翼翼，亦步亦趋地紧贴着岩石，蠕过这条绣在半空的山道。

后面的景致让我们所有越过山道的人，都雀跃欢呼起来。翻过山坡，豁然一片开阔，草原竟然有纵深几里。绿草在舒缓而散漫斜坡上毫无节制地随性疯长，长短不一，品种各异的植被，披着统一的绿色制服，在微风的怂恿下，卷起层层波浪，一直荡漾到山脚下茂密的松林边。这让我想起生长在城市街道两旁绿化的草坪，人们将草的秉性改造的中规中矩，甚至显得低三下四，草的野性最终在割草机和锯齿的金属碰撞声中断送，失去了与生俱来的活力，草只有把自己的梦想，长成了主人的思想。所以，出身为草，能长在大山的深处，彪炳天赋的生命，着实是一种幸运，就像未被濯染的纯洁心灵，她的美是纯朴与空灵的结合，是毫无雕饰的简单和随意滋蔓的轻柔。

　　我选择在一片松树的阴凉处小憩，退下身背的重荷，心情也倏然轻松下来，可汗滴仍前赴后继地涌向额头，我索性仰面躺在厚实的草坡上。不远处，隐约在山谷中的善于表现的涧溪，在落差的驱使下，将水流的声音侍弄得华而不实，但却恰到好处地把整条山沟渲染的潮湿而凉润了。而茂密的塔松在身后围绕成一排天然的屏障，将力量汇集在一起，齐心协力地把塔尖直刺进蓝天，给人一种不自量力又锲而不舍的感叹。阳光纯粹得像秋天成熟的玉米棒子，一粒一粒从松间散落在草地上。无论如何目光都躲不过一座横亘在眼前的高山，灰褐色的岩石让山变得更加沉静和端庄，如一位长者在凝视孩童的嬉戏。起初我以为是阳光的折射或者眼花所致，忽见一条玉带，以流水的姿态将山肩缓缓缠绕，赶忙举起相机，用镜头拉近观察，却见一群纯白的山羊，在头羊的带领下，行走在陡峭的半空中，从容不迫又秩序井然，鳞次栉比的羊把身体缀成一条珍珠项链，佩戴在山的颈项处，使得单调的灰褐色陡然丰富起来，羊毫无知晓地走成我们眼中的一道风景。

　　稍微恢复些体力，我们继续前行。徒步的好处在于我们不需要知道路的尽头，所以，没有距离感，我们没有最终的目的地，我们的目的只是行走,时间是我们的证人。出发时黑风吹水大声告诉我们:"走到中午两点半开饭!"他没有说要行走多远,也没有讲在什么地点,这实际上在告诉我们,所有的脚步都行走在时间里,时间成了我们较量的对手。

在统一的时间里,人的体力难以统一,所以战线拉得很长,回头可以看见逶迤的山道上,有些人影星星点点散播在几里之外,像绿色海浪里浮动的鱼鳔,而前面的人,早已攀到遥距几里外的半山坡上。我一直紧紧咬着前面距我十几米远的一个小团队,几个瘦小女子顽强的背影,成为我不敢懈怠的理由。经过近两小时的坚持过后,双腿的疲劳感逐渐缓解,我暗暗加力,超越了一直走在我前面的几个人。

转过一道弯坡之后,几只低头吃草的黄牛散落在我们面前。满目的黄花把草地烘托得神采奕奕,几头体质强健的牛,把头埋在花丛中,情真意长地咀嚼着岁月的馈赠,只是在我走近拍照时,才极不情愿地抬起头,用毫无修饰的面孔冷淡而随意地瞭扫一眼,又稍做转身,继续享受其宁静的生活了。远处郁郁葱葱的塔松想极力攀上山顶,或许是岩崖太陡了,绝大部分松树都拥挤在山下,乱作一团,使得谢顶的山巅给人一种未老先衰的感觉。碧空如洗的蓝天和几朵刚刚榨开白云引得我们的视线辽远而空邃,整个身心被一种剔透的清新所浸泡着,仿佛尘世的一切浮躁都被过滤掉了,只剩下一副纯净。看远山脚下,镶嵌着一座黯黑的木板房和一匹低头吃草的枣红马,在阳光的映照下,竟也熠熠生辉。两个着装鲜艳的哈萨克族孩童在房前嬉戏,忽见一个跃上马背,一双小脚轻轻磕碰马肚,马蹄便从草丛中划开一条路,将自己射进丛林,牧人早把自己的生活与周围环境协调地融合在一起,和谐而自然。这时,我看见了一只鹰,非常机警地在空中盘旋,这种极具灵性的神物,会耗尽毕生的心血来捍卫故乡的兴衰,出生草原的雄鹰,高贵、坚韧而孤独,与生俱来的天性,使它至死都不会降低自己生存的空间,和草原相依相伴,与飞翔同生同亡。鹰的翅膀,高过了许多人类的品质。

途中,我看到了许多当年采伐的没有运出的原木,散落在山脚下的草坡上,横七竖八地斜卧着,像醉酒的汉子。感觉这些黧黑的朽木,已被雨水和时光蹂躏得奄奄一息了,早就凋落了昔日的伟岸和雄壮。一些绿苔爬满枝干,覆盖了木纹织出的年轮,让岁月变得模糊起来,但几米外的丛林却依旧郁郁葱葱,成长和消亡几十年来就这样对峙着。人类的一次采伐行为,让许多优秀的林木走出群体,这些原本已经成才的栋梁,不知什么原因,最终没派上用场。这些朽木年轻的时候一定目睹了许多与他们一同成长的兄弟姐妹,被运出林场,或者雕梁画栋变成艺术,或者精打细磨制成家俬,让生命通过另外的形式绽放出辉煌。而只有这些被命运放倒又没有运出山林木头,躺在晚辈咫尺的遗憾里,风蚀雨淋,慢慢腐朽,成为时间的弃儿。我敲敲这些空洞的木质,它们已经发不出清脆的声响了,含混的回音和轻易就能剥落的木屑,让生命觉得薄如蝉翼。

好在更多鲜亮的野花和茂密的蒿草很快就湮没掉了我刚刚生出的沉郁,我们行走到了鄂克托塞尔沟的腹地,一片展开的草甸上。苍劲的林木和湍急的泉流将其环绕,使得这片绿色极具修饰的成分,像给照片装了边框。驴友们慢慢聚拢这里,卸下包袱洗脸擦汗,等待落伍者归队,准备午餐。

我无法停止好奇地探寻,怀揣一只口琴,逆流而上,去寻找这股泉水的源头,或者会有一道瀑布悬挂在我的期待里。

在茂密的丛林间穿行,我得不时地用手拨弄开挡住去路的松枝,或绕道而行。脚下是松软的山土,不时有踩断枯枝的"咔咔"声与不远处的泉水声交织在一起,这让我的鼻息可以毫无阻拦地领略到潮湿、清新和腐朽、松香混杂的气味。山道越来越陡,其实已经没有道了,泉溪也被分成了好几道小溪,我追寻着较大一条溪流,继续攀援。直到双腿乏力,寻一倒地枯木,斜坐其上,稍事休息,才抽出空当回顾身后的美景。由于地势的缘故,感觉所有的林木都躬着腰步步为营地往山顶攀登,阳光似乎小心翼翼地穿梭在间隔极小空间里,忽然将一只正奋力向上攀爬的大黑蚁照得通体透亮。不时有几声脆生生的鸟鸣飞溅过来,浸湿我们寻找的目光,这是一个没有人类腐蚀的世界,一切植物和动物按照千百年来养成的规律随性生长,静谧而安详成为森林里最显著的乐章。

我一鼓作气,终于攀到山顶,却发现自己已然到达了另一座更高山峰的脚下,而那溪水只是脚下岩壁里析出的一小汩涓流,柔弱而纤瘦,在流出山巅前汇聚成一泓浅潭,不露声色地滋养着周边那些枝繁叶茂的藤蔓。我坐在潭边的石块上,用泉水清洗了口琴,感觉音符就含在了嘴里,稍稍用气,清爽的韵律,便随着山泉流淌进花草的根茎之中。

是人类的能工巧匠发明了乐器,是自然的鬼斧神工创造了景色,当二者浑然天成联袂一体的时候,其实演奏的技巧已无足轻重了,意境让所有的声响变成了天籁之音。

我从山顶回到宿地,一直在吹着口琴,觉得所有的语言和思维都可以屏住呼吸,只有音乐,像放飞的彩蝶,缭绕林间。即使很久了,我的思维仍无法从鄂克托塞尔沟的绚丽中走出来,我知道自己是被一种超然的物外力量击伤了。此后,贫瘠的目光,一直都再没有找到更丰腴的风景,来滋养记忆,滋养那不会枯萎的画卷。

# 神　　湖

十几辆越野车连成长队，载着四十余位新疆知名作家组成的"印象精河"采风团，出精河县城一路向南，深入一个叫冬都金草原的天山支脉婆罗科努山腹地。同行的精河县宣传部副部长告诉我，冬都金除了草原的秀美之外，最有看点的，就是一个泊在山腰的湖，小欧在极尽华美辞藻之后，也不无遗憾地说，他也是听说的，由于路不通，自己也未曾莅临。上天似乎总把美好的景致安顿在大山深处，让瑰丽引导着迢迢跋涉，好在八十余公里的山路，不算天涯，在现代车轮的驱赶下，隐藏在大山深处的神秘，将会愈发清晰。怀揣一个好奇，整车的期待，便充满了朝气。

车子在平坦的砂石路面上疾驶，几十分钟后，绿色的田野和朴素的村庄在车轮扬起的灰尘里慢慢淡出视线，越来越崎岖的山道和频繁颠簸的速率,很动感地提醒我们:山势险峻,行路艰难。在两山对峙的山谷里,路时而被挤压成一条肋骨,时而开阔为一扇沙洲,两侧陡峭的山体,不时有悬石凸出,斜挂在半坡,正觊觎着路面,仿佛随时都准备跌落下来。虽然是缓缓踽行,但前面车轮扬起的褐黄尘土,仍然模糊了我的视线,既然什么也看不见,我索性闭目养神。车内流淌的轻音乐薄纱般慢慢覆盖了我的浅眠。

我被同车的诗人沈苇唤醒时,车队停在一个开阔的半坡间,左侧的坡上矗着一个不算太大的敖包,给我们开车的当地蒙古族司机蒙克巴特告诉我,这个敖包的名字叫阿尔苏德。包尖插着木棍,棍上系着几条白色的哈达,在风的作用下,有节奏地摇摆,使得整个敖包灵动起来。

或许是路人经过太多,加之此处周边全是土坡,附近易采的石块早已告罄。许多作家只好徒步荒野,步行几百米,翻山越坡去寻找石块。我也跋涉上百米,终于在一干沟里,发现一块被黄沙掩埋的岩石,稍费周折,终于拿下。敬放石块,绕敖包三圈,再端过一碗满满的银碗酒,敬完天地,一饮而尽,顿觉体内一股英气直冲云霄,神情也愈发豪迈。环顾敖包之外,是拥围的低山,蛮荒的土褐色让所有的绿色植被望而生畏,为数不多的几株蒿草,躲不开命运的安排,小心翼翼却又毫无退路地生长在荒山脚下,从这些渺小的植物里,折射出生命的伟大。

火辣辣的酒起先只是点燃了我的腹腔,没多久又跌跌撞撞窜进了我的思想,对于酒量羞涩的我,沉醉似乎只是一瞬间的事。

不知走了多久,只感到车子摇摆了几下,而后猛然冲上一道坡,听觉先被晃醒,并迅即捕捉到一缕从远处飘来的若隐若现的水声,我不禁为之一振,是那种在焦灼的燥热里,倏然被叮咚泉水激活的振奋,目光迅速带着我的探寻扑向右侧山涧,透过散开的尘霭,看见几十米之外的谷底,有一条灰亮的水流,从远处一排排的崇山峻岭中,歪歪斜斜地冲将出来,身后紧追着一些河柳、白桦和山杨，远远看去，被植物簇拥的河水，越发显得清癯和纤弱。

或许是有水相伴的缘故，干燥的山道顿然变得滋润起来。路也在拐了几道弯坡之后，低下身子靠近河谷，把我们的期待，引近河边。才感觉河水并不像我们在山腰看见的那般瘦小，甚至感到汹涌的水流撞击河间卵石发出的声响，竟有些磅礴。同车的小欧告诉我们，这就是冬都金河，"冬都"是蒙古语，意为"中间"的意思，是流入精河的三条支河靠中间的一条，故而得名，源自婆罗科努山北坡。冬都金河水流丰沛，沿岸景色优美，河流滋养着天山深处肥沃的夏季牧场。讲这些话的时候，小欧的语气充满豪情，神态也异常兴奋。蛮荒的西部，即使能有一条窄渠从城市间穿过，都会使人感到振奋，更何况这是一条由雪域清泉汇集的河流，水最终成全了一座城市的妩媚，让"精河"这个名字，充满了对水的记忆。

在行驶了两个多小时后，车子依次排开，停在山坡上，大家围在一起填充些水果和干粮，但訇然的水声却不绝于耳，从半山坡上往下看，环绕山脚的河流，由于地势的落差以及巨石阻道河间，使之形成了四、五级梯次连接的瀑布群，放眼望去，依然可以领略到从二三百米之外传递过来的乱石穿孔、惊涛拍岸的气势。下山的坡度太陡了，只有身体素质极好的作家闫平，只身一人放弃进食的机会，带着摄像机，亦步亦趋，艰难地下到瀑布前拍照，其他人都远远眺望，按兵不动。事实证明闫平的下山不虚此行，后来我从他拍的录像里看到了飞流直下的瀑布和汹涌澎湃的浪涛，场面之壮观，气势之恢宏，总让我想起大义凛然或者慷慨赴死之类的词语。我不知道，从天山深处流出的清泉，居然也能构筑如此令人惊撼的场面，或许是天山的品质造就了水的性格吧！

路开始在河道边的林间穿行，在茂密的河柳丛里，不时看见许多几个人都围拢不过来的粗壮山杨，鳞次栉比地扎根在河畔，枝繁叶茂且伟岸挺拔,把整片林子渲染得神采奕奕。看到这些身强体壮的家伙,只围在岸边心安理得地成长,总让我觉得有些胸无大志,就像成人后的孩子仍离不开父母那般。它们原本可以走得更远些,走出山谷,走向蛮野,用自己的顽强和绿荫去拯救一些荒凉,而不应该拥挤在已经郁郁葱葱的河坝里。从这个意义上说,雪松是值得称颂的,虽然他们粗细不均,甚至有些尚未成才,却不甘平庸,一株挨一株,走向崖顶,以勇攀高峰的姿态昭示着路人。

从山梁一路下坡到谷底,空间豁然开朗起来,两侧的高山似乎很有礼貌,纷纷退避三舍,空出一大片平坦的草原,冬都金河舒展着筋骨,在草原上随性折回,缓慢流淌。两道车辙之外,是茂盛的毫无顾忌又肆无忌惮疯长的牧草和盛开的鲜花,举目四望,草就像被压抑经年突然接到自由宣判后似的,不计后果地痛长,把所有的力气都发泄般地用在生长上,甚至到了来不及选择地点和时间境况——我诧异地看见牧人居住的小木屋顶上,遍布着蓬蓬勃勃的青草、开满着娉娉婷婷的紫花——自然给木屋裁剪了一个十分秀美的发型,与门前斜卧的牧羊犬及低头吃草的马联袂构成一幅朴素又和谐的画卷。我看见一个老妇端着木盆子走出小屋,到门前的土灶前,将盆里的鲜面平铺进锅里,而后弯下身子,捅捅炉膛,一缕青烟便钓住了我们留恋的目光。即使事隔多日,只要我闭上眼睛,这幅田园的场景就会显影在记忆的底片上,背景是一望无际的绿,绿充分显露着将其他颜色完全占领又不给其一丝生路的霸气,这种色调覆盖着大地和山峦,看上去不但未显呆板,反而充满生机,用单一的颜色创造出如此丰富的内涵,除了草原,没有什么能胜任。

越往里走松树越茂密,车子几乎是在林木的间隙里穿行。潮湿的松香和植物混杂的草腥,根本不顾我们嗅觉的要求,相拥着挤进车里,缭绕在眼前,挥之不去。不时有小松枝婆娑车体,发出的沙沙声与不远处的水流声次第交错。斜挂梢尖得太阳,被林枝裁剪得支离破碎,使得洒落林间的阳光看上去衣冠不整且散散漫漫。在一个稍显开阔的岔口,车队停了下来,在岔口的中央,伫立一座用不规整的石块修葺的碑,碑文用蒙古、汉两种文字书写:布银途敖包。碑后的碑文告诉我们,由于前往冬都金草原的路不通,世代牧民的转场搬家,都是靠骆驼和牛,长则十几天才能走出山谷,行动十分艰难。在博尔塔拉蒙古自治州和精河县党政领导的关心下,自2005年至2007年,历时两年,耗资99.5万元,修通了这条牧道,打通了深山与外界的联系。世居在这里的几十户牧民,为表达对党的感激之情,在这修建了敖包,取名"布银途",意为布满金银的道路。敖包直径约五六米,用水泥石块砌成,直立中间的干枝上,系满了各色的哈达,远远望去像蹲在山尖上的一只雄鹰。"雄鹰"的后面夹杂在松树间,长着一棵叫不上名字的树,冠上结满了樱桃一样的果子,鲜红鲜红的颜色压弯了满枝的苍翠,像遍布夜空的星辰,涂亮了夜色。女人总是好美的,便有不少女子簇拥到枝下,玉树临风的样子,树显得更加妖娆而女子也愈发妩媚了。

车子沿着右侧的石路,溯河而上。又行驶了十几公里,靠近河边。司机蒙克巴特说,前面的路还没修好,只能到这里了。下车后小欧用手指了指西南的方向告诉我们,传说的圣湖就在前面。

听说要翻三四座山,再走一个半小时的山路,不少作家止步于河边,该处的景致也已美不胜收了,冬都金河像一条玉带,紧挨着山脚下,原本想拴住山的庞大身姿的,却有些力不从心,无奈之下,只好幽怨地从山的身边恋恋滑过,把一大片紧紧追随的树木甩在岸边。

我对湖的神秘探寻,更甚于对美的现实留恋,我要去看湖。

一身牛仔装束的蒙古族青年朝我走来,头戴一顶牛仔帽,或许时间久了,常被抓的帽檐边缘,有些乌黑发亮。小欧说这是宣传部专门找来的向导,山里的牧民,叫叶尔登。小欧拍拍我的肩膀,示意跟他走,不无遗憾地说,由于自己要准备采风团的饮食,这次又没机会看湖了,叮嘱我一定多拍些照片回来给他看。

我们走近河边，十几米宽的河道上，修了一座窄窄的木桥，一次只能容一人单向通过，水的流量看上去很大，咆哮的水流不时溅起一些水珠，将桥面打湿，让行走其上的人心怀恐惧，仿佛猛然一个巨浪就会携桥一起冲向下游。叶尔登先走上桥，回头冲我们笑笑，行至桥中央他蹲下身子，伸出右手撩些河水，麻搭（问题）没有，我的天天走！他用有些生硬的汉语鼓励我们，既轻松又无畏。

渡过木桥就面对高山，坡不算太陡，阳面不长松树，密密地织一层厚厚的茸草，我们像绿色毛毯上慢慢蠕动甲虫，顺着一条羊肠小道一字排开，纯净的阳光在海拔2000多米的高原上，早已丢弃了暴戾的秉性，只暖暖地贴在身上，而白云仍然一幅没有睡醒的样子，慵懒而散漫地游弋在山巅。途经山坳时，几只或黑或黄的奶牛，心不在焉地吃着草，见有人路过，便用漠不关心的眼神撩扫我们一眼，又垂下头，继续咀嚼岁月的馈赠。这让我想起多年前我去过的米尔其克草原，也是在山坳里，也是几头悠闲的奶牛，这种相似的境遇让我忽然觉得自己走在了往事里，或许那些牛根本就没离开过，就像是种在草原上似的。我想对牛而言，也应该是相似的，无论谁来，一切都是过客，只有草是自己的终身情侣，也许牛知道草不会离开自己，所以吃草的姿态显得有些傲慢和随性，好像它们才是草原的主宰，让人觉得自己的多余。我想，生活在这里的牛是有理由骄傲的，如此丰美的草场，如此凉爽的气候，如此清澈的泉水，如此温暖的阳光，教人只想放声呐喊，沉静是件十分困难的事。而此时，我发现向导比牛还无动于衷，他低着头，专注地盯着小道，疾步走在队伍的最前列，与我们拉开了有近百米的距离。

费了很大力气，我勉强撵上了向导，早已是大汗淋漓。我喘着粗气问他，还有多远，他用手指着前面更高的山说，快了，这山的后面就是了！

他的口气十分轻松，依然戴着帽子，也没见汗珠析出。或许是常年待在山里，紫外线把他的脸涂抹成了黝黑色，他告诉我自己今年刚满十九岁，就在这草原上长大，两年前初中毕业后就没再上学，和父亲一起看护这里的林木和草场，这里的每一座山他都爬过。我问到他湖的一些情况，他说当地人把湖叫作"图鲁哈努尔"，是蒙古语，有"神出鬼没"的意思，也有人直接用汉语把它叫作"贼湖"，就是因为这个湖不是固定存在的，时而满盈碧波荡漾，时而干涸滴水无存，让人琢磨不透。我们此次能否见到湖，也未可知否。叶尔登的最后补充了一句："只要心诚，就可以看见，我看这次可以！"他的介绍更激起了我的好奇。

翻越两座山坡，约莫用了一个小时的时间，我的双腿像铸进了水泥，步子迈得很艰难，回头望望，同行的作家们竟被我落下了八九百米，而小向导依然健步如飞地走在我前面，尽管为了等我，他走走停停，还是将我甩下了八九十米，除了感叹年龄的差异之外，我更加钦佩山里孩子肌肉的矫健，向导在前方的拐弯处朝我挥手，我已无暇顾及满头的汗水，只好紧咬牙关往上冲了。

拐过山梁，前方没有发现向导，四处张望也不见踪影，我冲着山谷大喊了几声，没有回音，我好生纳闷，相信他不会丢下我的。索性坐在草坡上歇息，估计是上厕所了吧？否则他不会不应答的。约莫五六分钟的功夫，一个牛仔帽从右侧的山坡上缓慢拱上来，随后露出的是肩上扛着的一大块条形石，最后整个人爬了上来，我发现汗水已经浸透了他的后背。行走时他的步履缓慢了许多，问石块做什么用？他先是笑笑，而后故显神秘地说，等一会儿就知道了。他越不告诉，越让我充满好奇。我看叶尔登走得汗流如注，几次要换他，都被拒绝了，他说必须亲自扛，否则就不灵了。他指着几百米外的一片林子说，马上到了，林子的后面就是湖。

眼看前期的努力马上就见到成果了，我的心却又忐忑起来，心里默念，千万要见到湖，否则这场跋涉岂不前功尽弃！"今天能见到湖么？"我还是忍不住问，牛仔很认真地说，"一定可以的，一看你们就是心诚的人。"

越靠近林子，草的长势越好，在一个弯坡下，几株河柳环卫着一片湿漉漉的绿地，绿地中央一条清清细细的小溪穿过，而后流到山下的冬都金河里，溪水是从山坡上流下来的，叶尔登兴奋地喊着，"有水！有水！肯定有湖了！"他边跑边告诉我，半个月前他来过，没有见到湖。我紧随其后，又上坡行走了百十米，终于从两座山坡的鞍部，看到了闪闪发亮的水光，起先是一点点，越往上走湖水显露的面积也越大，叶尔登早早就跑过了湖堤，几分钟后，我也气喘吁吁地坐在了湖边。

湖面比篮球场稍大些，呈不规则葫芦状。我往上攀爬，坐在山的肩部朝下看，湖文文静静地镶嵌在绿草坡上，与比它低近百米的山下喧哗的河流，形成了鲜明的反差，四周全是绿色，使得这蓝湖看上去更像大山别在前襟的一枚胸针。我用相机连拍了一组照片，湖边没看见向导的身影，我用相机的镜头在开阔的四野寻找，终于在湖东岸的高坡上发现一座敖包，把镜头拉近，牛仔双手合十低头膜拜，他历经千辛扛来的条石被恭恭敬敬地摆放在敖包石堆的最上端。我放下相机，走下山坡，也想在湖边寻找一块石头，去祭拜敖包，可绕湖一圈也没寻到，似乎终于有些明白，叶尔登要从远处搬来石头的缘由了。

我走近敖包，一堆石块上面交叉了许多松枝，系满了各色的哈达，叶尔登边围着绕圈边告诉我，这里是附近牧民祈福的场所。他掏出一条洁白的哈达，恭敬地祭奠。

离开敖包，靠近湖边。但见湖水清冽，碧波微澜，一派盎然的情愫。它为什么会干枯呢？我盯着湖面，诧异良久，然后望着青年，他认真地摇摇头，这是老天的安排吧！谁也不知道。我想，这或许就是湖的神奇之处。

坐在湖边举目望去，湖面豁然辽阔起来，竟有了浩浩荡荡的气氛，远处的重峦叠嶂把恍惚的倒影漂浮在流光溢彩的水面上，穿透云层的阳光让整个水面波光粼粼，更增显了湖的雍容华美，群山和蓝天都打包装进了湖里。

听到惊呼声时，抬起头来，看见落在后面的许多男女，越过了湖堤。

当大家围在湖边争相拍照留影，取水洗脸时，我一个人慢慢退到湖西岸的高坡上，远远地看着这湾小小的湖，和湖边五彩缤纷嘈杂的人们。就面积而言，其实用湖来形容这泓水，是降低了湖的职位的，但牧民们认为它就是湖，就像湖对岸的敖包一样，从我现在的角度看过去，他就是一个十分不起眼的小点，牧民认为它是圣地，大小有什么关系呢？谁见过大过心的湖，谁见过高过头的地。

这躲在深山的湖，让时间熬稠了寂寞的湖，终于有些喧闹了。但人是会走的，留下的仍然是恪守的孤寂，和那些青青的草、静静的山以及苍翠的林木，无垠的蓝天。

或许一场雨水，就会冲刷掉我们跋涉的脚印，但湖却泊在我的心里了，即使岁月荏苒，它也一定会端坐在记忆之上，在每一次沉静的回顾里，碧波荡漾。

# 遥远的哈拉吐鲁克

　　我的影集里有一张二十年前在阿拉套山麓下的哈拉吐鲁克林场与我高中同学的合影,岁月的河流已经将原本黑白分明的颜色冲刷得淡然而模糊了,甚至白皙的周边泛出了浅黄的色泽,使我常常联想起母亲从前的那头乌发和现在花白的头发。时光像一个魔术高手,将所有的东西在我们惊叹之后改变得面目全非,而它却让自己依然年轻,更要命的是同它一样不衰的还有我们的回忆,这种与往事对接的反差,使得面对现实的我们涌上心头的除了不朽的眷恋就不能不是涩涩的酸楚了。

　　哈拉吐鲁克是蒙古语,意为"黑雕出没的地方",雕者,鹰也。这是二十年之后我才从一蒙古族长者那里了解到的意思,在此之前漫长的日子里,我竟从未考究过,就像出生在长城边上的人们,面对司空见惯的残垣断壁,根本不会去关心是哪位郡皇建筑的一样。生活的波涛总在冲撞着生命中最突出的矛盾,一些枝节末梢或者对生存没有直接对抗的细节,往往被当成一种经历,起先是忽略,而后就束置于记忆的高阁了,对哈拉吐鲁克美好景致的感受,便在其中,尽管那儿离我居住的城市仅有四十多公里。

车轮在二十年之后的山路上行走,扬起的依然是二十年前的灰尘。

那时还不到十八岁,繁重的学习和面对快要到来的高考的压力,将我们折腾得已是老气横秋,或许为了松弛一下紧张情绪不要在考前被压力击倒,或许为了弥补我们这群生活在准噶尔盆地就要毕业的中学生们居然没有见过大山的遗憾,班主任终于决定带我们去一个美丽的景区"哈拉吐鲁克林场"一个听上去十分拗口的名字。

当由五十多人拥挤的年轻群体被一种亢奋的情绪激荡着的时候,他们是不会在乎是不是坐在一辆破旧的敞篷车上或者道路的崎岖与颠簸的。一路的歌声与欢笑将整个天空冲刷得碧蓝如洗。这是一团生命刚刚开始燃烧的火焰,蓬蓬勃勃,将整个苍翠幽深的山沟点燃了。

车子终于在男女生大惊小怪的惊叹声中停泊在一块草坪上,紧靠河边。跳下车,人群便四处散开,各自寻找最美的景致。无论是松树、桦树还是白杨,连同朝阳似的青春和造型都被收入到了四四方方的像格之内,沟底流淌的一条清泉冲击着河中央大大小小卵石,远远的水声早已溅湿了大家轻松的心情。让功课和知识挤压的兴趣在这一刻彻底迸发出来,被文学词汇所称之为巍峨的群山,在一双双不知疲倦的脚下就显得微不足道了。几乎所有的同学都在攀登,年轻的秉性注定了他们不会停留在原地墨守成规的,所以当有物体挡住自己视线的时候,他们要做而且必然会去做一定是——超越它,哪怕它是陡峭而险峻的山峰。我想,在这个时候是没有什么能阻挡青春的步伐的,蓬勃的朝气可以让一株柔弱的小草顶开整个冬天。因为无畏，所以有成。

历经千辛万苦终于攀到顶端，回眸望望最初的起点，竟有些模糊而缥缈，运载我们的卡车看上去更像是一个哺乳婴儿的奶瓶，遗落在山谷，小河竟像是从奶瓶里流出来的。

转过身才发现，还有更高的山峰示威般耸立在我的面前。我不假思索地就去翻越，可攀爬了不到一半，筋疲力尽的双腿就把沉重的身体和妥协的愿望泊靠在山腰了，举目仰天，顶峰在我的遥望里不可逾越，才开始真正地品味"山外有山"的深刻含义，背靠劲松，山的成熟与稳健将我单纯的冲动逐渐平息下来。但依然有不少同学在锲而不舍，远远望去他们蠕动的步履缓慢而艰难，但是最终还是攀上了山巅，当所有的风景都被他们踩在脚下的时候，其实他们自己就已经成了一道风景，那挥舞的野花更像一面旗帜，二十年之后竟依然在空中飘扬。

大山的天气永远都像一匹没有被驯服的烈马，倏忽之间，我们便被霏霏的细雨驱赶到了车前，在白桦林茂密的树冠下，各自从家里带来的五花八门的佳肴，满满地摆放在绿草坪上。吃的什么东西已经记不得了，但班主任手风琴拉出的优美旋律和我们随意而夸张的舞姿却像永不褪色的底片一样，一直在记忆的深处曝光。绵绵不绝的雨水淋湿了我们的头发和满沟的景致，淋不湿的是我们无所顾忌的快乐和对美好事物发自肺腑的挚爱。

时间像被雨水泡软的土墙，再也扛不住暮色的降临。直到现在我还能感觉到同学们那恋恋不舍的眼神，返程的车厢里悄然无声，被山路攥紧了的这沟美景将所有的目光都拉扯过去，一种叫作距离的东西将我们越推越远，一直推进到二十年之后的岁月里。

直到现在我都无法从记忆中寻觅出当时在哈拉吐鲁克的上空盘旋的有没有一只黑鹰，是地面景色的瑰丽淡化了我们对天空飞翔的流连了吧！

这次的故地重游，既是对二十年前景物的深刻惦念又是对韶华已逝的青春步履的追忆与慰藉。离林场还有一段距离，同学们已有些急不可耐了，不少人从车座上站了起来，将目光折向窗外，仿佛能穿透这起起伏伏的山包似的。而进山的道路依然是那么曲曲折折，看不出有现代的时光探寻过的痕迹，散落在半坡的几头奶牛依旧摆着二十年前的姿势，悠然地吃着草，好像从来就没有离开过。我特意抬头望天，仍然看不见有鹰击长空的迹象，由于这些被人们赞誉为神灵的家伙们的虚无，使得哈拉吐鲁克的名字成为枉然。

　　可能是年龄的关系吧，下车之后，望着被记忆回放了无数遍的这片林子，竟没有涌起想象中的激荡，同座的四十余名同学也没有谁再发出二十年前的大呼小叫，目光都在仔细鉴赏着这幅早已成熟的版画，可看上去更像是在辨别——终于找到的是不是自己失散多年的亲人。人群散开，大家各自去寻找当初镌刻在白桦树上的名字、眼睛或者其他的什么记号。我没有留下什么，所以只能凝望着那座依旧郁郁葱葱的我二十年前只攀登了一半的大山，决不能再让遗憾伴随我余下的时光了，我决定一定要登上顶峰！

　　顺着一截横卧在溪水之上的枯树干攀援而过，又穿越一片错落有致的桦林，来到山脚下。体态的丰腴和岁月的无助，使我没爬多高就大汗淋漓。我必须要爬上去！与其说是在鼓励自己，不如说是在重树信心，这时候我想真正在起作用的已经不是力气了。我们会经常遇到这样地情况，当筋疲力尽或者走投无路的时候，一些人对起初确立的目标会身不由己的产生动摇和怀疑，但总有一些人能矢志不移地坚持下来，并取得最终的胜利，这些胜利的人其实毫无优势可言，那么能支撑他们坚持下来的除了恒心便只有信念了。我就是在信念的牵引下一步一步向上攀爬的，还不时地回头望望山脚下越变越小的人影，才发现二十年之后，除了我再没有一个人愿意与大山抗衡去超越自己的意志了。

越过我曾经滞留的半山腰，就被一种亢奋的情绪所笼罩，刚才产生的一点点孤独感完全被自豪所代替了，觉得自己正在经历一场将遗憾改写成辉煌的过程，尽管每走一步都十分艰难，但接近山顶的诱惑一直在敦促着我，坚持向前。我肯定花费了比年轻时多几倍的时间才终于登上了山顶的，却有了比年轻时更加厚重的成就感。我可以肯定认为这绝不是整个群山最高的山峰，也不是我人生经历中涉足的最高顶点，它至关重要的意义在于我超越了自己二十年前就一直以为难以企及的高度。有的时候，战胜自己，才是最艰难的攀登。

我从山顶下来的时候，不少同学已经喝的醉卧在草坪上，像阳光下倦慵的绵羊，更多的人则忙着把自己的形象同身后的风景用相机筑成永恒。与二十年前相比，景色稍动未几，面容沧桑已深。偶见某个男生借着酒胆紧攥女同学的手，将二十年前未曾开启的心声倾吐出来，终于了却了淤积已久的夙愿，虽为时已晚，却终也除去背负许久的遗憾。原本一句精心酝酿的叩问，启齿于舌尖，竟沉淀了二十年。

有时候感情可能就是一眼泉，无法导流的境遇，使得它将无助的渴盼和清晰的思念恣意湮没，让未来的日子布满水荒，而那个难以承载的名字，执着如船，在心中逆流而上。与秀丽的景致相比，我们内心的世界总有太多的缺憾，或许正是这些残缺才构筑了生命丰富的内涵，幸福如果是一座桥，缺憾无疑就是桥墩。

不少同学毕业之后天各一方，有些甚至相距千里，昔日的青春意气，已被成熟持重所替代，面对"年年岁岁花相似，岁岁年年人不同"的诗句，不胜酒力的我，除了模仿李太白的狂饮豪迈之外，无言以对。满满几杯下肚，醉意泉涌上头。只几个回合，酒就迫不及待地将我掀翻在地。仰面躺在林间的草地上，斑驳的枝杈将阳光切割得支离破碎，从缝隙间散落到我假寐的眼睑上,酥痒且温暖。感觉和身体已剥离开来,品味一只硕大的手将我轻轻托起,放在了云间,叶片般在湖面上游离,随心而缥缈。我的记忆就在二十年的区间里来回穿梭,无声无息。

等身体和感觉统一起来的时候,车子快进入市区了,我竟浑然睡去了两个多小时,是同学们把我架上车的。对哈拉吐鲁克的第二次造访,居然是以这样的方式作别,这也许是上苍的安排吧!让我没有机会跟它说再见。或者是为再次的回顾留下的伏笔?我宁信其真。

细细想来,我们对景色的眷顾,其实不仅仅是对美的鉴赏,更多的还是对介入其中的人或者事的牵挂,就像一本好书,能打动我们的不是华丽的封面,而是丰富的内容。一如哈拉鲁克林场,我们从灵魂深处对它的惦念,总脱离不开二十年前的那次郊游。

哈拉吐鲁克是幸福的,至少在我们这些同学的记忆中,它一如既往地枝繁叶茂,始终如一地郁郁葱葱。

# 杏花伊犁

伊犁是幸运的。与西部边塞的其他地域相比，这里简直就是山眷水顾、独享天秀了！这些感慨是我透过疾驰的车窗，不时看到一丛丛乳白色的杏花越过园墙，向我们招摇时发出的。

四月的塞北，皮肤是能感受到春天苏醒后懈怠的情绪的，这是积雪消融后，和煦的酥阳传递过来的温情，但花草却还把绿色的梦，沉睡在根茎里，以至于车过赛里木湖时，见到的依然是寒冰封水面、白雪覆山峦的情节。或许是高山缺氧，阻碍了春的攀爬速度吧，使得我们的思绪总也跨不出严冬的禁锢。但邻近的伊犁，却已走在了季节的前面。无怪乎文友惜妍女士在电话里急切地敦促我们"如果再不来，伊犁的杏花就开败了。"这让我豁然觉得，一座横亘在博尔塔拉与伊犁之间的科拉古琴山，就像显失公允的法官，把双倍的温暖，判给了对方。

好在二百公里的距离不算遥远，终于选定时日，邀几个文友，以杏花的名义，向伊犁进发。车轮刚启动，心就模仿着杏花，慢慢地开始绽放了。

想到杏花，记忆里总会涌出些许唐宋的诗韵，"日日春光斗日光，山城斜路杏花香。"（唐·李商隐《日日》），将杏花与春光联袂在了一起，告诫人们，珍爱美景珍惜韶华。"杏子梢头香蕾破，淡红褪白胭脂涴。"（宋·苏轼《蝶恋花》）则是用白描的手法，把杏花的特质细腻地描绘出来，让我们体味每一朵花瓣的意境。而陆放翁的"小楼一夜听春雨，深巷明朝卖杏花。"（宋·陆游《临安春雨初霁》）更是将杏花报春的品质，表现得淋漓尽致，大有"春江水暖鸭先知的"意蕴。尽管这些诗句早已脍炙人口、耳熟能详，但大都是表现江南风韵的山水情调，细细品味，虽都饱蘸了作者个体的生命经验，但由于所处地域的限制，诗情都稍显柔弱精细了些。我想，这和他们作为参照的对象有关，充其量也只是几垄杏树或一座果园，与伊犁浩荡的万亩杏林相比，定然是缺少了壮阔场景和磅礴气势的。

就特质而言，无论南方还是北国，杏花都不会有太大的差别的，改变人们对杏花气质认可的，是它的生存背景。把一束娇艳扎根在朔风肆虐的北方，它的生命里必不可少地会浸染坚毅的品行。能把漠北腹地，误作秀丽江南，显然是杏花衬托的功效。

虽然熟读了许多诗句，但当一株株杏树举着粉白的杏花，朝着我们蜂拥而至的时候，原本拥挤的辞赋全部被惊艳所覆盖了，只剩下贪婪的目光，在一丛丛花束间咀嚼流连。惜妍告诉我们，伊犁今年的气温特别高，万亩杏园的杏花前几天已经开败了，好不容易才打探到距市区百余里的喀什河上游的龙口水管站，这片正在绽放的杏林，虽不及万亩壮阔，却也足以表达出杏花美艳的情韵了。

如果比照体育赛制来划分花类，我想，杏花属于跑得最快的百米飞人。地上的青草才刚刚吐芽，甚至许多果木的花蕊还在孕化阶段，杏花就疾速从众花中冲将出来，率先跑上枝头，居然还娉娉婷婷，从容不迫。从枝干依次排列到树梢，一如成千上万只粉润的蝴蝶栖落其上。只需一树花色，就能唤醒春天，何况放眼望去，满目的杏花统治着视线所能企及的范围。我们被花丛包围着，四面楚歌，看到的是千军万马的飞驰，听到的是摇旗呐喊的冲杀。

偶尔有几只蝴蝶翩然翻飞，或许也和我们一样，迷醉在烂漫之中，已无法选择停歇的位置。靠近花蕊，目光就很难分出哪个是蝶，哪朵是花了。蝶恋花是天性，还是蝶需要花的营养，滋润出自己花般美丽的外形？

忽然，从杏林中窜出一只黄狗，冲着我们汪汪小吠，惊飞起那几只迷踪的彩蝶，却也让田园的恬静一下变得生活起来了。追着黄狗出现的，是一个六七岁得维吾尔族小男孩，好奇地盯着我们这一群赏花者，看到有相机镜头对着他，咧开豁牙得小嘴，有些羞涩地笑了，和身后的一树杏花，开的一样纯净。顺着孩子来的方向，在叠花掩映中，依稀显露出一座毡房，那应该是孩子看护杏林的家园。对他而言，这些杏花，是他家园的一部分，是司空见惯平常之物，是成为果子的一个阶段。让他诧异的，倒是我们对杏花的艳叹和追捧。也许为了引起我们更大的惊叹，小男孩忽然利索地爬上树杈，摇摆起来，随着他身体的晃动，那一树的花瓣纷纷飘落，一场艳丽的杏花雪，洒满了春意盎然的丛林间，正迎合了北宋诗人王安石的《北陂杏花》："一陂春水绕花身，身影妖娆各占春，纵被春风吹作雪，绝胜南陌碾成尘。"此时的心扉，就像刚刚沐浴了甘霖，一种酣畅，充盈其中。

在返城的路上，惜妍告诉我们，在伊犁农家，几乎每户小院里都会种上一些果树，从四月开始，杏花、桃花、梨花、苹果花会渐次开放，整个小院生机勃勃，花香四溢。好像是为了特意印证她的说法，一进到市区，就见到街道两旁争香斗艳的郁金香,金黄的、艳红的、绛紫的,配置于盛开在树林间玉兰花、海棠、榆树梅等,构成了一篇修辞很好的锦绣文章,张弛有度,前后呼应。

在晚宴的聚会上,伊犁文友扳着手指叮嘱我们后面的行程:"五月来看粉红的桃花,六月欣赏金黄的油菜花,到了七月,你一定要来看看紫色的薰衣草花,那个香味,啧啧,几里之外,都芬芳扑鼻。"他竖起的手指和竖起的自豪一样,渗透出对这块土地的眷恋。

伊犁真的很幸运!不单是繁茂的花草找到了依附的土壤,也不单是优美的文字找到了风韵的篇章。而是有那么多人眷顾这片钟灵毓秀的山水,有那么多心倾听土地深层的律动。

如果绽放,是花朵最真挚的表达,那么呵护,应该成为人类,最崇高的敬仰。

# 天边草原喀拉峻

一

　　草原对于我，就像一匹马对于奔跑，一只鹰对于长空，是内心对即将抵达的绿色充满渴望的一种飞驰。站在草的深处，俯下身子，你就靠近了一群生机盎然的生命。会觉得任何一株草、一朵花都在冲你微笑，都在与你交流，就像熟知已久的朋友。微风拂来，身姿摇曳，这是它们语言的一部分。你还会嗅到弥散的芬芳，这是它们思想的一部分。你可以一直盯着它们看，看着看着自己也就成了花、成了草，甚至成了草原的一部分。这时候你的喉咙开始发痒，有了歌唱的冲动，四肢也随之舒展，这是舞蹈的前兆。你不用讲究发音技法和舞蹈姿态,这些学院派的理论在草原上一无是处。你所有的声音和动作都是为草原而生的,你尽可以随心所欲。或而激烈粗狂,或而舒缓悠扬,每一种表达都是自然支配下的能量迸发,它能让你的行为更接近真实,让你的情感更抵达灵魂。蓝天下的旋律,随风翳动,栖落在一株草,一枝花,一群牛羊,一座毡房的澄空境界里了。所以,每一次对草原的探访,更像是对心灵的沐浴。而后从记忆深处,幽然出一缕暗香来,那是草原对人做出的理疗功效,矫正着我们的脚步和心情。

对喀拉峻的神往,是从一张照片开始的。今春,单位搞机关文化建设,需要给一些图片配上诗文。其间,一幅照片一下就攥住了我的目光:草原苍翠而辽阔;雪山高耸而静穆;繁花鲜艳而奔放;毡房诗意而安详。仅仅十几分钟,我就完成了《天赐草原》的诗作。

所有的草都拥抱在一起

染绿了我们的目光

花是举起的火苗

照亮牧人的理想

那些散落的牛羊呢

那些奔驰的骏马呢

毡房把炊烟画在天上

沉默的雪山

更像一位老者

垂钓着草原

闲散的时光

摄影家告诉我,这片草原叫喀拉峻。因为它绚丽的样子,我记住了它独特的名字。

一旦内心有了愿望,时间就摆出了出发的姿态,蹲在起跑线上。果然,今年六月,第三届西部文学奖颁奖典礼,在八卦城特克斯县举行,而喀拉峻,是该县的重要景区。从接到参会通知起,情绪就被亢奋驾驭着,不知疲倦的意念把幻化出的草原,一遍遍抚摸。

二

活动的最后一天的中午,终于安排去喀拉峻采风了。

出了八卦城—特克斯县,车子一路向南,开始上坡。县旅游局的董亚全书记向我们介绍,自太极岛酒店至喀拉峻,有四十公里山路,海拔会从1200米攀升到2600米。让我们尽管放心,道路顺畅,全程柏油。

过了布拉克休息站之后,山路开始变得逼仄曲折,坡度也陡然险峻起来,载着三十多人的轿车明显吃力,排气管发出低沉的吼声。经过一个多小时折回盘旋,车子终于停在了顶坡。回望刚才走过的盘山公路,恰如一根大山捻成的细线,缠绕在山梁与谷底之间。线的那头紧紧攥在八卦城手里,生怕这片长大的草原飞出去似的。

与刚才的陡峭相比,再往前的路平缓而豁达,很贴切地诠释了"喀拉峻"的哈萨克语含义"山脊上的莽原"。摆脱了山岩的挤占,路面一下宽阔起来,绸缎一样铺在草原上,恣意而欢畅。路两边是起伏不大的山坡,所有的绿色被串联起来,织成了一张巨大的绿毯,严丝合缝地铺在我们的视野里。不远处的坡梁之上,并排站着几间土屋,斑驳的墙壁和锈蚀的门窗透露出岁月的信息,最瞩目的还是屋顶,长满了蒿草的发型,其间还夹杂着星星点点的野花,让人生出一些高处不胜寒的怜惜来。越往里走,草越茂密,蒙古包渐渐多了起来,像棋盘上的几粒棋子,三三两两地走在一起,摆出一副准备博弈的架势。一缕炊烟从毡房袅袅升起,描写着人间的气息,而一黑一黄两只牧羊犬,一直追着我们的车尾狂吠不止,似乎对满车的不速之客,愤慨至极。只有面对那些兢兢业业吃草的马牛羊,你才会觉得它们的修养是极高的。站在草的深处,保持谦恭的姿势,对任何一位造访者都镇定自若,最多在咀嚼的间隙,抬起头来,敷衍一下你的热情。对它们而言,人的意义大不过一口草的营养。

车子开得越来越快,因为路变得又平又直,整个草原像摊开的煎饼。即使飞驰了几十分钟,我们依然觉得还在原地。雪山在很远前方,没有了参照物的比较,车子像船一样,陷入了茫茫碧波之中。好在路还在,成了唯一的方向。路边可以不时见到一划而过的汽车站台,实木构件,古朴而敦厚。与城市站台不同的是,这里的站台罕见有人,却有不少牛羊散布周边,甚至看见一只黄牛靠在站台的柱子上,一边蹭痒,一边回头瞭望来车的方向,很老成的样子。

终于到了观景台,下车步行。草很深,开满了各色鲜花,没过脚脖,踩在一尺深的花草间,人就像踩在了海绵上,很费力气。董书记把我们引上一条牧道,依序前行。牧道是牧民转场时被牛车和驼队踩轧出来的,尽管也长满了细草,都要比旁边的花草矮小得多,在这样的路上走,会省掉不少气力。

坐在车里透过车窗看草原和慢慢走在花草间看草原,是两种完全不同状态和心理。前者是一种局外的、居高临下的审视,与事物是有距离的,就像隔着重症室玻璃探视病人。而后者是进入的,是与自然在一个对话语境里的相互交流,是能让自己的肌肤和心灵都触摸到生命律动的融合,就像抓住你的脉搏,感知你的心跳。

大片大片的金莲花,举着金灿灿的奖牌,蜂拥而至,挤满在路的两边,抬眼望去,后面还有更多的队伍,从天边冲过来,一路狂奔,有一些花朵跑得太急了,脸都憋成了绛紫色,董书记说,那叫紫菊。女人总是对色彩有着天生的敏感和喜好,金黄色、绛紫色、雪青色、霞红色、乳白色,这些花朵交汇在一起,迅速溅起了女作家的惊呼,她们奔跑过去,甚至躺在了托乌和蒲公英的掩映之下,摆出各种造型,她们的笑脸,成了新增添的花朵,盛开在喀拉峻草原。

步行两公里,大家都气喘吁吁了,在密草间行走,要比陆地上耗力得多。董书记拔了几根野葱,分给大家品尝,味道很辣,但很正。祖籍山东的董立勃主席嚼完一根葱,大呼好吃,自己赶紧俯身去找,才发现周边到处都是野葱。于是,一群人都蹲了下去,没多久,嘴里都飘散出同一种辛辣的葱味了。

再往前行,一条纵深百米蜿蜒几公里的大峡谷,霍然阻断了绿色奔涌的途径。峡谷两侧长满了云杉,这是天山常见的针叶林,高大,笔直,郁郁葱葱又密密麻麻,哨兵一样守护者谷底的一条细河。靠近崖边仔细辨析,隐约能传来哗哗的水声。我就势躺在崖边的草丛上,一边是万丈深渊,一边是鲜花草原,眼前晃动着几株柳兰,由于太近了,反而虚幻成了一个边框。框子中央飞着一只鹰,滑翔很久,翅膀才倏地扇动一下,像一次提醒,又像一次证明。我紧紧地盯着它,书上说,鹰能在一千米的高空看见火柴盒,那么它一定也能看见我了,只要我盯着它不放,我们的目光总能对视在一起,那一刻,我不知道,鹰会怎样想。

三

作为喀拉峻草原唯一成规模的餐饮休闲中心,乌孙夏都的建筑风格与周边环境浑然一体。实木构筑的高大门牌,彩旗飘扬。粗壮的圆木一劈为二,举为牌匾,镌刻四个大字"乌孙夏都",字体拙朴遒劲,材质皲裂沧桑,很容易引导人们的判断溯源而上,沾染一些远古游牧的气息。跨进门槛,一条二三百米长的木质栈道,笔直开阔。正对的是一座最大的元帅大帐,其他二十来个大小不一的蒙古包,将军般左右排开,远远望去,很有草原中军的古韵。

20号毡房的边上,站着一位哈萨克小伙子,白色遮阳帽反衬出他肤色的黝黑,是那种常年被高山紫外线辐射所特有的鬐色。吸引我们的是一只头颅高昂的鹰,它蹲在男子右臂上。尽管他极力想把小臂端成水平状,鹰太重了,坚持不了多久,手臂开始下垂,他不时用左手托一下。鹰不停地转动着脑袋,警惕地提防着向它靠近的物体,锋利的尖喙和凶狠的目光让我们望而却步。鹰的左腿拴着一条拇指粗的铁链,链子一头紧紧攥在小伙子手里。是为了减压或者向我们展示一下鹰的飞翔姿态,小伙子忽然把鹰举过头顶,然后猛地一降。鹰呼啦一下,张开翅膀,体积陡然增大好几倍。为防止鹰的利爪伤了骨肉,他在右手臂上戴了一只牛皮缝制的护套,直到肘部。鹰整体呈黑色,只有头部和翅膀的羽毛呈暗金色,即使站在手臂上,也远远高出男子头部半个多身位。鹰的主人迪力达,今年25岁,是两个孩子的父亲。他从小在喀拉峻草原长大。三年前,喀拉峻旅游火热之后,他和鹰一起,被服务中心聘来,成为重要的展示项目,游客可以免费参观、拍照。慑于鹰的威猛,我们都站在半米之外合影。锡伯族诗人阿苏说:"我能不能摸一下鹰?"迪力达点了点头。他从裤兜里掏出一个眼罩,套在鹰的头上。没有了光明,鹰不知所措地蹲了下来,顿然矮了半截。我也上前摸了摸羽毛,细腻而光滑。虽然也在草原长大,我还是第一次触摸鹰。在家乡,鹰是用来仰止的,它是高度和孤独的代名词,极少落入人类之手。阿苏说,和大公鸡的毛没什么两样嘛。迪力达瞪了一眼说,这是雄鹰,专门抓鸡的。在迪力达眼里,这两种生物怎么可以同日而语？虽然都长着羽毛，一个是比天翱翔的神灵，一个落地游走的俗物，后者永远摆脱不了被前者追逐的宿命。这只鹰已经被迪力达训练五年了，他们朝夕相处。他说，鹰可以看懂他的眼神，他也了解鹰的喜怒哀乐。鹰最快乐的时光是入秋之后，喀拉峻草原没有了客源，服务中心放假啦，鹰的脚链被松开，可以自由飞翔。尤其是第一场雪后，迪力达骑着马带着鹰上山打猎，鹰站在他的肩膀上，像一位哨兵，逡巡四周，发现敌情。最多一天，鹰可以抓七八只兔子，他能看到鹰的快乐心情和得意目光。

又来了一大拨游客，开心地拥围着迪力达和他的鹰。我们走进毡房，奶茶已经斟好，酥油、奶皮、炒米、奶酪、蜂蜜、馕饼摆满了长条桌。盘腿坐在帐中，打开门就可以看到近处的草原和远处的雪山，我们被绿色包裹住了，心也陡然变得纯净起来，仿佛一下抖落掉了多年囤积的尘垢，身体轻了，透了，柔软了。

四位身着哈萨克族服饰的歌手，恰到好处地走进来，两男怀抱乐器，两女手持金碗银碗，用琴声、歌声和美酒表达祝福，这是草原接待贵宾的最高礼遇。手风琴和冬不拉响起，两位女歌手一边唱歌，一边敬酒，双手举杯，高过额头，弓背屈膝，尊崇至极，不由得你不伸手接过，一口喝干。一曲曲悠扬的牧歌，就像一股股流淌出来的清泉，醉了草原，醉了毡房，醉了一张张笑逐颜开的面孔，甚至醉了天边绯红的晚霞。

不等歌手离开，作家们已经开始纵情了。起头的是阿苏，他晃着身子，也晃着嗓音，来了一曲锡伯族老歌。接着，西部文学奖获得者，甘肃小说家弋舟，一声高腔，把大家带到了粗粝干燥的陕北高原。女诗人娜夜温婉圆润的歌唱，与天府之国的灵秀，相得益彰。而部队作家卢一萍，对草原更是情有独钟，他把一首蒙古族的《哭嫁歌》唱得如泣如诉，百转低回。早已嗓子发痒的我，顾不得矜持，端着酒杯，冲到毡房中央，大吼一曲《鸿雁》。只觉得眼前一片开阔，到处都是牛羊的声音，一切事物不存在了，只有歌声带着我飞翔，我甚至可以听见耳边呼啸而过的云声。忽然觉得，做一只雁，比做一个人，要惬意得多。

# 四

我被《西部》主编、著名诗人沈苇叫醒的时候，还在梦里飞翔。他说，快到外面草地上，要举行篝火晚会了。才发现，毡房里只剩下我了，脑子有些发懵，不知道什么时候醉倒在地，幸亏是毡房，可以席地而卧。对刚才的歌唱一下恍惚起来，不知道是真的还是梦里。好在这一切并不重要，在草原只要记住快乐，就足够了。我听到了远处律动的琴声，赶紧跑出毡房。四周一片漆黑，只有昆虫的鸣叫极为闪亮，一下一下，搅动夜的沉静。

几十号人围着一个粗铁桶，上面堆满了松木枝，火哄然腾起，黑魆魆的影子，立刻就开出花来，所有的微笑都被照亮了。浓重深远的夜色，被火苗凿出一方空间，来陈放人们的欢呼。沈苇说，我们手拉手，转圈舞起来。大家的手就被串联起来，边转边跳，边舞边笑。人群忽然涌向篝火，在迅速退却回来，潮汐那般，一浪一浪。沈苇说，我们唱歌吧！大家喊，阿苏阿苏！

阿苏被人从另外一个喝酒正酣的毡房里揪了出来，他不需要任何音乐过门，快速咽下嘴里还没有嚼烂的羊肉，开口就唱。阿苏特有的沙哑粗犷的嗓音，像一柄锋利的梭镖，一下就刺入了夜的咽喉。

篝火没有了刚才的烈焰，烧出一条条猩红的木炭，夜色又开始涂抹人们的脸颊。这是一个唱歌的好氛围，黑夜湮没了注视的目光，歌者可以专心发挥；黑夜掩盖了万物的形象，听着能够心无旁骛。此时此刻，只有歌声能在夜里穿行，能在人们的情感里穿行。沈苇、冉冉、弋舟、张蓓，高亢的、低徊的、粗犷的、婉约的，每一首歌曲都是一次绽放，每一种表达都是一次飞翔。

我跪在了草地上，觉得只有这样才对得起它博大的恩泽，才能让我的歌声进入到它的内心。我唱了一首家乡的歌曲《故乡情》：

> 碧绿的草原伸向远方
> 天边浮现出座座白毡房
> 那里有我童年七彩憧憬
> 那是我出生的地方可爱的家乡

尽管已是黑夜，我依然闭着眼睛，仿佛只有关上眼睛的这扇窗子，才能打开心灵那道门，那道通向故乡的门。门外是一些总也长不大的小树，是一缕永也飘不走的炊烟，是马背颠簸的童年，是阿妈滚烫的奶茶，是一只狗守护的睡眠。唱着唱着，眼泪就流出来了，这是来自心灵的露珠，就像花蕊间的晨露一样，那是从夜的心灵里流出的泪珠。夜一定也想起了什么，夜的思念，一定比人的深刻得多。

即使再不尽兴，也得往回赶，特克斯县城，在四十公里外。于是这辆流动的车，就成了舞台。阿苏主持，这个被遗传了文艺基因的家伙，又说又唱，把整个车厢的情绪调节的热闹非凡。意兴正炽的作家们，在酒力的驱使下，纷纷登场表演。晃动的车体、狭小的车厢丝毫没有影响演员的发挥，每个作家都成为中心，每个节目都精彩纷呈。尚有三分之一的人还没来得及出场，司机说，县城到了，果然，车已经停在了太极岛酒店。去时一路颠簸，两个多小时行程显得很漫长。回来时一路欢歌，尚未尽兴，既已到站。那1400米的落差，早已被歌声和欢笑填平了。

太极岛是个生态酒店，坐落在八卦城边，茂密的林木、清澈的河水、曲折的廊桥、芬芳的野花，让每一个入住的人，宛若徜徉在仙境里。

我住在二楼,靠近窗子,行将入寐,忽然被一阵清脆的鸟鸣啄醒。离我非常近,好像一伸手,就可以捏住这叫声。我坐起来,透过窗子,只能看到一片黑黝黝的林冠。鸟的位置应该与我一般高,它的鸣叫很有规律,三声长一声短,长音很高亢,类似美声唱法的高声部,短音很低婉,有些如泣如诉,它一直在叫,没有听到任何与之附和的回音。伏在窗台上,我目光很空洞地盯着看,其实什么也看不见,想象着这只鸟的美丽羽毛和乖巧长相。夜这么深了,它到底要唱给谁听?或许和我的歌声一样,它只需要唱出来,花能听懂,草能听懂,每一片树叶能听懂,关键是,自己的心能听懂。

　　总有一些歌,要带着心一起飞翔。

# 梦见昭苏

## 向 往 昭 苏

对于昭苏,更多的来自朋友的描述和一张张美轮美奂的图片。那是百万亩油菜花竞相绽放的景象,天地间好像除了金黄,一切都黯然失色了,那铺天盖地的,那逶迤连绵的,那波澜壮阔却又迫不及待盛开着的金灿灿的油菜花,俨然把昭苏已经托举到了一个连惊叹都攀援不上的高度。提供图片的朋友在啧啧过后,用非常惊诧的眼神斜睨着我,好像没有去过昭苏,没有观赏过如此浩瀚的花海,是我隐秘至深才被发现的一个不可饶恕的生理缺陷。这让我对自己认知的缺失产生了不小的愧疚。随着时间的推移,昭苏一词，成为从我伤口处长出的花朵，美丽又有些疼痛。

伊犁州作协主席亚楠来电话，说今年七月，准备组织一些国内期刊主编到昭苏进行文学采风。听到昭苏这个名字，还没有完全弄清楚内容，我就满口答应了，仿佛迟疑一下就会怠慢了内心的期待似的。这个拥有了油菜花芬芳的名字一下与自己亲近起来，一个站在千里之外的县城，开始与我的内心，有了一种秘而不宣的联袂。

我有意识地去网上查看一些与昭苏有关的资料，来缩短自己与这个即将去造访的美丽城市间的距离。资料上说，昭苏属于高山半湿润性草原气候，冬长无夏，春秋相连，没有明显的四季之分。特克斯河横贯全境，是一个被群山环抱的高位山间盆地，形成了独特的自然生态环境，海拔在1323米~6995米之间。南部为天山主脉，山势雄伟，高峻绵亘，是阻挡南疆沙漠干热风的天然屏障；北部为乌孙山，呈东西走向，山体较矮；西部受沙尔套山以及哈萨克斯坦境内查旦尔山的阻隔，形成一个南、西、北三面高，东部略低的盆地。号称"天山之父"的汗腾格里峰，位于西南部的中哈边境线上，海拔6995米，是天山山脉第二大高峰，终年积雪区达100平方公里以上，是特克斯河的主要水源。昭苏因出产"腾昆仑，历西极"的天马，2003年被农业部命名为"中国天马之乡"也因汉朝时著名的"乌孙国"而闻名，自然资源和旅游资源都很丰富。有历史变迁遗留下来的草原石人、汉室细君公主墓园、夏塔古墓群、格登山记功碑、新疆最大的藏传佛教寺庙——圣佑庙等文物古迹。也有夏塔鹿苑、夏塔温泉、库尔库勒德克水帘洞、昭苏大草原等自然景观。

我去过新疆不少地方，由于极度缺水，许多土地的荒漠化甚至沙化现象异常严重，沙逼人退的情况屡见不鲜。而昭苏这个拥有一万多平方公里的县域，竟然没有荒漠？这让我习惯于在荒漠中行走的思维，出现了部分匪夷所思的猜忌。这种心态让我对昭苏的出行，充满了期待。

# 绿 色 家 园

7月3号,我们采风团一行十余人乘坐中巴,从伊宁市出发,沿着220省道一路向西,过了著名的八卦城-特克斯县城之后,车子开始盘桓在曲折的山路上,路的两边全是郁郁葱葱的绿色,柏油路就像一条细长的绳索,企图将绿色一圈圈打包起来,却又一次次被挣脱。甚至一些齐腿的蒿草,似乎怕路肩侵占了自己的地盘,直接拥堵在路的两边,把一条无可奈何的柏油路挤压得纤瘦而弱小。在通往昭苏的路上,绿色是主流,是气象,是被引燃的熊熊烈焰。烧得只剩下了一条瘦骨嶙峋的山路,驮着我们一车的惊叹。

来自青海的《雪莲》杂志副主编,诗人阿朝阳再也控制不了自己,径直走到车前,抓起车载话筒,没等司机打开音量开关,就放声歌唱。一曲《父亲的草原母亲的河》把车里激昂的情绪推动起来,其实,大家早就被窗外的连绵不绝的绿色所蛊惑,那起伏的山川,绵延至天边的草场,都被兴奋谱成了乐章,在心中激荡,一旦有人推开闸门,欢畅的洪流便倾泻而下,大家很快就淹没在了歌声里,淹没在了赞叹里,淹没在了还没有准备好就扑面而来的绿色里。

"看!油菜花!"有人发出呼喊。几百米之外,果然有一片盛开着的油菜花,远远望去,像筑起了一道金色的堤坝,企图阻止蔓延的绿色。太势单力薄了,竭尽全力也无法遏制汹涌的潮水,向着天边呼啸而去,绿浪顺着山的阶梯往上涌动,大有淹没天空的壮志。同车的县旅游局王展旭书记告诉我们,昭苏县无论是草原还是农田都不用人工浇水,完全是天赐甘霖。上苍的恩赐已经足以保证他们水草丰美,五谷丰登了。

作为在新疆出生和长大的兵团人,对农业我还是略知一二的,水源直接决定着农业的规模和发展,在新疆种地,几乎都是靠着地下的井水来灌溉。一口井轮着浇,排到谁家,日夜劳作不能睡觉,必须浇完,否则时间一到,水就转到下一家了。小的时候,给父亲送饭,他在大田地里浇水已经两天两夜了。我看见他赤膊躺在潮湿的田埂上睡着了,草帽盖在脸上,喊了几声都没能把他叫醒。劳动的强度,让瘦弱的我从小就对农业充满了畏惧。而在王展旭书记描绘下的昭苏农业,却如此浪漫。一切都是机械化了,从播种到秋收,农民所要做的,就是没事的时候,到地里转转,看看孩子般的庄稼苗壮成长的过程,对秋天收获的数量进行评估,再对银行存折数字的增长进行预测。这让我第一次产生了做农民的憧憬,尤其是做一个昭苏的农民。

在车子行进的过程中,我的目光一直在寻找,哪怕是一小块不毛之地,让我对资料中提到的昭苏无荒漠的论断,提供一些反驳的论据,而所有的努力,无功而返。我不得不承认,昭苏是靠自己的实力,赢得世人赞誉的。

所有与蛮荒有关的黄褐之色,都已被绿草缜密缝合了,新的肌肤赋予了新的景象。为了满足大家拍照的要求,车子停在路边,我走近了这些功勋卓著的草,它们谦虚得像一个个农夫,局促地拥挤在一起,一腿的泥水。一身的尘埃。密密麻麻的草一株挨着一株,就像大海里的水一样,一滴挨着一滴,所有的波澜壮阔都是从一滴开始出发的。就像这么多的草,没有一棵是多余的。

我还看到了一些牲畜,几匹马和几头牛,靠得很近,悠然自得地站在齐腿高的草丛间,尾巴不时甩打一下,驱赶蚊蝇,头却不抬起来,身体也不见移动,定定地站在原地吃草。我也曾见过新疆一些荒漠化严重的草原,由于过度放牧,草才刚长出地面,就被羊们饕餮殆尽,甚至已经开始啃食草根。牲畜是在长途奔跑中获得果腹食物的,好不容易发现一株像样的草,十几只舌头蜂拥而至。而昭苏得这些牲畜,不用移动就能把自己吃的膘肥体壮,它们的"幸福指数"一定是畜牧业里最高的。这样想来,做一只昭苏的畜生,也没有什么不好。

行走在昭苏大地上,如果不是刻意去想,你不会觉得是在新疆。一定以为到了某个乡间。蓝天、白云、绿草,由上而下,层次分明。凉爽、潮润、通透,由表及里,沁人心脾。

## 草 原 石 人

昭苏县宾馆,院子幽静。粗壮的榆树和杨树依次分布,花坛里开满了各色的花朵。清脆的鸟叫把阳光明媚的中午梳理的生机盎然。

就在我们午饭后回房间休息的片刻,院子开始下起雨来。我起身趴在窗台上观看,雨下得很大也很急,像单身多年的男子赴一场约会,而偏南的阳光却依旧灿烂,有些隔岸观火的闲情。雨是被一片云搬来的,几个篮球场那么大,刚好罩住我们下榻的宾馆和附近的一些林木,看上去像是专门为我们准备的一场演出。其他区域丝毫不受影响,依然碧空如洗,依然行人如织,依然花红柳绿,依然牛马安详。仅十几分钟,雨就戛然而止,就像毫无征兆地来时一样,迅速撤离,还天空一副最初的模样。但大地却记录下了雨的神态,树叶间的雨滴,在阳光下晶莹剔透。被洗去尘埃的花朵,愈发娇艳妩媚。站在院子里,大口大口呼吸,潮润得空气,将肺腑里存留的污浊,冲刷得清清爽爽,干干净净了。

乘车去看草原石人。带队的昭苏县环保局书记王展旭告诉我们,这个景点离县城只有几公里。昭苏是一个出了城就见到茫茫大草原的县城,即使在县城,也很难见到一块不长草的黄土地。王书记的话引得许多目光透过车窗,想寻找一些证据来反驳他的绿色理论,却无功而返。不得不承认,绿色的强大,让我们恍然觉得这不是行走在新疆,而是在以绿色见长的云贵或者川黔,是在领略由温带雨林气候带来的植物的繁茂和鼎盛。

果然很近,十几分钟就到了景点。大门还在建设,几个工人正在专心致志制作门头。几根直径七八十公分原木被锯成了四方形,有了拱形门的雏形。进得门来,一条一米多宽的水泥石子路,曲曲折折,将我们的脚步引向深处。我看见了远处的毡房和近处的马匹,它们在低头吃草,即使我们的脚步已经很近了,它们依然没有抬起头来,站在草原上,马是应该有这样的底气的。马见的多了,它知道来这里的许多人都是过客,只有草和马,是有根的,是属于这块土地的,是家园的一部分。

前行了七八十步,右侧草丛里突兀出排列整齐的九根石桩,三纵三横。我看到石桩上锈迹斑斑,杂草和野花在模仿岁月的样子,恣意生长,都快掩埋过石桩的大半了。

蜿蜒的小路几乎要被茂盛的野草掐断了生路,最后还是顽强地冲将出来,不辱使命,把我们引领到一块黑色石碑前。碑的正面刻着"小洪纳海石人墓",是国务院2013年5月3日公布的全国重点文物保护单位。背面是对石人的简介。

几尊石人边上,就是千百年来与之相依相伴的野花野草,花开花落,草长莺飞,只有它们读懂了人世的沧桑和时世的轮回。对过客而言,眼前的一切都显得太过漫长。而对这些石人而言,一切又都显得那么短暂。石人看透了风云变幻,他不说。在他们空洞的眼里,永远蕴含着对这个世界难以言说的忧虑。

# 拥 抱 夏 塔

在昭苏宾馆晚餐时，一幅巨大照片深深震撼了我。盛开的鲜花，茂密的丛林，高耸的雪山，蔚蓝的天空，洁白的云朵，那一层层的景深，就像一步步的台阶，把我们的视觉品味和精神趋向，引入云霄。这样的仙境，即使只在图片上端详一眼，就已经滋心养肺，赏心悦目了。更何况，我们正走在进入夏塔景区的路上。

路的左侧是一条从山涧流淌出来的溪流，正是融雪期，河水稍显浑浊，却水流湍急。右侧是茂密的雪岭云杉原始丛林，所有的林木拥挤在一起，一株挨一株，遮云蔽日。潮润的水声与浓郁的松香，通过听觉和嗅觉同时占据我们的内心，使得这样的行走，有了一种仙风道骨的高洁，也有了和风惠畅的爽快。其间的景点，有承载唐僧师徒取经的神龟，趴卧在河水之中，栩栩如生。有冰山脚下第一幽的情人谷，当夕阳落下时，伴着余晖，站在这里冲着幽谷喊心上人的名字九十九声，就能得到对方的芳心。还有三处从山尖滑落的砂石，宛若三个翩翩舞蹈的仙女，裙裾摇曳，身姿曼妙，仿佛把整个草原都舞动起来了。

车子开始爬坡，路也越来越窄，感觉像在崇山峻岭间摆放了一条细绳，车子被绳子牵着，高低起伏，崎岖蜿蜒。忽而悬崖万丈，有潺潺水声回荡山谷；忽而斗折百回，仅一线方域裁剪蓝天。冲出一条峡谷后，天空和大地豁然回归视野，所有的空旷和花草都齐刷刷地站在前方，等着我们的惊叹。几头黄牛，站在齐腿深的草丛里，头已经被草掩埋了，一直黑鸟长在牛背上，警惕地注视着我们这群不速之客。几匹马，走走停停，一只吃饱的小马驹，撒腿冲在前面，吃两口草，又掉头往回跑，紧紧依偎在母马身边。而此时，游离在两山之间的河流，再不是下山时的奔腾和匆忙了，它们似乎更能把握大山深处的悠闲和散漫，用随心所欲和漫不经心演绎着草原特有的生存法则。到了这里，你会觉得，一切都慢下来了。除了观光车在缓缓行驶之外，与速度有关的东西，在这里都显得格格不入。

到了停车场，我们沿着一截木栈道往山里走。这里的原始林木非常稠密，除了雪岭云杉，还有白桦和榆树。透过林木，远处的雪山清晰而高洁，与山顶的白云形成了遥相呼应的对望。仿佛雪山是白云梳妆的倒影，抑或白云是雪山蒸腾的灵魂。

林木和花草将两山渐渐推开，推出了两三里宽平坦而狭长的草原，也推出了一条裸露着众多卵石的河床。河水在阳光下晶莹剔透，像一条被雪山放养的玉带，测量着整个山系的长度，也测量着牲畜的底数。

行走在密林之中，不时能看到一些鲜嫩的蘑菇，诗人李东海欢喜地摘下自己珍爱的帽子，将蘑菇放入其中，双手兜着徐徐而行，眼睛却在每一株树丛间逡巡，期待发现更大更好的蘑菇。他的神态引得我哈哈大笑，从后面望去，他光亮的头，本身就像一只硕大的蘑菇。

画家李莹的一身红裙和诗人曾丽萍的一身白裙，显然成为草原上最醒目的亮点，在满目葱郁之中，她们成为惊艳的中心。不找蘑菇的时候，她们躺在紫苏、金莲花、柳兰所构成的花海之中，摆出各种造型，甚至伸出手，就托起了远处的雪山。或者把头部对准前方，让雪山成为最美的王冠。李莹说，她一定要画很多幅作品，要把夏塔的秀美通过颜色固定在画布上。曾丽萍说她要写很多很多的诗歌，要把花的芬芳、草的清香、山的俊美、河的清澈都化为诗歌的元素，要让美的惊叹在诗歌里飞翔。

躲开众人，仰面躺在草地上，让所有的花草和花香都掠过我的思想，天空蓝得很不真实，像被材质优良的油漆刷了一遍，有几朵白云在缓慢漂浮，从棉花形状慢慢变成天鹅的飞翔，又渐渐转换成了海豚的模样。一只蚂蚁把我的手臂当成了山梁，它奋力地移动想翻越过去，却不料山梁耸立起来，蚂蚁愣了一会儿，判断了一下方向，开始急速朝下跑，我又把手横过来，蚂蚁又找不到方向了。按照它的生活经验，不具备做出如此复杂事情的判断。稍加停顿之后，这个小生命，义无反顾，朝着我手指方向奔跑，它跑过的路径，能感觉到细微的酥痒，像一根线头，从皮肤上轻轻滑过。

正陶醉在松软的芳香里，忽然天空里伸过来一张陌生的脸，一对水汪汪的大眼睛，奇怪地打量着我，毛茸茸的耳朵不停地忽扇，嘴里还在咀嚼着青草，它甩了甩头，几滴草汁摔落在我脸上。赶忙坐起，我有些夸张的动作让这只黄牛受到一点惊吓，它赶忙躲开。我估计，一定是自己占了它的草料地了，牛要过来辨认一下，谁如此无理，竟然敢把自己祖祖辈辈守候的草料地侵占了。它发现了一张陌生的面孔，这是它记忆里不曾相识的，既不是主人也不是邻居，凭什么可以堂而皇之地占用草地？它甩头的含义一定是否定了我的行为。坐在草地上，与牛保持着三四米的距离，牛头正对着我，弯曲的犄角似有寒光闪烁，我赶紧爬起来逃之夭夭，在草原上与牛对峙，人肯定处于劣势。

# 牧 家 美 食

晚上我们住在夏塔柯尔克孜乡的新尼孙上村，全村是由维吾尔、汉、哈萨克、蒙古、柯尔克孜五个民族构成。整个村子房屋整齐，红色屋檐，白色院墙。道路平坦，一色柏油，四通八达。是一个依托夏塔旅游发展起来的生态村落，几乎每个院子，都开着牧家乐，维吾尔风格的，哈萨克风格的，柯尔克孜风格的，特色鲜明，各具风情。

我们晚餐安排在一家柯尔克孜族特色的牧家乐里。房屋内的特色装饰，让内地来的诗人们异常兴奋。河北《诗选刊》的主编刘向东，抱了一只靠背，盘腿坐在东北角的，吃着甜美的西瓜，不住赞叹。浙江诗人、《文学港》的主编荣荣拿着才出锅的包尔萨克(油果子),仿照别人的样子抹上酥油,还不住地问,这是什么?怎么吃? 同是西北的诗人阿朝阳显然老练得多,盘腿坐在桌子中央,一碗滚烫的奶茶,挖一勺酥油,再抓一把包尔萨克,吃得津津有味。

　　陪着我们的夏特乡副乡长拜先别克,是位三十出头的柯尔克孜族小伙子,急着劝大家,少吃一点,好东西还没有上呢! 现在的面点,只是礼节上的食品,真正的菜品,马上就来。果然,十几分钟后,一道道柯尔克孜族特色的凉菜、热菜、烤肉、羊头纷纷登场,把整个桌子摆放得满满当当。

　　爬了一天的山,大家真的有些饿了,大盘手抓肉成了像我这样肉食者的首选。羊肉煮的的确很香,肉是山上吃草的羊肉,水是雪山融化的冰水,再沿用柯尔克孜族传统的方法制作,这样的羊肉牙齿岂能放过? 直到腮帮子有些酸了,才停下咀嚼,喝口奶茶,缓口气,却发现大部分男人,都还在专心致志地抱着一块骨头,细心品味。这让我对自己前段的囫囵吞枣式的吃肉状态深表愧疚,我的吃法有些暴殄天物,没有领会到食品的美妙之处。

　　见大家吃得差不多了,拜先别克倒了一杯酒,说自己也不太会说话,还是按照柯尔克孜族人的礼节,用歌声表达对作家的敬意。他用柯尔克孜语歌唱,虽然听不懂词义,却能从悠扬的旋律中感受到草原的沧桑和辽远,他的嗓音有些沙哑,就像是为这些歌曲专门配置的声调,这让他的歌唱极具雄浑壮美之感。他一曲一曲唱着,一杯一杯敬着,态度诚恳,神情专注,这让一些原本不喝白酒的作家,也难以推辞,接过酒杯一饮而尽。

　　三巡过后,气氛更加热烈,阿朝阳主编更是当仁不让,一曲《蓝色的古高原》,掀起了文艺表演的高潮,刘向东端着酒杯,激情朗诵即兴创作的诗歌《昭苏草原》,接着是荣荣主编,她亮出了江南水乡的圆润嗓音,一曲越剧博得了一片掌声。出生在草原的我,当然无法按捺,主动端着酒杯,引吭高歌,随着《我的根在草原》的旋律,拜先别克和几位作家开始舞蹈起来。

歌声此起彼伏,酒杯相互交错。起先是一个人唱大家在听,后来变成了两个人对唱,最后发展成大家合唱。整个屋子都沸腾了,有唱的有跳的,有吃的有喝的,怎么快乐怎么来。这时候你会觉得,语言是最没有用途的了。歌声,舞蹈,美酒构成了欢乐的中心。

天已经暗下来了,透过窗子,能看见一轮皎洁的月亮,从山梁上慢慢升起来。忽然有了想出去赏月的念头,怕惊扰大家欢快的情绪,我一个人悄悄溜出了毡房。

整个村子都很安静,走了很远了,依然能听到毡房传出来的歌声。走在村头宽阔的马路上,见有牧人转场。羊的咩咩声,狗的汪汪声,马蹄的哒哒声,牧人的口哨声,交织在一起,原本静谧的夜瞬时就被搅动的欢悦起来。牧人骑在马上,挥舞羊鞭,透过月光的剪影,显得威猛而冷峻。

一阵嘈杂过后,夜又恢复平静。月光静静地洒在柏油路上,由于反光,路变成了灰白色。右边是辽阔的草原,一直朝着西天山脚下延伸,白天的苍翠和艳丽,已经被月光遮掩成黑魆魆的一片,微风下,发出细碎的婆娑声,这或许就是整个草原的鼾声。左边是小小的新尼孙上村,此时已经沉湎在月色的氤氲里,就像是被草原环抱着的一个梦境。

而此时的我,觉得自己很清醒,却走在一个梦幻般的世界里。或者,此次的昭苏之行,就是让我们携带着清醒,走入梦境。

# 深情的凝望

一

当站在两千六百米的高度,俯瞰整个山谷的时候,世界豁然矮了下去,内心便生出了芸芸众生的幻觉。那些被大地仰视的雪岭云杉,那些被牧歌传唱的千里草原,此刻就摊铺在脚下,成为胸怀的一部分。狭隘被辽阔打开了,身体轻薄如纸,目光携着灵魂,在花香之上,轻盈飞翔。在江布拉克,在重峦叠嶂和色彩斑斓的巨幅油画前,语言成为表达的障碍,拥堵在舌尖的,是无法言说的惊叹。

似乎只有到了这个高度,才能触摸到蓝,触摸到这没心没肺、随心所欲、歇斯底里的蓝。好像这些蓝,再不晾晒出来，就会过期了似的。往往这个时候，我们忘掉了天，感觉自己已经成为天的一部分。天是一种高度，而蓝，则是一种深度。在江布拉克，蓝和天是分离的，只有离开了天，蓝才做回了自己。

可以躺在草地上，让蓝，绸子般覆盖过身体，淹没了呼吸，也淹没了辽远。起伏之间，慢慢感受五脏六腑的变化。越来越蓝。越来越澄明。仿佛整个人生都浸泡在蓝的温泉里了，在这只巨大的蓝色蛋壳里，只居住着一个人的梦境。

二

雪山总是肃穆的，能从任何角度，与我们对视。这位双鬓浸染的智者，用亘古的沉默和粗粝的冷峻，说尽了世间的沧桑。雄鹰听懂了，甘愿成为雪山射出的魂魄，将自己放逐在蓝天之上，打开的翅膀，是移动的坐标，为那些迷途者，重塑精神的仰望。松树听懂了，历经千辛万苦，从山坡下攀援至山肩，仿佛得了谁的口令，忽然停下脚步，秩序井然地排列起来。高高低低、前前后后，站满了山腰。远远望去，上下万丈，绵延十里。一如浩渺烟波，陡然倾盆而泻；又似雄兵百万，据守苍茫天山。

我却从庞大的阵营里，听出了雄浑的合唱。每一个声部，都是从树根里升腾出来的洪亮，汇聚在一起，完成了波澜壮阔的齐鸣。而内心深处，一切都岿然不动。只有天山，才具如此的掌控能力，将喧哗和静默有机统一，将奔涌和凝固完美结合。最终，这些汹涌澎湃的气势，被收藏进了我们的血管里。每一次深情的凝望，都唤醒美好的时光。

## 三

将视线放低一些,你会看到盛开的油菜花。似乎是嫌弃满野平庸的绿色,油菜花才绽放得格外灿烂。这些随山势而流淌的颜料,模仿着阳光的样子,将整个南坡,照得通亮。油菜花不像其他的花朵,是不能单株评价的。油菜花必须团聚在一起,一株一株,针脚密集地绣出一张铺满山岗的花毯。

蜜蜂比我们的赞叹,更早抵达花蕊。这些勤劳的农夫,用一生的积蓄,酿出一个"蜜"字。花和蜜之间,一定有着只有蜜蜂才能破解的密码。我们的惊艳,永远只浮在色彩的表面。

面对江布拉克,许多绵长的情愫,被压缩成了一些简单的词,比如靓丽,比如卓越,比如妩媚。在金色的映照下,这些词语如蝴蝶般翩翩起舞,又如水晶般熠熠生辉。顺着它的方向,一步一步向上,我们的内心会走向另外一些词,比如依恋,比如家园,比如坚守。这些词,带着根须一样的力量,深深扎进了山岗,把我们的情感和这片土地,紧紧攥在一起。

## 四

低下头,就看见了金莲花,大片大片的,像一群从幼儿园里跑出来的孩子,矮矮地站在脚边,仰着脸,冲着我微笑。我为这么久才注意到它们而愧疚了。蹲下身子,盘腿坐在花束边,目不转睛地盯着一朵花微笑。从没有这么近距离,观察一株植物。花瓣依次打开,九片合围成莲花状,环护着细如发丝微卷的花蕊,花蕊上涂染了一层茸茸的花粉。微风下,花朵轻轻摇曳,在为唯一的观众表演。

又有蝴蝶，旁若无人地落在了花瓣上，头顶的两根触须，娴熟地插进花蕊里，翅膀不停地翕动。它的双翅有着七彩的颜色，斑斑点点的花纹，显然被遗传基因精美地修饰了，它几乎把一座花园，搬上了翅膀。蝴蝶的绚烂，类比出了花的朴素。这些盛开在空中的花朵，是地面花朵的延伸。在蝶与花之间，一定有我们看不到的思念。

<h2 align="center">五</h2>

从蓝天到绿地，能感受到世界的高度；从辽阔到渺小，能体悟到生命的韧度。无论动物还是植物，它们在自己的身体里，一定都储藏着延续了成千上万年的生存密码，那是人类永也不可能翻译出来的。我们能做的，就是让自己安静下来，走进自然，成为一名观众。

大到山脉，小到昆虫，都可以成为我们的老师。看得久了，你就会低下头来，为自己的粗鄙和浅薄，羞愧。

# 巴音布鲁克

多年前,朋友说这个地名,并未引起我特别的关注,说到在辽阔的草原之上,有一个美丽的天鹅湖,盛夏季节,几百只天鹅在此栖息。当一个地方和圣洁的鸟类共生共息的时候,一种高洁和浪漫的情愫,就会雾一般缭绕心胸了。它让一些臆想生出了天鹅的翅膀,带着美好飞越山岗。所以,巴音布鲁克,这个名字便拥有了视觉和嗅觉的双重灵动,遇到合适的环境,迅速升腾开来。

六月中旬,从伊犁那拉提草原翻越察汗努尔达坂,前往巴音布鲁克草原。

山路崎岖,路面狭窄,不时遇到迁徙的畜群。车子行驶缓慢,有了尽情观察风景的时间。在海拔2000多米的丛山峻岭间,有大片没来得及融化的冰雪,而一米开外,却开满了金灿灿的金莲花和紫色的柳兰,就像是两个世界的一种对峙。严冬和阳春,冰冷和温暖,一对不可调和的矛盾,在天山腹地和谐并存,深情凝望。野蔷薇和紫苏不顾山势的陡峭,一路奔袭下来,一簇簇、一丛丛拥挤到路边,似乎想招手搭个便车,看看山外的光景。那些悠然闲适的牛羊,站在半坡,用一生不变的姿态,保持着与大山的依恋。而穿入云天的雪岭云杉,仿佛一柄柄利剑,直刺苍穹。生活的久了,天山上的林木便有了山的品质,和山花、牛羊以及牧民一起,成为大山不可或缺的一部分,成为天山山系的一部分。

车子停在山梁的敖包处,拴系在敖包树干上的各色哈达和小旗帜,在风的吹动下迎风招展,在满目苍翠的背景下,这一片五彩缤纷特别醒目。敖包右侧一块硕大的赭石,蒙古、汉两种文字刻着"察汗努尔达坂敖包",背面刻着3680的海拔高度。我们已经从西天山的东部翻越了山脊,到了南部,到了和静县的地域。

一路缓慢的下坡,山势也变得越来越开阔了。天山似乎很人性,前半程,创作了嶙峋险峻的文章,让我们的意识,保持高度紧张。而后半程,则悠然舒展,铺开一幅牧场的水墨,让我们精神松弛,内心恬静。

这是巴音布鲁克的节奏,山的起伏宛如长调,舒缓而绵延,湛蓝的天空和洁白的云朵都成了山的道具,它们静默地站在山的背后,像两位随从。越往山下走,山越谦恭,不断向后退,向后退,要腾出更多的空间留给河流和牛羊。一直退成天边的两道城墙,拱卫着这片辽阔的草原。

在草原宾馆稍事休息,去看天鹅湖。和静县宣传部副部长肖刚告诉我们,如果天气好,落日时,可以看见九个太阳。他拿出一本画册,封面就是九曲十八弯的落日图,在折回的河面上,每一个弯道落有一个太阳,一线排开正好九个。霞光映照整个天空,余晖将水湾刷的绯红,河流拖着橘色丝带,在草原上环绕吟唱,慢慢荡向远方。

我们揣着画册,也揣着九颗太阳,朝着天鹅湖进发。

道路两边挤满了草,没有山的约束,草像脱缰的野马,一路狂奔,恣意纵横。无论坡地还是河谷,无论是近前还是天边,一株挨一株,一丛挤一丛,草把海洋的气势移植到了大地上。盯着草原看久了,草就成了波涛,而我们乘坐的大巴,简直就是在碧波中航行了。当几只斑头雁或者黄鸭忽然腾起,飞翔的翅膀和高亢的鸣叫,具有了海燕的品质,把远远的地平线,飞成了海平面,一切惊叹都被草的水波湮灭了。

草原用辽阔打开了心胸,让郁积多年的浊气烟消云散,豁然觉得这个世界,没有多大的东西是草原装不下的,也没有多大的东西,是内心装不下的。草原既是老师又是课堂,它把辽阔延展成了一种气度,一种境界,一种与世无争而又赢得世界的磅礴和沉静。它同时兼有了父亲的博大和母亲的柔美,托护着万籁的生灵,滋养着不竭的眷恋。

车子停在木栈道旁边,不远处有一湾小湖,被绿草环绕的湖面上,倒映着皑皑雪山。以为天鹅湖到了,有些兴奋,因为看到了几只游弋的天鹅。肖刚说这里只是动物疗养院。一些受伤或者有病的天鹅、水鸟,会送到这里,被工人悉心照料,养好伤病,再送还栖息地。

顺着木栈道靠近木亭,亭边湖面浮着四只天鹅,并不惧人,即使大吼几声,也无动于衷。天鹅们慵懒而淡定,甚至旁若无人地折回长颈,在身上挠痒,抑或扑腾几下翅膀,激起一串水珠。天鹅的沉稳倒一下反衬出了人的急躁了。这群悠闲的精灵,惹得游客不停地尖叫、口哨,想惊飞起来用于拍照,却不能得逞。这几只城府很深的天鹅,早已洞穿了人们的伎俩,心无旁骛,只在浅水区,或卧或立,一副事不关己的漠然和孤傲。

谁想,游客们的欢叫,却惊慌了一峰骆驼,它原本在离岸不远的草坡上午餐,高高低低的声调显然让沙漠之舟的情绪出现了波动,小心谨慎地观察了一下形势,附近游客越来越多,不安全的隐患也越来越增强,骆驼放弃了眼前的美食,转身朝着远离人群的西岸走去,行进中还不时回过头来,表达愤懑和不满。

车子向天鹅湖心靠近,心情也愈加澄明,忽然有了唱歌念头。我径直走到车前部,抓起车载麦克风,一曲《父亲的草原,母亲的河》。没有人提议,没有人报幕,也没有人觉得唐突。所有的目光都在眺望远方,歌声就像从心里淌出的河。先是独唱,慢慢变成了合唱。在苍茫的原野大地上,人类总是显得卑微和虚弱,所以,我们要用纵情的歌唱来拓展形体的渺小和生命的张力,用高亢的存在感,对冲辽阔带来的俯瞰。

巴音布鲁克,蒙古语意为"富饶之泉"。面积近2万平方公里,是我国第二大草原。这里海拔近3000米,属高山湿地湖泊,四周连绵着雪岭、冰峰。泉水、溪流和雪水汇入湖中,水草丰美,饲料富足,气候凉爽而湿润,非常适宜水鸟尤其是天鹅的繁衍生息。每年四月,大天鹅、小天鹅、疣鼻天鹅、雁鸥等珍禽鸟类陆续从南方飞到这里。阳光下,天鹅、湖水、山峰、云影、鲜花争奇斗艳,数万牛、羊、马、骆驼和谐共生,场面蔚为壮观。

到了景区才知道,天鹅湖不是一个完整的湖泊,而是开都河在草原上弯曲回折所形成的一湾湾水域和广阔的湿地,它们一片片串联在一起,成为天鹅和水禽的理想家园。

终于站在坡顶的观景台上,面对传说中的天鹅湖,九曲十八弯的开都河从巴音布鲁克山缓缓流淌下来,纤细成了一条丝带,似被大山的手挥动着,在翡翠的草原上轻歌曼舞。我们的视野正对着河流的中央,刚好能看到每一道回折的全景。遗憾的是,夕阳正被乌云包裹,只有几缕阳光,从云层稀薄处投射下来。虽然没有九颗太阳映照水面的辉煌,但依次排开的九道霞光,却也将曲折的河流填充的金碧辉煌。大自然的神奇造化,总能胜出人类的想象。

夕阳落下之后,云层渐渐散开。西天一派湛蓝,刚才还彩霞飞溅的天鹅湖,此时平静得像蓝色玻璃,没有一丝波澜,也没有星点色彩,似乎任何喧哗都会惊扰了这份宁静。河流与草原相依相偎,在平坦宽阔的胸怀里,河流温润得像一只乖巧的小猫,迈着柔软的猫步,画着S的曲线,草原放纵着河的任性,也享受着河的妩媚。偶尔能看见远处有鸥鹭滑翔,或轻轻憩落水中,却并不溅起多少水波,一切都是宁静而祥和的,我甚至都怕自己过度专注的目光,会打扰了这片静谧。

我们在天鹅湖待了两个小时,对于巴音布鲁克草原的造访,也只有短短的一天。用这么短的时间,来认识这片草原,显然是蜻蜓点水和词不达意的,但它的博大和秀美对内心冲击和教化,却可以瞬间抵达心灵。

我们常常怀想一个地方,因为魂魄丢在了那里,甚至连自己都没有意识到。记忆会顺着一些细节去寻找魂魄,结果也深陷花丛中了。

巴音布鲁克是一个可以迷失自己,也值得迷失的地方。那里有一个美丽的天鹅湖和一群天鹅,而天鹅,总与爱情有关。

巴音布鲁克,守着一湖寂寞,也守着一湖传说。

# 阅读一座城

## 城市的品质

　　酒倒进杯子里，从底部泛出几个水泡，破灭之后的弹力将酒的清冽和芳香举到了嗅觉前。朋友说，干杯。一仰脖，明显感到一团火焰流进胸腔，起先是一竖，而后弥散全身。口腔却飘出了粮食的幽香，是好酒。拿起酒瓶，商标中央赫然两个拙朴草书——古城，字下标明产地——奇台。往往会有这样的经历，对一个城市的品读，是从舌尖开始的。后来又在朋友的摄影作品中，看到了江布拉克的四季美景，奇台的名字开始发酵起来，平和的情绪蒸腾出了热望。

恰逢金秋九月,新疆民协组织了有中国著名作家蒋子龙参加的作家奇台采风活动,让端坐已久的内心向往,物化成身临其境的现实行为。

从乌鲁木齐至奇台县城,有200多公里行程,有足够时间来臆想这座城市原貌,因为没有概念约束,想象也就恣意延展了。恍惚中进入了一座城,宽阔的马路,闲适的行人,低垂的柳木,畅达的车流,甚至还有几辆马车穿城而过,宛若回到了自己曾经生活了几十年的博乐小城。混沌中的奇台竟与家乡的景致极其相似,或许在潜意识里,北疆的县城都已同类化了,毕竟它们大都有着相近的地貌特征和相通的文化基础。

大巴车拐弯时把我晃醒,熟悉的城市陡然消失,是梦把两个城市联袂在了一起,又瞬间驱离。几排巍峨壮观的高层阻隔了视线,让初进奇台的人,一下就有了现代化的肃穆。而夕阳的余晖又把目光所及的空域涂满了暖色,让人的心境渐渐温润起来。晚饭喝的果然是古城,坐在酒的产地,便与之有了近身的亲切。席间,蒋子龙主席的一曲高歌将奇台县作协主席鼓噪起来,他连饮三杯,一曲梅派京剧掀起喝酒高峰。酒量奇大的他,很快就用他的热情淹没掉我能掌控的全部酒量,直到我扶着楼梯晃到户外。此时的天还没有完全暗下来,但路灯已经开眼了,一朵一朵的橘光,软成了棉花。我走在棉花上,显得不稳,随性踱步。马路空得像铺开的宣纸,偶尔一辆小车缓缓滑过,也像踱步。远人、二毛、晓波几位作家也显得步履绵软,看来大家都拼出了全力。在新疆,在载歌载舞的氛围里,不把自己逼到极限,是愧对这份真诚的。

我们几个并排走在主街的干道上,在小城,没有多急的事需要争分夺秒,没有多大的事非要今天办完。当人的一切都慢下来之后,城便有了一种从容,一种淡定,一种江河入海的释然,这是一座城应有的品格。

还没走近犁铧尖广场,节奏很强的音乐就伸出手揪住了我的耳朵。广场中央已有不少对中老年舞伴翩翩起舞,步履轻盈,神情专注。边上一位妇女攥紧麦克风，纵情歌唱，情至深处，忽然忘词，赶忙低头回看歌单，再续前音，像缝补衣裤时漏缀的边脚，再返补几针。歌声既是一种表达，又是一种召唤。我看见又有许多人合着歌的节拍走向广场，他们神情轻松，脚步舒缓，完全是在自家院子里闲庭信步的姿态。我知道，这是对一个城市充满信心和把握所表现出来的心理状态。有时候，我们会对一个城市产生恐慌，因为对它的不可预知和无法掌控，我们不知道下一道巷子会突然蹿出什么，脚下的马路会把我们带到哪里。因为太大，已经超过了我们意识所能丈量的最远距离，我们就被渺小成了一粒尘埃，而尘埃的命运是被气流决定的。但在这里，他们可以找到自己的位置，可决定脚步的走向，可以选择生活的方式，可以掌握自己的时空，甚至可以散漫成一只羊，在草原上随性游走。心的着落，才是幸福的起点。

从这个意义上说，奇台是一个拥有散漫气质的城市，依然秉承着弥足珍贵的古朴品格。当速度成为这个世界主流导向的时候，那些符合自然生长规律的植物，长在大山深处，坚守着内心指向的高度。

## 农耕博物馆

作家李健告诉我，离县城20多公里的吉布库镇，有一个农耕博物馆，问我想不想去看。他的话一下就把我从现代工业文明里采摘出来，放进了麦田、牛车和石磨构筑的暖阳里。对于从小在农场长大的我而言，仅仅"农耕"这个词，就沾满了岁月的体温和记忆的缱绻，当然要去。

李健边开车边告诉我，奇台这个农耕博物馆是本地的农民收藏家马继林修建的，他十分热衷农耕文化，早在2008年就向国家博物馆捐赠过7300余件收藏品，2013年，又投资500万元修建了这座新疆首家"奇台农耕文化博物馆"。李健的介绍无疑让我对这座馆更加期待，对建馆的农民由衷敬仰。

车停稳后，我们面对的是一个占地近20亩的田园，院内鲜花绽放，小桥流水。一些项目尚在建设，主体已初具规模。大大小小几十只木质车轮摆放成围墙的模样，成为院门两侧的第一道景观。一颗颗粗大的铁钉深深钻进轮毂里，锈迹斑斑。皲裂的木轮有些被泥土填满，有些依然张着深纹，几只蚂蚁从里面艰难爬出。这些运送了物质和岁月的车轮终于靠在一起，有些像陕北黄土高坡的老人，叼着烟袋舒展开阡陌纵横的皱纹，围坐在土墙边，晒着太阳也晒着一生的迷惘。进院前行几十米，又一道矮墙，摆放着十余副石磨，有旱磨也有水磨，大小不一、薄厚交错。园子正中，几根大红木柱伫立，支撑起一座仿古建筑，坐南向北，雕梁画栋，色彩斑斓。门楣上一行朱色楷书："奇台农耕文化博物馆"。馆正门两侧，各放着一副两人合围粗细的整木，树心已被凿空，近十米长，是马槽，这是我所熟悉的。小学时，同学的父亲就是马夫。马是当时最主要的交通工具了，我和同学去过马厩，看同学父亲往马槽里加料，还不时地用手梳理着马头。四五匹马共用一只槽，马们不争，低着头静静地吃着饲料，偶尔抬起头瞭我们一眼，并不停止嚼食的进度。我从马清亮的眼睛里，看到自己瘦小的身影。

馆内面积有上千平方米，地面和墙面上或摆或挂，堆满了展示农耕文化的器物。石器、陶瓷、铜器、木器、农具、字画等犬牙交错，藏品多达1000余件。有些是我陌生的，石杵、石臼、土陶、瓷罐；有些是我见过的，斗、升、撒子、献子、脚踏罗、风车；有些是一见就心生感动的，油灯、镰刀、毡筒、马鞍、木犁铧。

靠东的展柜上摆了一长串煤油灯，我熟悉从灯捻里发出的昏暗的光亮。当年，我和姐姐头对头趴在条桌上做功课，母亲在另一头纳鞋底，鼻子下总堆着一股浓重的煤油味。忽然，昏色火苗跳动几下，光线暗了下来,母亲会取下灯罩,用剪子沿火苗底部将焦化的灯捻细细剪去一截,光并不熄灭。再坐稳灯罩时,屋子豁然变得通亮了。

我看到墙面上悬着几把镰刀,由于长年使用,木柄被汗渍浸染成了黛黑色,很像父亲那双青筋暴露的手。他攥紧锋利的镰刀,挥动双臂,麦子整齐地倒在身后,大颗大颗的汗珠滚落了太阳。父亲走了之后,我来不及长大的手,就接过了父亲的镰刀,割过玉米秆,也割过棉花秆。这些秋收过后弃之在地的作物,被我一根根从底部割断,一捆捆码好背回家,堆成一座小山,这是一年煮饭的燃料。很多年的梦里,汗水浸透了血泡,还能蛰疼我的掌纹。

镰刀下方摆着两架木犁铧,累垮的样子,斜卧在墙角里,奄奄一息。在童年的记忆里,它们曾是多么坚硬的物质啊!在牛的驱使下,深深插入地里,翻起一道道潮湿的泥土,刨出很多蝼蚁和蚯蚓,我跟在犁铧的后面,追逐和捡拾这些喂鸡的饲料。如今它们木柄折裂,铧尖顿锉,季节早已收走了它的光鲜。我抚摸着粗糙的犁铧抓杆,似乎仍能感受到手的余温,仿佛农人刚刚离开,马上就会回来,又摇着牛鞭,耕云种月了。

还有破毡筒,还有旧十字镐,还有磨损的马鞍……这些熟悉的老物件,占有了我许多生活的细节,它是那个年代物质的代表,曾精力旺盛地行走在千家万户。而今,它们上了岁数,全部被收留在了一起。

在工业文明的时代里,这些农耕的主力,老成了一种缅怀,一位历史的讲述者,一座收藏了我们情感温度的课堂。


## 江 布 拉 克

最早听到江布拉克的名字,是从几张摄影照片上。那天,摄影家刘振东很兴奋地让我看他近期在新疆的奇台县拍摄的空中麦田。那是一幅幅很奇特地让我完全诧异的场景。我所见过和理解的麦田,都是遍布在广袤而平坦的绿洲之上或者荒原之中,一望无际,辽阔纵深。但照片的麦田,却遍布山顶,依照山的趋势高低起伏、逶迤蜿蜒。成熟麦田的金黄和山间青草的翠绿形成极大的视觉反差,一块块麦田就像被风吹起的黄色绸缎,在山坡和沟壑间追逐流淌、摇曳飘荡。还有一些收割后的麦田,简直就是流淌的音乐,是一组协奏曲的音符在山间跳荡,忽而像洪水奔流而下,忽而像骏马翻山越岭,那起起伏伏的金色麦田,似乎驾驭着整条山系,在天地间飞驰。这些照片深刻挫败了我对一些熟知事物的经验判断,但江布拉克的名字,却篆刻进了我的记忆力,让我对它的神往,就像蛰伏进土壤里的良种,稍遇合适的墒情,就会萌芽。

几个月后,炎炎夏日,终于有机会走近这片孜孜以求的草原。似乎所有美好的事物,总是要历经曲折,才能修得圆满。从乌鲁木齐出发时,尚好的天空,就开始阴云密集,越往北走,越铅云浓重。雨水终于兜不住表情,在我们的车刚到达江布拉克山脚下停车场的时候,从云间跌落下来。缭绕的雨雾,让整座山都变得缥缈而灵动,这片以草原著称的北方山岭,渐渐被清凉的雨水描摹成了隽秀江南。

雨水不停飘落在车窗上,透过玻璃,山的形态也发生着变化,仿佛施了魔法,一会儿扭曲,一会儿舒展。只有绿色是专一的,无序的,蜂拥而至,拥挤车前,速度像一把利剪,裁出一条柏油路,把绿色裁成两片。待车刚过,后面又汇聚起来,铺天盖地、雷霆万钧,追着疾驰的车轮,也追着我们拓宽的想象。

怕有泥石流,车子不便盘山了,只好拐道左侧,停在一个叫怡嘉园的农家乐门前,院子已停有十余辆车了,人们都拥挤在靠近山沟边的一座凉棚下,举着相机,拍摄对面葱茏的山梁。我急忙挤进去,放眼望去,蒙蒙细雨中,对面山梁呈现出几垄整齐划一的麦田。正是麦苗的生长期,郁郁葱葱,苗壮成长。或许是麦种的不同吧，绿色之中，一片是深绿，一片是翠绿，像两个方队，在进行歌咏比赛，每一株麦苗都唱的声嘶力竭又气宇轩昂。

坐在毡房里，听着雨水敲击毡包的声音，这是一场天与地的交谈，是一次对今年收成和产量的估算，是空寂山谷迎来的与爱情有关的缠绵。

雨一直在下，阻隔了我们对江布拉克的进一步探寻，但绿色的冲击，透过我们的视线，覆盖掉记忆，成为记录那片土地，唯一的背景。

正是因为对江布拉克稍显遗憾的第一次造访，才使我对那金黄色的麦田，更加渴望。终于选到一个金秋时节，再次前往江布拉克。

接待我们的是奇台县作家协会主席王晨，在路上，他告诉我们，"江布拉克"是哈萨克语，意为"圣水之源"。景区距离奇台县城45公里，位于半截沟镇，总面积48平方公里，是古丝绸之路的北道要地，被中科院确定为国家保护最完整的最早绿洲文化之地，2003年被批准为国家森林公园，2012年被批准为国家AAAA级旅游景区。作协主席的讲述显然抵不过窗外不停划过的风景，全车的目光都吸引在外。马路显然是新修的，宽阔而平坦，路两边伸展开的是戈壁荒漠和次生灌木林，地平线一直随移动的视线不停跳跃，越拉越远。在这么辽远得空间里，只装了几匹低头吃草的马和几棵兀立荒原的树，世界空虚得只剩下了阳光和空气，以及空洞的毫无内容的眼神。

车子停在路边，很突兀地修了一排雕塑，还有一条独立成型的百米水泥路。他说，怪坡到了！下车，站在水泥路面上，很明显可以看出前方升高的坡度，放下的矿泉水瓶子，却朝着上坡的方向滚去。每个人都放下瓶子，水泥路面上滚满了爬坡的矿泉水瓶子，每个瓶子后面都追逐着一双控制不住的脚步和控制不了的惊呼。他说，这怪坡290米长，2004年就被录入了吉尼斯世界纪录。问其究竟，他神秘地说，这是世界之谜，我们等待着科学家来揭开其中的奥秘。这让我一下对这个毫不起眼的荒滩，产生了敬畏。违背科学常识,运用于人,一定会头破血流,而蕴藏于自然,却情趣盎然。

车子从几幢土屋前拐下柏油路,王晨说,开始进入景区了。果然,开始有大片收割过的麦田,不时有几只牛羊闲置在田间,对于引擎的轰鸣,并不理会,专心寻找遗落的麦穗,偶尔抬起头,瞭扫我们一眼,又留给游客一塑民以食为天的造型。

车子终于停在了半坡。他指着远处说,那座海拔1770米高山上,筑有汉代军事要塞疏勒城,那里是看景的最佳位置。

关于疏勒城,奇台县志上有记载,汉代,奇台属于西域三十六国之一的车师后国,建有西域都护府治下的疏勒城。公元75年,西域都护府戊已校尉耿恭据守城池,以少量兵力抗击匈奴两万精骑的围攻,终于以少胜多,创军事史上奇迹。古城经历了魏、晋、隋、唐诸朝,见证了游牧文化向农耕文化演绎的沧桑史迹。

当意识到一座山有了历史的分量之后,向上的脚步也就具备了探寻的深度。看似几十分钟的攀爬,更像是一次洞穿岁月的抵达。

到了山顶才知道,历史往往都鲜活在书本里,造就历史的城郭早就被蒿草和尘土所遮掩了,就像海水淹没掉沉船。如果不是一座“小城子遗址”的石碑提醒,我们真的无法判断出这座山头与另一座山头的区别。王晨说,这就是疏勒城原址,这里的人们都称之为小城子。城看不出端倪了,观景却是绝好的角度,环顾四周,目光所及之处,除个别山势陡耸不宜播种外,几乎被金色所笼罩。在新疆,我见过了太多的重山叠嶂,或者苍翠掩映,或者层林尽染,都是与山的自然属性相统一的色调,而眼前的颜色却是真真切切体现出人的功力,整座绵延的山势,都被换了包装,仿佛给山焗了金发。改变了朴素的装扮之后,山在我们的眼里变得生动,变得妩媚,变得有了生活的温情。

我问王晨，"落差这么大的麦田，如何浇灌？"他笑着向上指指说，"天灌。"啊？！我狐疑地看看天，在以干旱著称的西域疆土，居然也有天赐甘霖的土地？倏然觉得做一名江布拉克的农民真的很好，一切都不用自己太过劳神，播种机春天撒下麦种，就不再操心。实在闲极无事，揣一瓶古城酒，抓一把花生米，翻身上马。一路赏着美景，闻着花香，边走边喝，翩然而至田间。微醺下再煞有介事地蹲在地头，随手拔起一棵青苗，像马一样，放在嘴里嚼一嚼，定能尝出丰收的味道。放眼望去，蓝天里白云悠悠，微风下碧波荡漾。那种心境，会让人幸福成一只羊的。

走下山岗，有一处相对平坦的缓坡，王晨指着一圈明显凹陷有五六十平方的空地说，这里就是古城当年取水的井口。我睁大眼睛也没看出门道，一丛丛野蔷薇和蓝刺头长势旺盛，与酥油草一起，密密麻麻填补了历史的井口，真相越发显得虚无和不可靠了。但证据总会在点点滴滴的线索中映现出来，就像草丛里散落的破碎瓦砾。王晨随手捡起一片说，这就是汉瓦，众人皆惊，纷纷抢拾。经常在诗词里读到秦砖汉瓦，认为那只是一种概念，是时间依附的一种载体，不呈现具象的意义。但草丛里的这些瓦片，让历史近在眼前。瓦片很粗糙，是制作时烧制过火，还是后来屋舍被烈火焚烧，烟熏的痕迹很明显。两千多年前，一双粗粝的窑工的手，小心翼翼把这块自己制作的瓦片从窑炉里取出，再运送到建设工地，被另一双有力量的手托起，铺盖在城楼屋顶。沐浴多少风雨，经历多少战火，最终城破人亡，瓦片成为最后的见证。一想到这些，脚下散落的汉瓦就有了收藏的意义，也有了存在的价值。我抢了六片，把两只裤袋塞满。当时就想好了，要作为礼物，送给几个能读懂它的朋友。

回到县城宾馆，同室的作家陈晓波问我何故捡几片烂瓦，我刚描述完历史脉络，就被他迅速而决绝地掠去了三块，并为自己没在现场而后悔不迭。

结束采风活动回到家，我把三块汉瓦与书柜里的唐诗宋词摆在一起，觉得它们有相同的经脉，定会产生失散多年后终于相见的时空喜悦，不禁为自己的巧心设计沾沾自喜。

到外地出差几天，回来后猛然发现汉瓦不见了，赶忙追问，母亲得意地说，扔了！她是在擦书柜时发现的，认定是好拾破烂的女儿所为。母亲坚定地说，这么干净的书柜，岂能放那么破旧的东西，太不协调了。

我冲到楼下小区的垃圾箱，里面早已被勤劳的环卫工人打扫干净了。正沮丧间，忽然接到陈晓波的来电，还未等他发话，我就冲着手机大喊："晓波兄，上次从我这里掠走的那三片汉瓦，给我留一片！"

# 西 部 元 素

## 孤 独 之 殇

行走在西部,常常会遇到这样的场景:在苍茫的大地上,忽然看见,辽阔的荒原尽头,突兀地耸立着一棵遒劲的大树,阻挡了视线的逡巡,仿佛天地的间隙是被树奋力撑开的。从这种近似于纪念碑式的矗立中,我们能深刻地感受到一种存活的孤独——那是在生命同类中,找不到可以与之对等交流的伤痛。我惊诧于这种存在,不是树种,也不是荒野,而是在这辽远和广阔之间,它独活的理由。这让我们很轻易就能顺着树的远眺,感受到旷古的忧伤。

不知道何时起,忽然对生活的这片土地,陌生起来了。这种陌生感来自对每一张面孔的质疑，自己仿佛变成了卡夫卡笔下的甲壳虫，一夜之间就站在了整个世界的对立面。在车流如织、人海攒动中，漠视的目光和僵冷的表情织就了一张偌大的筛网，很多年积攒起来的温暖，随意地就被过滤成了一腔苦涩的无奈。少年时期对未来的期待和青春岁月对世界的热情，被渐渐成熟的年龄一如潮水的形态而淹没了。沉浸水底的孤独，却长成了旺盛的海藻，联袂成越来越壮观的景象，延伸进我的思想里，密布成霾。

曾一度认为自己有很多的朋友，青梅竹马的、花天酒地的、莺歌燕舞的、左呼右唤的，他们填充着我被时间分割的内容。簇拥的感觉，仿佛水波烘托着一轮旭日，构成了一组璀璨的光环。游离在这样的霓彩里，是不用做深度思考的，就像顺流而下的舵手，当船被涌动水流所驱使的时候，其实你手里把握的已经不是船的航向了。随波逐流的生存状态，是没有时间思考的。所以，撂荒的思想，被萋萋荒草埋没掉了来时的路径。回头才发现，那些所谓的朋友，竟没有一个可以停靠你的沉重。在你最需要的时候，他们都成为观众，你的内心竟握不住一双有温度的手。或许，对别人而言，乘坐你的船，需要的只是船体里一间舒适的舱房。这是一种很凄惶的处境，当每个人都怀揣着不同的目的，彼此交往的时候，真情便成了一种借口。

这种时候，我会突然想起和爱情很接近的一种昆虫——蝴蝶，或者由于听惯了《化蝶》的旋律，常常分不清，是蝶接近了爱，还是爱依附了蝶。我站在鲜花盛开的草原上，惊艳于成双结对的彩蝶，在每一束花丛间翩然飞舞，我甚至以为它们就是腾飞起来的花朵，一定是对花的依恋，才让自己长成了花的模样，花是蝶的映照，蝶是花的延伸。这让我一下觉得，其实，每个人和动植物之间，是很容易共鸣的，都愿意把心灵交给自然来抚慰，可一旦回到人海中，就又壁垒森严，讳莫如深了。这是我们无法摆脱的悖论,用于提防人的侵害远胜于对动物防备。

经常会有这样的感觉,我们是被生活的节奏驱赶着走的,行程上的紧锣密鼓,工作中的刻不容缓,没有半寸闲暇来品味风景。所谓的游山玩水,也不过是被时间和线路框定了的行走过程,当赏景的情致被速度把控的时候,是无法参透山水真谛的。仔细想想,我们更多的时候,是把自己的幸福,交给了别人来掌握,在看似繁复的丰富里,重叠着雷同的生活,且乐此不疲,最终,被酒精浇透的,是孤独侵占的身体,在静夜的晴空下,谁能读懂眼泪的盐分。语言被心灵搁置在表达之外,听力被谎言挤走了真情。

即使喧闹的时候,孤独依然存在,恰如白昼里的月光,只不过烈日一时覆盖了月的微弱,恰如孤独被繁华所谪贬。一旦夜晚来临,那种水银般的落寞,便蒸腾起来,透过稀疏的星光,倾泻而下,给有形的物体披上无垠的外衣。

我喜欢一个人坐在田埂上,与每一株庄稼对视,这让我顺着叶枚的走向,就能回到了少年的时光,那些无忧无虑的贫寒而简朴的日子,始终漂浮在记忆的水波之上。从满身污泥的池塘,到老柳树上的鸟蛋;从对吃一顿肉的怀念,到看一场电影的欣喜若狂。苦难和快乐似乎并驾齐驱,甚至在艰苦的环境下,我们会寻找和创造出许多的快乐,来填充那些贫瘠的生活,这或许就是童年留给我们熠熠生辉的缅怀理由。如果注定,长大就是把蛰伏在血液里的孤独唤醒的话,我宁愿继续选择过去的窘困生活。

当我们总是对童年的生活念念不忘的时候,其实,是对现实生活的排斥,这种排斥来源于对周边环境的不满和周围朋友的狐疑。这更加使我们充满了对知己的渴望,那是在一种抛开了物质层面、彼此间抵达心灵的欢愉,是蝶与花的预约,是色与香的互溶。它让我常常怀想俞伯牙和钟子期——两个男人之间心率共振的绝唱。

战国时期,晋国俞伯牙在汉阳江口一座小山下,手扶瑶琴,一曲天籁。恰被由此途经的樵夫钟子期遇见,且听得如痴如醉。经过交谈,二人对音乐的通灵,无可匹敌。在国内曲高和寡的俞伯牙,没想到竟在这野岭之下,遇到自己久觅不到的知音,二人遂结为兄弟,相约来年中秋,再以琴交心。翌年时日,俞伯牙携琴赴约,却闻钟子期已抱病辞世,临死前,对不能践约此行,深表憾恨。伯牙赶到山下,哭跪坟前,凄楚地弹完《高山流水》,挑断琴弦,砸碎爱琴,一声长叹:"摔碎瑶琴凤尾寒,子期不再对谁弹?春风满面皆朋友,欲觅知音难上难。"每每到这,我的心都会为之撼动,更会被互为知音的那份坚守所感怀。能从战国流传至今,二千多年而无法簪越,他们的故事是楷模更是镜鉴,既让我们看到高山仰止的情谊,又让我们映照内心晦暗的灰尘。

孤独不等同于孤单,"单"从形式上看,只是数量上的稀少,而"独"则是内心的孤苦,是无法依靠、无以通达的情殇。人与人之间找不到能摆渡心灵的桥梁,这使得许多情感拥挤在了河的彼岸,各自筑垒,成为一座座相互隔离的城堡。

这是一个奇怪的现象:许多人在网上可以和千里之外的陌生人敞开心扉,甚至把自己的诸多私密,都倾囊倒出。这从本质上说明了,人们的内心是渴望交流的,是想把自己的喜怒哀乐与人分享的,人们寄希望于渺茫的天涯,寻找着自己假象的知己,距离和陌生这原本阻碍沟通的元素,此时却成为安全的保障。但回到现实,却无法和自己身边的人沟通,好像每个人都是对手,都会成为前进路上的暗器,一如寒冬里,两只渴望相互取暖的刺猬,既不能靠近,又无法远离。这种提防的心态,将人性的本质裹挟起来,将人间的真情孤立起来,人与人的间距扩展为鸿沟,使得每个人都饱受孤独的浸染。

我曾在塔克拉玛干沙漠边缘,见过大片大片枯死的胡杨,一株株从沙砾中突兀出来，像一只只枯槁的手，奋力地向空中抓些什么，但最终气数已尽，青春和生命游离出了掌心之外，它摆出的，只是一种抓的姿态，是留给后人的千年一叹、风霜漫天的荒凉。远远地，忽然看到了一棵还活着的胡杨，扭曲的枝干呈现着它痛苦的思想，几百年来，它眼瞅着自己的同伴，一个个死去，生命被熬成了干枯的标本，那最后一抹绿色，就像暗夜里的火炬，被广博的孤独，擦得铮亮。这时，你会觉得，当我们面对的是整个死寂世界的时候，活着，其实是现实，向未来表达的挽唱。

我不知道，在世界越来越拥挤的今天，通往心灵的道路还有多远？也不知道在人口飞速膨胀的当下，有多少物种正走向消亡？这是一道简单的方程式，却没有人愿意推算，是不是担心最后的答案——不需要多久，整个地球，就只剩下了人类。

到那时候，孤寂，不单是个体心灵的伤痛，更是人类本身的悲怆。

## 生命的麦田

八月的夕阳，顺着彩霞的阶梯，渐渐地卸下了燥热的温度，使得整个天空舒展开来，就像所有迟暮的老人一样，显露出了风雨过后的慈祥和宁静。日出和日落是时间给大地画出的一个圆，它填充着季节的起始，又模仿着人生的轮回。

从城市到乡野，其实并不遥远，只是更多的时候，它的存在被我们忽略了，即使从乡间穿过，也只是透过车窗毫无心绪地倏然一瞥，根本没有阅及至田野所呈现的真实内容，没有上心的背景，自然不会留有深刻的印记。所以，真正遥远的不是距离，而是漠视。

这个秋日，终于静下心来，走进麦田，独坐在田埂之上。我已经很久没有认真地坐在田头了，这使得我的身体与土地接触的部分有了陌生感，这种陌生,是在臀部一接触到凹凸不平的土质便深感不适后,向我提出的质疑,而它们曾经是多么熟知的呵!就像一把铁锹了解的泥土,一枚叶子熟读的秋风。我想起了自己十几岁时,扛一把锹,跟在大人的后面,去平整土地,打埂或者挖渠的情形。泥土会抚摸到我所有的肌肤,它们的颜色如此相似,看上去尘土更像是身体的一部分。歇息时,坐在土地之上,举目四野,一下便觉出了自己的渺小,像一蓬成长的作物,在催熟着秋天。

后来,我离开了土地,被季节攥紧的日子似乎一下松垮了下来,二十多个秋日,便悄无声息地散落在了身后,直到我的眼里,蓄满了秋风。

随便走进一块田野,你都站在了秋天的中心。这时,可以聆听到身边作物成长的声音,这种从根须里蔓延上来的音乐,像一种酒醉,从体内慢慢向外蒸腾。这时天空掠过了一群鸽子,悠扬的哨音使晴朗的心情深邃而辽阔。这是一个季节最风韵的时刻,年初孕育的希望现在变成了遥遥可及的收成,飘散的花香结成了累累炫目的硕果,田野便成了一座硕大的展厅。

麦子显然走在了成熟的前列,它用金穗把秋天最特质的肤色描绘给了田野,没有看到麦子收割的过程,在我到来之前,它已经颗粒归仓了,只留下了一片空旷。不少倒戈的麦茬和堆放的麦秸,使得这片麦收前看上去整齐划一的土地,显得有些衣冠不整甚至失魂落魄,就像弄丢了自己孩子的母亲。曾经被它哺育的血脉,已经走远了,或许正走在另一种价值的路上。我想,麦子和麦茬一定会互相思念的,它们曾经一起经历风雨,一起感受阳光,整个成长过程它们供奉着一个信念——让自己成熟。

时间的秋天,其实更像一座腾空的粮仓,它虚位以待,等待所有的收成屯居其上,与其他季节相比,秋天似乎更多了些兼收并蓄的秉性。

麦田离开了麦子,让自己的存在成了一种虚无。没有虚无的是远处麦地里散落的一些牛羊,它们散漫的行为,让时间忽然迟缓下来。牲畜们在寻找一些遗落的麦穗,那是一些不愿离开土地,依恋情结极重的麦子,它们倒在了麦茬的旁边。牛羊的行为把我极快地推入了时间的背面,我看见了瘦小的自己穿着旧布鞋,挎着破柳筐,和奶奶一起,沿着收割过的麦田逡巡,并不时地单腿站立,磕掉落进鞋里的土坷垃,而后继续低头寻觅,期待发现更多的收获,来弥补食不果腹的口粮。出门时,我总会将母亲交给我的大筐悄悄调换成小号的,似乎给自己一种在相对空间里捡得更多的假象。拾麦穗的任务持续了很多年,这让我对我所生活的村庄的麦田了如指掌,轻易就能判断出哪些麦田是白天收割的,哪些是夜晚,甚至依据遗落的麦穗,就能判断出收割机手的责任心。我们总能碰到许多拾麦穗的熟人,就像我们总也躲不开的那些贫困。现在的人们,终于不用再目的明确地去麦地了,而更多的牲畜们,把进入麦地显然也当成了一种休闲,它们用舒缓的节奏,把自己描绘成田园的一部分。经过这么多年的奋斗,粮食终于不再掐住我们生存的咽喉了。所以,人们温饱以后,提供温饱田野,便淡出了更多人的视线。

鸽子的出现似乎有些意外,刚才它们还用飞翔擦拭着天空,此时,却像被一道圣谕发配了民间。几步之遥,那群鸽子无所顾忌地投入到紧张繁忙的觅食之中。竟无视我的存在,它们一定把一动不动的我当成仍在生长的作物了,故而心无旁骛且专心致志。

鸽子是灰色的,或许是夕阳落去之后,天气暗淡下来的缘故,使得这群灰色多了层凝重,但依然能分辨出它们勤勉啄食的粉色嘴唇和不停挪动的暗红小爪。从吃相上看,鸽子对这块土地应该是熟悉的,它们就像在自家的壁橱里拿取食物,轻车熟路又津津有味。这些精灵的到来,让整块沉静的原野,豁然间灵动了起来。

我知道要不了多久,这块麦地就会被铧犁翻过,所有的麦茬将成为土地的养料被深埋地下,像落英化作春泥那般,去滋养另一个季节的收成,这个过程很像人类的父母,熬干了自己最后的营养,来哺育下一代的成长。

我丢了一块小石子,鸽子们被惊飞起来,它们在空中盘旋了几圈,落在不远处的电线杆上,头冲着我和这片麦地。可以感到它们一定睁大了惊恐的眼睛,对它们而言,我显然是突然闯入的不速之客。

暮色将我和鸽子对视的距离调和得越来越模糊了,整个田野也像有墨汁在慢慢注入,我存在的标志因为夜色的来临而逐渐被淡化了,使我慢慢洇成了原野的一部分,就像被微风吹起的麦秸秆的草香是阳光的一部分那样,弥漫在天空里,无法散去。

## 思想的胡杨

思想应该是有形态得,就像所有的赋予我们的物质都拥有别具一格的外形一样,只不过,一些物象的形态将它们的思想隐匿的过于深刻了,才让我们觉得,它们只是一些毫无意义的普通物质,比如一块石头,几株荒草或者一棵树。

在这个世界上,绝对没有意义的物质是不存在的,更多的时候,一种看似孤立的物体,与周围的环境密切相关,它的存在是一种表达、一种记录甚至是提供给人类的最后信息,昭示着自然与我们所构成的对立关系。因此,我有理由认为,深刻的思想,应该长成胡杨的模样。这些极具哲思辩理的想法,是在我第一次走进荒漠次生林的艾比湖湿地,见到几株因干渴而倒地枯萎的胡杨后产生的。这些想法一旦形成,我的目光就成为获取证据的助手,它把点点滴滴的凭证串联起来,堆积进脑海,筑起一道阻隔我的意识向其他方向游走的大堤。

树显然在这里生存了几百年了,背景再置身于一片渺无人烟的盐碱荒漠之中,赭黄色的苍茫之上辅之以几株干枯的蒿草,时间一下子就显露出了应有的苍凉。对于时间我一直没有好感,总觉得她是一个随性善变的婢女。春江月夜、杨柳依依,她便以妩媚的姿态撩拨着每一个荡漾的情怀,而转入西塞阳关、大漠孤烟的境地,她便成了锋利的刻刀,雕去所有的柔情与细腻,让生命从绝望中寻求存活的理由。或许正是时间的刻薄,才让我们看到了从这片贫瘠的土壤中站立起来的植物,竟会有这样不屈的性格和支撑着这种性格的坚定信念。所以,透过耸立荒漠中的胡杨,我们感受更多的是一种坚忍不拔的思想。

没有一种树会像胡杨这样,在苍茫和寂寥之间,背负着如此沉重的使命,以至于被不敢懈怠的责任,压弯了耿直的脊梁。所以,按照成才的标准,胡杨永远也不会长成我们需要的栋梁的。那些或粗壮或笔直的云杉华盖,在充足的水分和丰富的养料中茁壮成长时,胡杨正将纤弱的根须继续向更深处扎进,以汲取尽量多的水源来滋养焦渴的枝叶。其实,更多的时候,命运之手真的不会像我们想象的那么公平,它不会逐一安顿好每个人的愿望。我们常常被它丢在不同的地方,甚至是绝境,或者努力存活或者等待死亡。我想,眼前的这一片胡杨,便是绝处逢生的榜样。

没有从死亡中回转的经历,绝不会诞生如此茂盛的思想,一株树与一个人的成长,应该不会两样,从这个意义上说,一出生就面对绝境的胡杨,早已在求生存的应对中把自己历练成为一个饱经沧桑的强者,成为树类的英雄。我不知道,当所有的植物都选择逃离的时候,胡杨为什么把自己留在了沙漠?留在了与千年孤寂相伴相生的西部荒原?但从它一寸一寸地艰难成长和一天一天的抗争风沙中,我读到了生命的力量!

我曾在古尔班通古特沙漠边缘看到过大片大片的胡杨,远远望去它们朝着一个方向奔跑,就像战役里向敌人发起的冲锋,前方则是那条著名的塔里木河,这是一条滋养生命的河流,是我所见到的最应承担生态意义的河流,却没有看到粼粼碧波。在大部分已裸露的河床中央,汩汩流着一汪难以与"河"字相对称的水流,这让我对那些不明真相正往这里赶来的胡杨扼腕叹息。只有一少部分跑到了河边,更多的胡杨正蜂拥而至,有几棵已走到离河床仅三四十米的距离了,却耗尽了最后的气力,倒在河的左岸。这种现象,总让我把树木的悲壮与战争年代的英烈联系在一起,使得整个场面看起来有了一种磅礴的壮美。而沙漠,则觊觎在河的右岸,对峙的两个阵营,因为力量的对等,保持着平衡的态势。胡杨遏制了沙漠两千里的暴戾,沙漠造就了胡杨三千年的品格。

胡杨之美美在孤寂,美在绝望,甚至美在死亡。在艾比湖湿地,我看到了一些死后的胡杨,仍顽强地站立着,像一只只从沙漠中伸出的遒劲之手,想扼住命运的咽喉。有些訇然倒地,却决不愿被漫漫黄沙轻易掩埋,它们奋力拱出地面,成为不朽的雕像。这是一种苍凉之美,是端放在辽远空旷胸前一座岁月颁发的奖杯。

胡杨之美美在秋季,像经历了风雨之后的彩虹,郁郁葱葱碧叶逐渐被金黄和深红所替代,间或有浅绿及灰白的叶枚,胡杨为自己织起了一道艳丽的生命之虹,于是整个胡杨林在深秋的阳光下变成了一片燃烧的海洋,没有一种树木能与胡杨相比,在暮秋时节,竟会绽放出如此璀璨的光芒,成为摄影家心心念念的胜境。

我想,胡杨树叶的金黄,应该是从它深邃思想里析出的光泽,就像一个老人从岁月深处生出的银发一样,这些闪烁的智慧将成为一种标志,引导着人们,从幼稚趋向成熟。

其实,胡杨当然知道,它选择扎根荒漠的同时,就等于宣告了荒漠的灭亡,所有植被都远离的地方,才是最需要植被的地方,胡杨把自己留在了这里,用生命筑起一道风沙的屏障,在蛮荒的西部,成活比成才,更具有现实的价值。

有一种生命,存在便是最大的意义,胡杨读懂了它的意义,成为西塞荒原的守望。而那些死去的胡杨,用枯槁的手,指向我们的灵魂,以自然的名义,向苍天控诉。

在活着和死去之间,人类寻找着自己的未来。

# 新　　地

　　对于吉木萨尔我是不陌生的。一则因为历史教科书早就告诉我们,它是北庭都护府所在地。长安二年(公元702年),武则天于庭州置北庭都护府,隶属于安西都护府。景云二年(公元711年),北庭都护府升为大都护府,与安西都护府分治天山南北。天山以北包括阿尔泰山和巴尔喀什湖以西的广大地区归北庭都护府统辖。由于它所承载的历史重量,使得这座小城,在我们的眼里,一直充盈着岁月的厚重感和民族的自豪感。二则上大学时,有一个关系很好的同学,是吉木萨尔人。每每同宿舍友或为家乡物产丰饶,或为出生环境秀美等争得不可开交时,这位同学都会不屑一顾地挥挥手,示意大家安静,一字一句告诫大家:都在我北庭都护府管辖之下,同为一体,不必相争。仿佛他是朝廷派来的都督,自豪之情,溢于言表。

这样一座历史名城,却一直没有机会走近它。直到前不久,画家张艺对我说,到吉木萨尔去采风,县城南二三十公里,有一个叫新地的地方,那里有个很小的村庄叫小分子村,有条非常美丽的山沟叫花儿沟,已经成为画家们心心念念的写生之地。这个小村,正被打造成一个画家村。这个消息让我为之一振。画家们对环境的要求近乎苛刻:要有能入画的自然风光;要有好的食宿条件;要有出行的便利交通;要有通讯的网络覆盖。除此之外,当然还包括安全,安静,阳光,蓝天,这些都构成画家的必要条件。张艺对我们说,你们去看看就知道了,那里环境真的很美,有许多画家去那里写生,有些画家已在那里建了自己的工作室。

对吉木萨尔县城,有过自己的景观推断和意象描绘,但当视线真实地巡行在街面上时,还是被她的美丽和整洁所折服。马路纵横宽阔,车辆却很稀少,像一副接近尾声的棋局,偌大的棋盘上,寥寥几个走卒。而路两边的植物,却极具南方环境下的亢奋与恣意,生长得茂密而苍翠。最鲜亮的还是隔离带盛开的鲜花,红的艳如晚霞,逶迤绵延;黄的灿若金阳,熠熠生辉;白的净似棉朵,素洁高雅。多种色彩,相互交织,各种花草,相互浸润,使得整条马路,鲜花叠映,生机盎然。

穿过县城,一路朝南,直通新地。路两边也都是郁郁葱葱的植被,远处高低起伏的麦浪,有了一种大海的壮阔。海的尽头,自然是辽远的天了,摆着几朵闲适的云,很俗套,也很恰当。在新疆,天的蓝是纯粹的,就像云的白一样。

在小分子村,迎接我们的是早已来此的画家刘燕虹老师。刘老师是著名的油画家,也是新疆著名国画家吴巍华老师的丈夫。在新疆的绘画界,夫妻俩享有盛誉。燕虹老师早年经营一家在新疆很有影响力的装饰公司,几年前才从商海回到岸上,也回归到一直热爱的美术事业中。随后，一心陪着妻子到新疆各地写生、作画。经过多方考察，最终选定了离乌鲁木齐一百七十多公里的吉木萨尔县新地乡，把这个山清水秀的小分子村花儿沟，作为自己的创作基地。

　　饭后，我们走进了村民马海亮家的大院，院子右边有几株一抱多粗的柳树，苍翠而遒劲，绿荫下盛开着齐腰的野花，鲜艳而妩媚。左边是一块菜地，韭菜、茄子、辣子、西红柿争奇斗艳，欣欣向荣。最让我们惊叹的，不是植物，而是房子四壁挂满的画作，这些原本普通的墙面，秩序井然地排满了油画、国画、水粉、水彩。不能不让人对这间外表普通的农舍，肃然起敬。这时你会觉得，整个房间陡然变得文艺起来，有了意境和温度。最醒目的，或许属于客厅里那座用红砖砌成的火墙。这原本只是冬季取暖的物件，此时却成了艺术家的个性名片。每一个砖面上都有一个画家的签名，颜色各异，字迹不同。有草书，有篆刻。有的画家还在砖上作画，或寥寥几笔，清淡雅致，或浓墨重彩，厚重大气。尤山、崔雁、王少平、王欢……一个个耳熟能详的著名画家的名字，在小分子村农家土屋的砖火墙上，再一次与我们相遇。而女主人张红指着砖上的每一个名字和墙上的每一幅画，如数家珍，仿佛在述说着自己田地里长势良好的庄稼。

　　后面是一个更大的院子，几亩空地，成了花草的乐园。我走进去，紫色的柳兰甚至长到了我的胸前，最矮的草，也超过了我的大腿。张红说，这里雨水多，只要是土地，都长着花草。院子正在土建。燕虹老师告诉我，这就是他的画家基地。他投资建设五间砖混结构的标准房，自己留用的两间已经竣工了。其余三间是交给马海亮家经营农家乐的，正在施工。燕虹老师又带我们看了厨房，宽敞而通透，特别是他投资为马家购买全套的不锈钢厨房用具，使得农家乐就餐品位和档次，一下得到了很大的提升。他说，虽然看上去一次性投入不少，但这两间房子自己可以使用二十年，期间的日常管理和画家来此写生时的食宿，都有马家一并解决了。画家可以心无旁骛,专心创作。尤其是这样的环境里,身心所带来的愉快,是任何金钱也购买不来的。燕虹老师还告诉我们,与画家合作,推动小分子村的文化建设,提升花儿沟的知名度,从而达到促进旅游发展,增加村民收入这个理念,已经得到了县委的大力支持,县委已经安排著名设计院专家,来规划花儿沟的整体打造,将投资几个亿对乡村的道路、上下水、徒步道、小水域等进行建设。言谈之中可以看出,燕虹老师在为自己能推动花儿沟的发展和亲自参与设计,而引以为豪。值得欣慰的是,燕虹老师的这种农家画院的模式,到了村民的认可。马上又有几家农户,要与画家签订协议,将自己的小院,打造成农家画院。

走进燕虹老师基地的房间,屋角里堆了一大堆石块,圆的、长的、扁的五花八门,他快速走过去,蹲在地上,一个一个小心翼翼地拿起来,向我们解释,都是新石器时代的文物,哪个是脱离谷物的石磨,哪个是种地用的石锄,哪个是生活用的石斧。说这些东西全部都是写生时在附近山沟里捡的。他说,这条沟不但是自然风景独一无二,历史文物也是异常丰富,随便拨拉一下,都能发现好东西。在新石器时代,这个地方是人类活动的中心地带。两间房子的墙面,同样挂满了画作和作者的简介。有一面墙都是吴巍华老师新疆山水,大气、灵秀,渗透出对这片土地的深厚情谊。

燕虹老师还带着我们看了屋子后面的百亩果园。仿佛这个园子前世就是为画家准备的,一棵棵粗壮的果树,硕果累累。萋萋荒草淹没了时间和退路,站在遮天蔽日的草木之中,一下恍惚了来世今生。只有色彩,才配与之对话。只有画家,才能与之交流。她的美丽,让一切语言黯然失色。在沉默里,我们才找到与之对视的平衡。燕虹老师告诉我们,这个林子要建一些与之相协调的木屋,让画家住在画里,来画画。

站在小分子村的一座山梁上,燕虹老师指着不远处的山沟说,著名作家王刚也在下面建了房子,每年夏季都要来这里创作。王刚的《非诚勿扰》《英格力士》家喻户晓，他从首都千里迢迢地赶到小分子村，一定是在这里找到了自己创作的原动力。我已经建议新地乡，还要在对面的山梁上建一座透明的玻璃房子，冬天画家可以在温暖的透明房子里，画周边不同的雪景。燕虹老师说这话的时候，面露微笑，似乎已经越过了夏秋两季，坐进了透明的玻璃房子里。

即使离开新地多日，记忆依然停留在了那块土地上，像一个心甘情愿走失的孩子。色彩斑斓的花草，阳光明媚的蓝天，连绵起伏的山峦，清澈凉爽的山泉，或许都是收留记忆的理由。但心的趋向，却是最大的原因。觉得身外之物，大到一座高山、一片草原，还是小到一株草、一块卵石，都是有心跳的，当它的律动与你的脉搏同频共振的时候，或许就是你深陷其中的时候。这时候，热爱显得多么纯粹啊！唯心所致，为情所留。

在新地画家村的微信圈里，燕虹老师发了不少画家的消息，不仅有国内著名画家来此写生，还有来自美国的母女画家，也沉醉于花儿沟的旖旎风光。最让我振奋还不是有什么级别的画家来此，而是燕虹老师突然展示出来的几幅写生作品，两位农家画院的女主人的处女作。虽然无论构图还是用色，都显得很稚嫩甚至很业余，但这是拿了几十年锄头、操持半辈子锅铲的农妇们，终于用粗糙的手，握住了艺术，握住了她们内心的美好和爱。在画家们到来之前，她们穷其一生，也不会把绘画与自己联想到一起的。是这些画家，唤醒了她们心中沉睡的美好，也唤醒了这片土地对美的表达。

当新地开始苏醒的时候，其实，无论对于画家还是村民，都已经成为心地。

# 我的新疆，我的家乡

## 生长于斯，我的根脉在这里

母亲说，1967年的三月初，下了一场大雪。半夜时分，我突然在她肚子里闹腾起来，有早产的迹象。连队离团部医院有十几公里。父亲赶忙披上破棉袄，奔向连队的马号，去求助当时唯一的交通工具—马车，送母亲去医院。

车夫姓马，个子很高，是马车班的班长。母亲的呻吟加速了马的奔跑，当时的新疆还没有柏油路。雪水让翻浆的盐碱路变成了泥淖，马车要靠速度冲过一个个陷阱，而颠簸在考验着母亲的承受力。最终还是我受不了了，母亲说在离医院还有一公里时，随着一次车轮的腾空，我冲了出来，并把第一声啼哭，匆忙而嘹亮地留在了新疆第五师一个叫塔斯尔海的地方。

多年以后，我一直对那个马车夫心存敬仰。因为我亲眼看见他驯服过一匹四蹄雪白的枣红马。他突然跃起，伏在马背上。马前蹄立起。马来回跳动。马急速奔跑。马急速折弯。他像一个鞍子，紧紧拴在马背上。马大汗淋漓，停了下来，打着响鼻，不再闹腾。从他驯服马的那一刻，在我心里，其实已经耸立起了一座英雄的丰碑。我上小学，和他儿子在一个班，儿子叫马英杰，坐在我后面。班长是个蒙古族女生，叫新华，坐在我前排。马英杰成绩一般，而我作为学习委员，对他近乎讨好的态度，让新华非常疑惑。其实，那是对他父亲英雄情结的钦慕，延展到了对儿子的友善。从马英杰嘴里，我了解到了许多有关马的知识，一直在等待机会，拜见心中的英雄。终于到了暑假，马英杰把我带到马号，马厩里圈着四五匹马。在同学的央求下，他父亲解开一匹马，交给儿子，马英杰翻身上马，光背骑着就跑了。溜了一大圈回来，让我也骑。本以为很简单，被英雄抱上马背，刚跑了几步就摔了下来，还蹭破了皮。从此对骑马心怀芥蒂。英雄的行为不是靠想象来诞生的。

秋天开学，马英杰没来报到，新华告诉我，他父亲出事了。连队骗了一匹公马，怕卧地感染，头三天需要遛马。马英杰父亲遛马时，为了卷烟方便，把缰绳拴在了腰上。马受惊后，拖着他狂奔，驻足时，人早已血肉模糊，昏迷不醒。自此落下残疾，却坚决不离开马车班，承担起饲养员的工作。

与我要好的同学中，还有一个叫红小将的，他应该还有一个哈萨克名字，但上学第一天他就叫这个名字了。那时候少数民族取汉族名字很正常，叫上去也顺口。这个名字和我们班里的一大群诸如红卫、红兵、红星的称呼没什么区别，有着明显的时代烙印。大家在一起听课、考试、娱乐、游戏，没谁刻意区分什么民族。每次红小将想打乒乓球，问我借球拍时，总会从口袋里掏出一块酸奶疙瘩，我这才意识到，他是哈萨克族，酸甜的奶酪,是他家的特产。有一次红小将很生气地去找新华班长理论:班里大部分同学都成红小兵了(后来才改成少先队),戴上了鲜艳的红领巾,他连名字都叫红小将了,为什么不是红小兵? 班长说必须做三件好人好事才行。那个冬天,我们班里烧炉子的柴火,全让红小将包圆了。

后来的初中,高中直至新疆司法警官学校,班里的同学在不停变动,每个阶段都有不同民族的学生。大家和睦相处,虚心学习,快乐生活。我们就像地里的植物,把根脉扎进大地,汲取养分,放飞梦想。我们相互依存,相互映照,我们成长的经历,因为多元的生活,显得丰富而茁壮。

## 创作于斯,我的情感在这里

当一个作家,是自己从小的梦想。二十世纪八十年代,是文学最茂盛的春天。人们涌进书店、奔向书摊、传阅书籍、参加朗诵会。读书成为最时尚的行为,如果你不谈诗歌,不谈文学,那简直是与整个社会格格不入,当时最流行的名言是:扔一个石头砸倒十个人,八个都在写诗,还有两个走在去朗诵会的路上。

在新疆司法警官学校307宿舍,一共住着八个人,来自南北疆七个地州。有四个人在写诗,还有四个是粉丝。为了扩大影响,我们四个写诗的人,把家里寄来的几十块钱伙食费,捐出一些,凑在一起,买些蜡纸和油墨,自己动手出版油印的诗集和校刊。再寻找校友和同学,送到其他院校有诗歌爱好的作者手里,换取他们的校刊和诗集。缺少营养的精瘦身体里,孕育着丰富的文艺元素。

记得八十年代末,《绿洲》杂志派出诗人东虹和作家王正到第五师讲课,办文学培训班,一间只有200多个座位的会议室里,密密麻麻挤了400多人。走廊、过道、前排地下,坐满了人。大家对诗人的崇敬和对文学的膜拜,可见一斑。

　　毕竟,文学的路太窄了。改革开放之后,打开了许多扇窗户。很多原本怀揣单一文学梦想的人们,开始另辟蹊径,有的走向商海,有的走向政坛,有的走向其他门类。现在回过头来看,当初小小一个地州的泱泱几百号作者,能坚持到现在还在笔耕不辍的,不过三四人而已。二十多年的坚守,文学与作者之间,早已融合在了一起,相互汲取能量,为这个世界绽放。

　　我很庆幸,自己即使在公安工作最忙碌的时候,也没有放弃读书和写作。并不期待着写作能给自己带来什么,主要是家乡的土地和人们感动着自己,也激励着自己。总觉得有心愿要表达,就像孕育着的生命总要诞生一样。这种坚持的回报,就是我开始在疆内一些报刊上发表作品:《绿洲》《中国西部文学》《新疆日报》《伊犁河》《新疆公安》等。后来又逐渐开始在疆外刊物发表文章:《当代》《散文》《上海文学》《清明》等。我在博尔塔拉文学界的影响力开始显现,一些晚会开始唱我写的歌词,广场文化演出也开始朗诵我的作品,我于2006年加入了新疆作家协会。2007年1月5日,我调入博州文联任副主席,把自己十几年创作和发表的作品,整理出版了散文集《记忆的河流》,诗歌集《梦里的阳光》;2010年9月,经过新疆作家协会推荐,到了文学界的最高学府——鲁迅文学院进修学习;同年12月,我的散文《硬过时间的石头》获得2010年度"中国当代散文奖"。2011年6月,我加入了中国作家协会。2012年7月,调入乌鲁木齐市文联,任主席,2013年8月当选为乌鲁木齐市作家协会主席。2013年12月出版散文集《回望》。

　　我所有的作品,都表现出对新疆这块土地的守望和牵挂。新疆地域的丰富性和多样性,是其他区域无法比拟的和望尘莫及的,是艺术的天堂,也是艺术家的宝库。每每带领文艺家去采风,都会惊诧于我们新疆的博大和丰饶。最干旱的沙漠和最丰沛的河流诞生于此;最挺拔的雪峰和最低洼的盆地驻足于此;最死寂的荒漠和最灵动的草原相伴于此;最干涸的湖底和最美丽的湖泊遥望于此。不是文艺找到了新疆,而是新疆孕育了文艺。新疆景象的每一个细节,都富含着文艺表达的渴望,艺术家所做的,只不过是发现了它们其中的一部分,并把它们领回了自己的家。

一万个艺术家会有一万种表达,但新疆只有一个。它不说话,看着他们一个个成名成家。

## 守望于斯,我的家乡在这里

母亲也会谈起她湖南的家乡,一条湘江流过的地方。说外公是个船员,母亲的童年是在船上度过的。谈的最多的还是她1962年18岁时嫁到新疆兵团的生活,谈住过的地窝子,谈收割的麦子,谈亲手盖的第一幢房子,谈把我生在马车上,谈八年一次的探亲假,谈她死后要和父亲埋在一起,埋在新疆这片干燥的土地里。听到这里,我的眼泪总会憋在眼眶里,我知道,母亲的很多往事已经被新疆的土地和新疆的时间收留了。五十多年的生活,这片土地认识了她,她也和它们结成了亲戚。她的皮肤和气温是熟悉的,她的胃口和粮食是熟悉的,她的习惯和环境是熟悉的,甚至她的风湿病和这里的阴天都是熟悉的。外公外婆在世时,隔几年,母亲回湖南探亲,待不了多久就会打电话给我,不停抱怨已经不能适应的故乡,要么是夏天无处可逃的闷热;要么是冬天没有暖气的阴冷;要么是人满为患的拥塞;要么是缺乏交流的无聊。假期未满,就要预订返程的车票。

一个成年之后,来新疆生活了几十年的人尚且如此,作为在这里出生,在这里长大的新疆二代,我们的情感和生命,还有选择的其他故乡吗?当然没有,也不会再有,因为我们的根,在这里。

第一声啼哭,我们生命的种子,种在了新疆的大地上,我们成长的过程，其实就是种子扎根汲取营养的过程，我们的骨骼，我们的钙，我们的盐分，都是这片土地赐予的。我们的性格，我们的情感，我们的信念，都是这里的风沙塑造的。是新疆把我们打造成了新疆人，也只有新疆，才能打造出我们。

我想起了小的时候人与人之间那种和谐的生活，想起了每一个阶段对我人生产生过影响的人们，想起如今靠我们的双手，建设起来的越来越美好的生活。

2014年7月的一天，我接到刘拥军的电话，他是我同学，在石河子法院执行局任局长。他告诉我，自己现在是麦盖提县库尔马乡红光村的驻村组长，他详细描述了这个村，几十年来民汉之间和谐相处的景象，希望能通过我的笔，将他们真实地展示出来。一种社会责任感，促使我第二天就飞到了喀什。通过几天采访和观察，的确给我带来了极大的震撼。无论春节还是其他节日，人们相互拜年，长达一个月。无论春耕还是秋收，大家相互传授技术，帮助生产共同富裕。五十年来没有发生过一起刑事案件。我立即安排了两名作家深入村队进行采访，收集素材，经过我们半年多的创作，完成了12万字的长篇报告文学《红光》。当我把这消息告诉刘拥军时，他告诉我，自己经过深思熟虑，决定从石河子调到喀什麦盖提县来工作，说半年的驻村生活，让他觉出了责任的重大，尤其是作为生长于新疆的兵团二代，维护这块土地的稳定，是义不容辞的责任，他要到最前沿去，用自己的身体铸成安全的屏障。

我很感动同学的行为，他其实代表了我们这一代人对新疆的依恋和坚守。我们需要更多的人挺身而出，铸成坚不可摧的长城，来维护我们出生的疆土，来捍卫我们幸福生活。

无论身体还是情感，都已经走不出新疆了，它已经成为我们和我们这一代人，唯一的家园。

# 南 疆 亲 人

　　帕提古丽大姐家是一个老院子,落尽了叶子的葡萄藤蔓,虬枝缠绕。两侧是老旧的土坯房,土墙旧木。正对面房子墙白砖红,一看就是新砌的。大姐把我们径直带进了新房。家具不多,擦拭得很干净。房子是去年盖的,政府补贴了四万二,大姐的嗓音里,带着明显的自豪和感激。

　　走到里间屋子,推开门就冲出一股热浪,把我们从零下十摄氏度的寒风里拯救出来。大炕占据了三分之二空间。角落一只铁皮炉子烧得通红,水壶滋滋作响,四周有淡淡煤烟。南墙挂着帕提古丽的黑白结婚照,女的羞涩妩媚,男的气宇轩昂。小屋的许多细节,让我依稀有了童年村庄的亲近感。

　　帕提古丽提着半桶煤进来。房间已经很热了,还要加煤,被我们拦住。她身后的男人,抢过桶,迅速把煤块倒进炉膛里。男主人怕我们住惯了楼房,不适应土屋子。他和我们一一握手,尽管过去了三十五年,依然能从六十岁的阿布都热依木身上,找到结婚照片上俊朗的影子。

晚餐是家常拌面,我们与阿布都热依木抵足相亲。帕提古丽提着茶壶,不停地续水,面带微笑。我歉意地说,这次结亲要住一周,多有打扰。男女主人都赶忙摆手说,家里好久没这么热闹了,能有汉族亲戚,非常高兴。说有许多村民没结上亲,正在央求村委会重新调整呢。

晚上,帕提古丽抱着一摞新被套进来。见我们已打开了睡袋,装作生气的样子说,到了自己家,怎么能不睡被子? 这是为我们三个人专门准备的,如果不睡,说明没把她当亲人,她会伤心的。见我们收起睡袋,大姐露出了笑容。

巴扎日,我们一同逛集市,同组的袁帅看中了一款棉衬衣。说阿布都热依木大哥的衬衣领子破了,给他买件新的。艾尼瓦尔则走到围巾的铺面,要给帕提古丽大姐和她女儿热依汗古丽买条围巾和披肩。转到家具区,我发现了自己想买的东西——一张八仙桌。让大姐家今后吃饭和孩子学习,都在桌子上进行。

转眼就一周了,临走前一天晚上,再三工作,大姐终于同意,由我们操办晚饭。整个下午,我们在市场精心选购食材。

我来主厨。木材的灶火很旺,油倒进去几秒钟就开始冒烟,鸡肉入锅,迅速腾起一团雾气。火势不好控制,油烟充斥厨房,尤其是辣皮子加入之后,整个厨房烟辣混杂,几个围观的人,都熏出去了。只有热依汗古丽虽然咳嗽不止,却一直站在身边,看来是真想学习的。我边炒边用汉语说,鸡肉要焙干,炒出香味,再放葱姜蒜,不知她听明白没有。她用维吾尔语询问,我也不知道问的啥。离开了翻译,我俩想表达的思想,站在了两岸的河柳,只能靠猜了。估计离不开炒菜的内容。我说加点酱油可以提色,放些蘑菇,肉质更加鲜美,菜终于出锅。帕提古丽大姐进到厨房,端详着菜说,真没想到,你们男人还会炒菜!

在炒第二个菜的时候,热依汗古丽手里多了个小本子,还边看边记。我说,书店里有好多菜谱,什么样的菜品能做。艾尼瓦尔翻译,热依汗古丽说,有的书上的东西不可靠,亲眼看过、亲口尝过,才是真的。

菜摆满一桌,亲友们围坐过来,打开酒瓶,举杯欢庆。酒过三巡,袁帅用一曲思念家乡的《鸿雁》,拉开了家庭演出的序幕。他的歌声忽而雄壮高亢,忽而低婉忧伤,用如泣如诉的旋律,把人们带入了苍茫凄凉的辽阔草原之上。演唱结束,我看见坐在对面的帕提古丽大姐竟然泪流满面。虽然不懂汉语,但忧伤的旋律,一定触动到了她对命运的感慨。阿布都克尤木是阔什艾肯的乡村音乐家,他怀抱都塔尔,拨动琴弦,曲调欢乐,节奏明快。在他的领唱下,大家起先小声附和,后来越唱越激昂,已分不出领唱合唱,听上去每一个人都是主唱。帕提古丽的儿子——三十岁的麻木提第一个站起来舞蹈并伸手邀请我。我不太会,但可以照葫芦画瓢,看似简单的几个动作,亲自尝试,却是步履蹒跚,肢体僵硬,动作很搞笑。帕提古丽大姐亲自上场,给我示范。她放慢速度,进行动作分解,果然使我大有进步。这时,马木提三岁的儿子光着屁股跑到舞台中央,跟着奶奶跳起来,一招一式极具天赋,引得大家哄堂大笑。在欢歌笑语中,会的不会的,好的不好的,男的女的,老的少的,大家轮番上场,边唱边跳,尽显文艺天分。

因为要返程,起床早了些。天没亮,推开门(几天来,我们房屋的门一直虚掩着,没有插门栓闩),就看见帕提古丽大姐提着半桶煤,站在寒风里。见有人出来,赶紧问了一句,我没听懂,就说都起床了,她进屋,给炉子添煤。

早饭是拉条子,餐桌上还摆满了许多水果。我们吃饭,大姐坐在炕沿上不停地抹泪。艾尼瓦尔翻译,大姐说我们都是她的亲弟弟,让我们有时间一定再到麦盖提来看姐姐，吃吃姐姐做的抓饭、拉条子。阿布都热依木大哥则低头吃饭，一言不发。吃完之后，走出去，提着两个沉重的大纸箱子进来。艾尼瓦尔说，这是大哥家准备的石榴和苹果，让我们带走。我说坚决不能收。帕提古丽大姐一把抱住我哭了起来，说姐姐送给弟弟的东西，为什么不行？情意难却，我只好从箱子里拿出两个石榴和两只苹果，说留在路上吃，并告诉大姐，再多拿就要犯纪律了。临出门，我们把这几天的伙食费交给阿布都热依木，他生气地将800元钱甩在炕头，说什么也不要。我说这钱必须收，如果不收下次单位不允许我们来亲戚家了。这样，我把钱塞进大姐的口袋，她才没有拒绝，一边点头，一边擦泪。

天空飘起了淡淡的雪花，气温降到零下十二度。我们统一在村委会门口坐大巴车返程，车子还没启动，就看见帕提古丽大姐开着摩托车拉着阿布都热依木大哥匆匆赶来，两人脸庞冻得通红，透过车玻璃在寻找我们。

车子朝前行进，却觉得自己的情感落在阔什艾肯村了，落在这个小小的甚至有些破旧的院落里。如果不是再一次来到村里，我一辈子也不会结识这个小村庄的，不会认识阿布都热依木大哥和帕提古丽大姐，不会有那么一个舒展而酣畅的家庭晚会，不会让我对南疆基层群众的生活和情感有如此生动的体验，尤其是让我对新时代党的治疆方略，有了现实的顿悟和长远的期许。

多么好的群众啊，朴实，善良，重情，宽厚。他们是南疆稳定的基石，决不能让他们的思想受到侵蚀，决不能让他们的内心蒙上灰尘。

每一项党的富民政策，都是一缕阳光，我们每一个结亲干部的笑脸，都是情感的航向。我们遇到了最好的时代，也遇到了最温暖的阳光。

我坚持认为，南疆的春天是从麦盖提出发的，而麦盖提的春天是从我们的心里出发的。

# 一个村庄的幸福

　　叶尔羌河行至塔克拉玛干沙漠西南边缘的麦盖提县，弯了一道弧，折向东北。在这片被河水圈定的土地上，生活着这么一个族群：只要音乐响起，田野的农夫都会丢下手里的工具，路上的行人也会脱下外衣、扔掉袷袢，随着韵律，快乐地舞蹈起来，他们就是能歌善舞的刀郎人。

　　热烈的情感，豪迈的性格，却无法改变世代穷困的命运。三面环沙，一面临河，富裕被隔在了河对岸。二十世纪九十年代，村民出行，还得靠小船摆渡。一大半的人，生于斯，埋于斯，没出过县城。

　　有着百年历史的恰木古鲁克村，依然固守着百年前的破旧。红柳枝和烂泥巴糊就的墙壁，四处漏风，透射出岁月的艰辛。院门口荒草丛生，街面上垃圾遍地。小巷里走几步,鞋子就被虚土掩埋。人们三五成群,闲坐在门口的木炕上,拉着家常,晒着太阳。几个脏兮兮孩童,赤身光脚,手里攥一块干馕,在尘土里奔跑。世袭的贫穷,让人们变得麻木,仿佛一切都是命中注定的。

直到横跨两岸的叶尔羌河大桥,将高速公路引到了村口,直到新疆文联工作队入驻到了村子,刀郎人才切实地感受到,他们固守了百年的人生观,开始变化了。

先是机器的轰鸣掩盖了闲聊的话语,有两家工厂落户在了村里,一些村民走进了工厂,月底那一沓厚厚的工资,让晒太阳的人满眼惊诧。

先是破旧的老屋被拆除了,一幢幢富民安居新房,矗立起来。房间里,席梦思替代了旧土炕,地面砖接替了泥巴地,沙发换掉了破木凳,冰箱、电视、洗衣机一应俱全,梦一样的生活,铺开在村民的面前。

村子的每条巷道都新铺了柏油路。主街的建设路和巴扎路两边是几十盏新装的太阳能路灯,灯柱上鲜红的中国结和唐诗宋词的书法,让传统文化的意蕴,在晨光和鸟鸣里,透着幽然的清凉。袅袅炊烟将隽永的恰木古鲁克村,从慵绻中渐渐唤醒。几个保洁员比日头起的更早,马路已净。人行道新铺的彩砖,刚洒了水,花池中的月季和格桑花又多开了几朵。

村委会十字路口,新修了两座古色古香的木亭阁,一曰"鲁疆亭"。上悬一对:东山日照,千里援疆同致富;西域人欢,全村奋力共脱贫。表达了对山东日照援疆干部的诚挚感激,更彰显了村民们主动作为,追求美好生活的内生情怀。新疆书协主席李方先生飘逸的行书与对联的意蕴,互生情愫,并驰同飞。另一亭取名"联心亭"。镌刻楹联:文化助力,内心荒漠植绿树;精神脱贫,人间春意奏凯歌。凸显了文联发挥文艺优势,引领村民们崇尚精神文明的可喜成果,新疆书协副主席李志顺先生遒劲的草书,含云吐雾,形神兼得。亭台楼阁与环村一幅幅诸子百家、唐诗宋词、成语故事的国学文化墙,相得益彰。我时常会站在李白,杜甫或者苏东坡的诗句前怀想,怎么也不会料到,千年之后,他们名字会被南疆沙漠腹地某个村落的人们所熟识。在村里徜徉,庭院门口鲜花绽放,蜂蝶栖息;葡萄架上,藤蔓缠绕,雀鸟和鸣。整个村子都浸漫在徽式建筑的水墨色里,环村的墙面上是一幅幅诸子百家、唐诗宋词、成语故事的国学图画,徜徉其间,仿佛置身于隽永的江南小镇。哪里有一点国家级贫困村的影子?而这些变化,竟然都是这短短三四年才发生的。莫说村民,就是躬身力建的我,也常常会发出惊叹。

现在的街面上,除了几个老人和一些孩子,再见不到闲聊的人了,人们都被安排到了适合的岗位。劳动,改变了生活,也改变了观念。

## 上篇:精准施策鼓了村民的"口袋"

### 红 枣 王

见到王成友的时候,他正抱着两箱红枣,往车上放。

二十五年前,还是一个毛头小伙的他,从河南信阳来到了麦盖提县恰木古克鲁克村。饥肠辘辘的他,被素不相识的维吾尔大哥带进自家的房子,端上满满一盘拉条子,在大哥微笑的目光里,他吃得干干净净,当即决定——就留在这个村。这一待,就再没离开。

起步是从几个人的作坊开始干起的,经过十几年的打拼,红枣厂发展到五十名工人,一千平方米厂房。

"老王,如果扩大规模,足额生产,你加工能力有多大?可安排多少人就业?工资能发多少?"我的询问里,有着明显的迫切。

"四千吨,啊不,五千吨。招二百人没问题。月工资不低于二千元。"

"好,一言为定! 资金、设备和厂房,我们想办法协调解决,你负责生产和销售,要确保打工的村民,都能拿到钱。"

"我保证! 谢谢,谢谢工作队。"

两只手紧紧握在一起,王成友的眼里,有晶莹的光芒。

随后的速度,是在他的惊喜和慨叹声中进行的。两个月,项目落地,厂房开始建设。三个月,六百万贷款批复到位。四个月,山东援疆指挥部捐赠的最先进的全自动红枣清洗烘干设备,发送到厂。五个月,两座一千平方米的保鲜库建设竣工。八个月,五千平方米的新厂房建设完成,设备安装调试。

八个月的效能,超过了他二十年奋斗的总和。

通过红枣厂的扩建,我和王成友成了好朋友。一次,他请我到家里喝酒,几杯过后,他抓住我的手,讲话有些支支吾吾。

"又遇到什么困难了? 直说,别吞吞吐吐的。"

"书记,不是困难,是……是……我想和你们一样。"

"你想成为国家干部?"

"不是、不是。王成友连忙摆手,我想成为……一名共产党员。"说完,从怀里掏出了入党申请书。

他写道:我刚到南疆,身无分文,是村里老党员苏莱曼·玉素普大哥,给了我第一碗饭。如今,我的厂子扩大规模,是在工作队和村委会的党员干部们不辞劳苦地帮扶下,完成的。我能有今天,要感谢党的富民政策,感谢许多的党员干部的无私帮助。我富了,不能忘记党恩,更想成为党的一员,带领村民们一起奔小康。

我给王成友斟满,碰杯,一饮而尽,说:"我代表村党总支,接受你的申请,也请你在脱贫攻坚中,接受组织的考验,就像你在申请书中写道的那样,要带领更多的村民奔小康"。

经过两年多的锤炼,2019年7月1日,王成友光荣地成为一名党员。

他表示，自己要把更多的精力投入到产品研发和销售之中，继续扩大生产，增加工人使用量，让更多村民通过稳定就业，增加收入，实现脱贫。

他把在国外读研的儿子也召回村里，负责网上客户和电商平台，又将核桃、杏脯、桑葚、葡萄干、刀郎土瓜等多种产品纳入经营范围。儿子经营的电商，两个月就销售了一百二十多万。

红枣厂发展越来越好，已安排就业村民一百七十多人。预计九月，新枣上市，用工可达二百六十人以上。

在村里，"王成友"这个名字，可能有些维吾尔族群众还不熟知，但只要你提"红枣王"，没有不认识他的。他说，这是村民们给他的荣誉，更是对他的信任，他不能辜负。

"孩子们在这儿出生长大，早就爱上这片土地了，去年我把父母亲也接过来了，让他们也看看儿子开辟的事业。国家西部大开发的政策，让我成为这个好时代的幸运儿，也成为这个好时代的见证者。"王成友的语气里，透射着无比的自豪和自信。

年过半百的"红枣王"，喜欢在村里散步。每看到村子的改变和村民的变化，都会让他内生欢喜，这些变化里有他的贡献。

"红枣王"像极了村里那棵齐腰粗的"枣树王"，一个个脱贫的家庭，正是他结出的累累硕果。

## 木匠的心愿

三年前，才来村里，完成脱贫攻坚战。欢迎我们的，竟是一场火灾。正是这场突发事件，竟然"烧"出了脱贫的思路。

火灾发生在阿布拉老汉家，他是村里的木匠。抽烟的时候不小心引燃了院子里的刨花。好在灭火及时，只烧毁了几个小物件，旁边堆放的木料,躲过一劫。一场火灾让我了解到,这个村,仅专业干木匠的,就多达二十余家。还有十几户,农忙时种地,农闲时也干些活计。

这个优势资源,让我们眼前一亮。

提出立即入户走访,便发现了问题。木匠作坊规模小、工艺差,各自为政,市场应对能力弱。且都在家里生产,缺少消防措施,安全隐患大。

在村级扶贫研判会上,发挥手工业优势,做强木制产业,成为干部们的共识。一致同意成立木材合作社,集中优势力量,统一生产销售,既能开拓市场,又能消除火灾隐患,为勤劳致富树立榜样,可谓一举多得。最后确定,将废置多年的村小学旧址,作为产业园区。

没想到的是,动员木匠们入社,却遭到了冷遇。不是摇头说不,就是含混其词说等等看,竟没有一个主动报名的。经过私下了解,弄清了他们的想法:一是大家自由惯了,不愿被约束。二是木匠都有自己的路数,担心资源被人利用。第三点,也是最关键的,对工作队不信任,认为待一年就走了,只图个名声,不会真心实意干事的。木匠们表示,只要阿迪力报名,他们就参加。

阿迪力·热合曼是村里的大户。七八岁开始学木匠,干了四十多年。住着漂亮的青砖瓦房,用着最好的电器设备。两个儿子都已出师,使他如虎添翼,成为领军人物。

找到阿迪力时,他正在蔬菜大棚里侍弄菜苗。他说木匠太多,活又少,相互压价,谁都挣不上钱,自己只好搞多种经营。指着菜苗说,再有半月,就上市了,这一茬,少说也能挣五千元。

我告诉阿迪力,他应该发挥更大的效能。仅麦盖提一个县,今年就新建一万套安居房,加上周边三四个县,多达五万套。目前,还没有一家成规模的家具厂,如果我们率先启动,定能抢得商机。他摇了摇头,说每个人套路不同,想法各异,不好统一,自己这样挺好。又找了几次,都被他婉拒。

一周后,恰逢阿迪力大儿子结婚。虽然没收到请柬,我依然决定前去祝贺。傍晚时分,带上酒肉,叩开阿迪力家门。边喝边聊,谈过去的生活,谈彼此的童年,谈将来的发展,尤其是谈工作队员们不远千里,到村里来的目的和任务。一直谈到我俩双手紧握,四目潸然。他有些冲动地拍着我的肩,让妻子换两只大碗,倒满举起,书记,干了。今天,我认你这个兄弟。你说的事,我干了。

在阿迪力动员下,亚森·达吾提、努尔买买提·莫明等八九个骨干,率先入园,合作社的大旗,举了起来。

队伍有了,又出现了生产上的两大难:一是至少需要一间不小于1000平方米的厂房。二是要解决落后的生产工艺。本村的木匠文化程度都不高,学的都是些老套的技术,现代家具、沙发、床,根本不会做。

我们找到山东日照援疆指挥部,寻求帮助。很快就得到了支持,厂房建设率先启动。又从日照引进了一家拥有现代家具生产经验的乡镇企业。第一次来疆的王星珺厂长,看到工作队员们,日夜不歇,轮番坚守工地,很受感动,说为了节约时间,就在室外对木匠们进行技术培训,设备也同时从内地发出。

只用了二十五天,厂房建成,设备调式完毕。又用了三天,第一批沙发成功下线。连王厂长都惊叹,就是内地速度,也不可能在一个月之内,又建厂房又见产品的。

建厂一个多月,邻县来了一位客户,需要2000套组合式橱柜,两个月内交货。时间太紧,往常是没有能力接单的。但现在大家信心满满,这可是80万的大单,纯利就有30万。所有人异口同声:"干!就是不睡觉,也要完成。"

这一项目,把村里所有木匠都调动起来了,还招了不少小工。加班加点，两个月后，如期交货。客户很满意，说以后的产品，都要交给厂子来做。分红时，入社的每人拿了2万元。打零工的，也有5000多。合作社名声大噪，阿布拉老汉带着十余户木匠，要求入社。

合作社灵活经营，家具根据房子大小和住户喜好，可以私人定制。可以分期付款，卖了农产品，再来结账。还可以用家存木料换取沙发。一时间，车水马龙。

现如今，木匠们的工艺，已不只局限在家具沙发上了，他们走进学校、进入单位，制作亭台楼阁，修建文化长廊。雕龙画栋，刻花喷字。从生活的需求，转向了艺术的审美。

2020年初，为了体现身处新时代，创造新生活，树立新气象的内容，合作社更名为"麦盖提县三新木业"。

八月，恰木古鲁克村通过了国家对贫困村的退出普查工作，全村高标准脱贫。人均收入已超过11200元，仅木材合作社就解决了57位贫困户的就业。阿迪力年收入更是达到了16万元，成为村里竞相追赶的标杆。

当问到木匠们还有什么心愿时，阿迪力说，现在厂子有不少废弃的边角料，地里还有许多棉花秆，都当柴烧了，太可惜了。如果能引进一条生产线，把它们加工成复合型材板，那能挣多少钱啊！

亚森·达吾提说，我们都想好了，就叫"三新牌"复合板。王厂长说他可以引进项目，只要县里政策支持。

虽然脱贫了，但工作队的帮扶和服务不会减少，只要符合政策，我们一定想办法办成。木匠们笑了，几双大手再一次握在一起。

村民们致富的心愿，其实，就是我们工作的动力。

# 村 里 能 人

工作队进驻村里才三天，就有人揪着努尔买买提·莫明的衣领，闯进了大门，告他借钱不还。这个五十岁的男人，邋里邋遢地蜷缩在办公室一角，满脸涨得通红，眼里噙着泪花。为给妻子看病，借了邻居八百元，两年多了都没能还上。邻居也委屈地说，自己也是借妻弟的钱来帮忙的，为了还钱，与亲戚都闹翻了。在王新刚的担保下，确定了还款日期，才达成和解。

三个上学的孩子，一个多病的妻子。自己既没文化，也没手艺，靠三亩地和打零工，勉强度日。

根据本村手工艺人多的特点，村里计划成立"三新木材合作社"，还要引进内地先进的家具、沙发生产线，王新刚决定送努尔买买提·莫明进厂子学技术，还借给他五百元生活费，说等他挣钱了，再还给自己。这让努尔买买提·莫明非常感动，他说："由于穷，村里没人看得起我，而你们却这样帮我。放心吧，我一定会好好学的，要不然我还是人吗?"

努尔买买提·莫明虽然学习很用心，由于文化程度低，加上国家通用语言水平差，只掌握了一些简单、易学的工艺。王新刚发现了问题，找他谈心。

咱们村有不少技术娴熟的木匠，也有不少懂装修的工人，还有会接线的电工，还有会砌墙的泥瓦匠，就目前来看，任何一门技术你都超不过他们。但是，他们有弱点，就是只会一项技术。你要把这些技术都学会，成为多面手，才能优于别人、强于别人。

王新刚又出面联系，找到村里不同种类的技术工人，带着努尔买买提·莫明一起干活。还为他争取到了一个去乌鲁木齐参加新农村建设培训的机会。大城市新农村的面貌，给从来没有出过远门的努尔买买提·莫明带来巨大冲击,他一夜无眠。回村后,找到王新刚谈感想,说如果自己的村子要那样建设的话,他可以干的事情太多了。

王新刚告诉他,以后村子肯定也要那样建设,当务之急是抓紧时间学好技术,否则机会来了,你还是抓不住。王新刚拍着他的肩膀,将来还靠你带领大家,完成新农村建设的艰巨任务呢! 自此,努尔买买提·莫明更加不遗余力地钻研了。

半年后,王新刚为他联系到了第一单活。

"那是一个既需要装修、木工技术,也需要电路设计、墙体粉刷的活。我把学到的技术都用上了,十天干完,挣了一万元。"努尔买买提·莫明喜不自胜,给王新刚还钱时,还打包了一条刀郎烤鱼,又大声说,借邻居的八百块钱也还上了,多给了二百块钱利息。

春天还设想的新农村建设,秋天就在村子里大范围实施了。努尔买买提·莫明看到了机会,在村里招收了三个徒弟,成立了专门的施工队伍。旧房拆除、新房装修、家具制作、庭院改造、电路安装,几乎每家所需的建设,他都能一体完成,他成了技术最全面的"村里能人"。多病的妻子也坐不住了,跑到工地上来,帮忙干一些轻活,几个月下来,身体状态居然越来越好。努尔买买提·莫明幽默地说,妻子的病是没钱惹下的,有钱了,病就好了。

活越来越多,业务在不断拓展,已经从本村,延伸到了邻近的五六个村。年底一算账,全年收入超过了六万元,努尔买买提·莫明不但脱了贫,还被评为全村的致富模范。

儿子高中毕业后,也参加到了他的团队中来。为了更好地应对各种业务,努尔买买提·莫明招收了更多的村民,依照油漆工,泥瓦工,木工不同种类,分成几个小组,齐头并进,协调配合,工人的收入也大幅提升,一年下来,每个人的收入都超过了万元。努尔买买提·莫明的收入,更是创世纪地达到了十万元。妻子把存折缝在枕头里，天天枕着睡觉，说这样才能睡得香，才能治好病。

邻居阿孜古丽看到努尔买买提·莫明不但盖了宽敞的新房，还装修一新，家具时尚，很是羡慕。说自己独自带着两个未成年孩子，生活十分拮据，想跟着他挣钱。努尔买买提·莫明拍着胸脯说："没问题。别人帮我致富，我也可以帮你"，他把阿孜古丽安排到涂料组。

"以后，只要我有活干，你就有活干，我们一起向幸福出发！"说到做到，工程承包到哪里，他就带着阿孜古丽工作到哪里，不再让她为生活发愁。

这两年，在努尔买买提·莫明帮助下，有十二户村民摘掉了贫困户的帽子。他喜滋滋告诉王新刚，刚给儿子买了一辆小车，以后到别的村联系业务就方便了。还说已有多家姑娘，向儿子提亲啦，他要好好选一户勤劳致富的人家呢。


## 绿 色 庭 院

作为三个孩子的母亲，只有小学文化的帕提古丽·苏莱曼一睁开眼睛，就开始为全家的生计发愁。四十八岁的她，能深刻地感受到生活重担压在肩头时，骨骼发出的声响。这样的日子过了十几年了，她几乎习惯了这种贫困和无奈。所以，当工作队副队长彩才拿着本子，走进家门的时候，她并没有表现出多高的热情。看着这个小个子女子，和颜悦色，细声细语，问得仔细，也记得详实。或许是彩才真诚的态度打动了帕提古丽，她把一肚子苦水，都倒了出来。

在工作队的帮扶会议上，彩才说："帕提古丽是一个特别能吃苦的人，为了供三个孩子上学，她像男人一样到建筑工地打工，码砖头、上水泥，从没喊过苦。她有强烈的脱贫愿望，只要找对路子，一定能改变现在的境况。"

在确定从哪儿入手时,彩才说,帕提古丽房子虽然破旧,但院子里种了很多花草,长得非常茂盛,一看就是擅长种植的人。我找她谈谈,看能不能从庭院种植做起?

第二天,彩才再入户时,买了两个书包送给帕提古丽的孩子。与她进一步细聊才知道,受父亲养花的影响,她从小就喜欢种养各类植物。当谈到工作队想帮助她发展庭院经济、种植蔬菜大棚时,帕提古丽不住地点头,非常赞同,说自己很擅长种植,一定会种好菜的。

可是……她低下头,小声咕哝,我……没有钱。

放心吧!只要你想干,我们帮你。

经过一个多月的忙碌,从乡里跑到县里,填表、盖章,终于争取到了三千元的庭院建设资金。工作队和村两委又组织干部义务劳动,帮助帕提古丽清理杂乱的院落,整理出二分多地,建起一座拱棚。还帮忙种上了豇豆、菠菜、恰玛古等蔬菜。帕提古丽满含热泪,说自己一定努力,对得起大家的期待。自此,她起早贪黑地待在温室大棚里,有时候还带着上高中的大女儿茹仙古丽,一起在大棚里忙碌。

第一茬菜,苗子刚出来就开始枯黄,她急坏了,跑到工作队求救。彩才找来邻村的大棚种植专家,这位汉族大哥,二话没说,放下手里的活计,赶到帕提古丽的拱棚,抓起土壤查看,询问了施肥和浇水的情况,确定了肥土比例不当和水期间隔太短的问题,并告诉了处理办法。果然见效,当年,就收了三茬蔬菜,纯利润一千五百多元。

在帕提古丽的影响下,大女儿也喜欢上了种植,高考的第一志愿,毫不犹豫地填报了新疆农业大学,并被一批次录取。茹仙古丽说,自己选择农业大学,就是想成为一个农业专家,想用所学的知识,为家乡做贡献。

邻居们看到帕提古丽大棚蔬菜种的很好,不但解决了自己吃菜,还挣到了钱,都来观摩学习,她热心地讲解,菜苗的株距,浇水的间隔,追肥的用量,打顶的时间,手把手教大家。

彩才又找到她商量,不能只盯着这二分地,要想办法把产业做大。帕提古丽说,她早就想搞蔬菜批发,既可以多挣钱,还可以帮助村民把院子里的菜卖出去。彩才说:"好啊! 你最懂蔬菜,肯定能行。"

"还是资金问题,不但要有流动资金,还要有运输工具。"帕提古丽说出了自己的忧虑。

"我来想办法!"彩才的语气和上次一样坚定。

说干就干,彩才带着她找到县农村信用社,由自己担保,贷款一万元。帕提古丽先买了一辆电动三轮车,解决了运输问题,余款作为采购蔬菜的流动资金。

之后,每天早晨五点,帕提古丽就开着电动车,等候在县城边上的农贸市场,送菜的大货车一到,她第一个冲上去,挑选满满一车新鲜蔬菜。再挨家挨户送到餐厅、早市和蔬菜商店。剩下的蔬菜,她就走街串巷,到居民区销售。经过两个月的历练,慢慢掌握了门道,从最初的每天只挣四五十元,到后来的半天就能轻松入账二百多元。半年还清了贷款,年底,还盖了70平方米的富民安居房,结束了祖祖辈辈住土坯房的历史。她指着全新的沙发、茶几和冰箱说:"从房子到家具,没借一分钱,都是我这两年挣的"。正说着,邻居吐鲁洪·苏力坦和吐地·买买提掂着两袋自家院子的蔬菜进来,委托她再帮忙卖掉,帕提古丽爽快地答应了。她打电话叫来邻居阿提古丽·肉孜,让她过秤,记账。开心地说,这是自己新收的徒弟,也是贫困户,正在跟她学种菜和倒菜。

"到年底,保证让她家的收入超过一万元",帕提古丽信心满满。

搬新房之后,帕提古丽将老旧土屋拆掉,院子又清理出二分空地,她准备再建一座拱棚。

上高中的二女儿正摘了一把青菜从大棚里出来，帕提古丽指着她自豪地说："热孜亚期末考试，全班第一，明年就要考大学了，我想让她报考一个写书的专业，要把我们的好日子，一点一滴都写下来。"说完，大笑起来，仿佛已经看到了女儿的未来。

## 从农民到工人

村子人多地少，农忙也只有三四个月，一个男劳力就足以完成。使得村里妇女除了做三顿饭，大都闲在家里。经常能看到她们三五成群，聚在院子里闲聊，东家长西家短，没有任何收入，还惹是生非——为了某句捕风捉影的话，弄得邻里反目为仇。

大部分家庭的孩子上小学或者中学，这些妇女也无法外出打工。要做到不出村就能就业，既要增加收入，又不影响照顾孩子，成为工作队亟待解决的难题。

经过多方了解和考量，在日照援疆指挥部的协调下，工作队从山东引进了一家网袋生产厂。以缝纫加工为主，工艺简单，非常适合妇女。是一家有着二十多年办厂经验的老厂子，产品远销中亚西亚，村里只负责生产，不愁销路。

新建了1000平方米的厂房，50台崭新的缝纫机安装完毕，在全村大会上作了通知，号召妇女们踊跃报名。等了两天，却只来了四五个人。张迎春厂长很是诧异，还没有遇到这样的情况，他说要在外省，早就人满为患了。这里的妇女怎么会宁愿闲在家里，也不出来挣钱？

第一个来报名的努尔古丽，是村里的农民诗人，因为懂国家通用语言、有文化，很受妇女们的推崇。厂里就让她担任车间主任，再通过她和另外三个报名的妇女，去了解其他人的想法，去做通妇女们的工作。"多一个人打工,就多一份收入,就能更快地脱贫。请放心吧!女工的问题,我们想办法"。在她们的动员下,又来了八个人,第一批入厂的员工达到了十二人。有不少妇女因为没文化,怕干不了技术活,担心拿不上钱。我们就鼓励这十二名员工,先干起来,等拿到了工资,再用事实引导和激励其他妇女,消除她们的顾虑。

一个月后,在全村大会上,作为村里的第一书记,我亲自给第一批入厂的十二位工人发放工资。最低的也有1500元,努尔古丽最高,拿到了1800元。我告诉村民们,这才一个月,还是在不熟练的条件下完成的工作量。如果干熟练了,工资会更高。我给妇女们算了一笔账:计件取酬,即使不熟练的工人,厂家保证每天不少于五十元的兜底。两个月以后成为熟练工人,每天至少可以挣到七十元以上。厂子里负责培训的两个内地技术员,都干了五年以上,业务非常熟悉,每天能挣到一百五十元。我相信,干久了,我们村的妇女也能挣到一百元以上。我还告诉大家,厂子的生产不受时间和季节的影响,一年四季都可以干。厂房还安装了暖气,冬天照样不停工。台下的妇女开始窃窃私语,面对真金白银和打工环境,她们动了心。

会后,一下就有三十多人报名。第二天,第三天又有不少妇女找到工作队,要到厂子打工。不到一周,报名人数突破了七十个。五十台缝纫机已经不够了,张厂长又赶紧从内地发了二十台设备。让所有报名的人,都有工可做。

布玛丽亚姆是村里最困难的贫困户。儿子不幸车祸去世,自己又瘫痪在床,儿媳妇买热叶姆只能待在家里,照顾她和三个未成年孩子,除了每月的600元低保,再无进项。家里一贫如洗,还住在破旧的土炕上。工作队把他们家庭列为重点帮扶对象,不但找到医保部门,报销了布玛丽亚姆的1.6万元医药费,还向民政部门申请了2万元的大病救助金。又购买了一辆轮椅,送给病人,方便出行。工作队还组织队员和村干部一起,参加义务劳动,帮助布玛丽亚姆新建了安居房,新修了院墙,开展庭院经济建设,帮助种植了蔬菜苗。为了提高家庭收入,达到脱贫攻坚标准,工作队动员买热叶姆到网袋厂上班,并根据她的实际困难,协调工厂,对她实行弹性工作制,计件取酬。既可以照顾家庭,又有了稳定的收入。

为了解决有孩子家庭妇女打工的难题,在厂子旁边修建了一间房子,作为托幼所,村里安排了公益性岗位的专人负责看孩子。这一系列举措,让村民们慢慢适应了工人的规则,迟到和请假的人越来越少,工人队伍的整体面貌,逐渐呈现出来。许多女工,早早就来到了车间,洒水拖地,擦拭机器设备,把自己完全融入到工作之中。

## 下篇:文化润疆,富了群众的"脑袋"

能歌善舞、喜欢文艺是南疆少数民族的共同特质。工作队在建立产业扶贫,提高村民收入的同时,狠抓扶智扶志教育,激发村民的内生动力。用文艺方式引导和激励群众,让他们在喜闻乐见中,感受中华优秀传统文化,不断铸牢中华民族共同体意识。又深入挖掘村里的文艺骨干和积极分子,通过身边的人讲述身边的事,来改变村民们的落后理念和不健康行为,弘扬现代文明的生活方式,追求美好生活的信念和决心。

### 农 民 诗 人

走进村委会,"农民诗歌专栏"是整排宣传栏里,最醒目的一块。

到处是欢笑的脸庞

勤劳的人民沐浴着阳光

我们把时代的旋律

谱成一曲曲春天的歌唱


这是村民卡地尔·阿布都克里木新创作的诗歌《春天的气息》里的诗句。诗歌专栏每月出版一期,每期选发四位村民的作品,再配上作者的照片。这里已经成为全村人心目中的精神高地,谁能在专栏上发表一首诗歌,马上就能赢得村民们极高的尊重。

诗歌专栏的设置,源于一次入户走访。走进艾山·艾海提的院子,发现一群人开心地围着他,津津有味地听他说话,他正将自己新编的顺口溜,朗诵给村民,讲的都是村子里的人和事,通俗易懂,朗朗上口,群众很喜欢听。

在工作队的晨会上,我把这个情况摆到桌面上,让大家讨论,如何利用好这个群众喜闻乐见的文化资源?队员们一致认为,应该建立一个平台,发挥这些"村级文化人"的带动作用。

半个月后,首块村级农民诗歌阵地建立起来。

在村民大会上,我们把崭新的"农民诗歌投稿箱"摆在大家面前,并宣布:谁都可以投稿,把自己的所思所想,都写出来,不但能发表,每首诗歌还有一百元的稿费。

稿费是在两千多人的村民大会上发放的,四位妇女戴着大红花,第一次用智力成果,赢得了收入,也赢得了农村妇女的尊严,她们成了村里的"文化人"。会场上先是一阵躁动,随后发出热烈的掌声。村民们第一次意识到,与土地打了一辈子交道的他们,居然也可以参与到文化的发展之中,文化的种子,开始在部分村民的心中,萌芽了。

诗歌专栏每月刊出一期,每期编发四五位村民的作品,再配上作者的照片。几期之后,这里就成为全村人心目中的精神高地,谁能在专栏上发表一首诗歌,马上就能赢得村民们极高的尊重。这些诗歌语言纯朴,内容真切,很接地气。专栏前,常常引得村民们,驻足观看。

布哈丽切姆·阿布拉是第一批发表诗歌的村民,二十九岁的她虽然只是个初中生,却一直喜欢读书,即使下地干活,也会带个小本子,把点滴的感悟和想法都记下来。看到村委会开辟诗歌专栏,她异常兴奋,当天就送来了三首作品。在她的带动下,又有三四个妇女送来了诗歌。她们用农民朴实的语言,感恩党的富民政策,感谢各界人士无私地帮扶。

新婚不久的努尔古丽拽着丈夫走进了工作队的大门,见到我们,艾斯卡尔还有些不好意思,在努尔古丽鼓励的目光下,艾斯卡尔从口袋里掏出几张稿纸,说是自己这几天创作的诗歌,想投给农民诗歌专栏。

努尔古丽是很熟悉农民诗人,已经在我们的诗歌专栏里发表了两次,上一期还发了她的诗歌《村子的巨变》。在会议室,边喝茶边与小夫妻俩聊天,愉快的气氛,让艾斯卡尔消除了紧张。他告诉我们,初中毕业的妻子在连续两次发表诗歌之后,质问艾斯卡尔,"你一个高中文化的人,为什么不写?"

"她已经连续三天没让我上床睡了,说我啥时候写出作品,啥时候才可以上她的床。"艾斯卡尔的话,惹得我们哈哈大笑。努尔古丽羞赧地拍了丈夫几下说:"不逼他,他就不写",这一招还真有效,艾斯卡尔从地里回来,连续奋战了几晚,终于写出了自己满意的作品,在妻子的陪伴下,送稿子来了。

这些农民诗歌,既有写环境的变化、生活的提高,也有写勤劳致富的人、写考上大学的家庭。村子向善向美的事情,都是他们表达的对象。语言淳朴,情感真切,很接地气。根据大家的创作热情,工作队又组织开展了两次文学培训,让疆内著名诗人和编辑授课,提升他们的创作水平,从朴素情感向意境营造方面转化。努尔古丽说"我以前觉得自己有许多话要说,但是又不知道从哪入手,现在经过老师们的启发,我找到了方向,以后我要用自己的眼睛发现村里的美好事物,用自己的真情,感谢党带给我们的幸福生活。我还要鼓励更多的人,来写诗歌,来投稿。"村党员诗人古丽巴哈尔非常兴奋地说:"这样的培训太好了,我一直喜欢写作,经过培训,知道怎么写了,作为党员,我一定要把祖国强大了,百姓日子过好了的情况,表达出来,要创作出更多诗歌,感恩党,感恩祖国。"

工作队看到大家的创作兴趣都很高,又适时开展了两次文学培训,让自治区文联杂志社的诗人和编辑们来村授课,提升他们从朴素情感向文学意境的转化。又组织了两次采风创作活动,现场对诗歌作品进行分析解读,提出修改意见,提升农民诗人的创作水平。这些活动的开展,极大激发了村民们的创作热情,也拓宽了投稿队伍的数量。截至目前,已从我们一个村,发展到三个乡的十几个村。投稿人中,年龄最大的72岁,最小的是17岁的高中生。"农民诗歌专栏"的影响力,也越来越大。

这些农民诗人,成了村里精神文明的风向标。为了推进健康文明的生活方式,我们把这些农民诗人召集在一起,讲清楚原因,让她们成为新风尚的引领者。尤其是女诗人们,在家里带头把杂乱得院子收拾得干干净净,种花种菜;她们穿起时尚的服装,染出漂亮的秀发;她们争着到农民夜校学国家通用语言,说普通话。这些农民诗人大部分都报名到网袋厂打工,成为厂里的骨干,努尔古丽还成为车间主任。

这一次,依然是努尔古丽带着艾斯卡尔进到村委会,只不过,不是来送诗稿,而是双双递交了入党申请书。她说:"从你们身上,我感受到了党的温暖,从我们村的变化,我感受到了党的伟大。我们也想成为党员,也想为村民们做更多的事情。"如今，村党总支把夫妻俩都列为了发展对象，在进一步培养。

村子里年龄最大的农民诗人，是今年72岁的吐合提汗·瓦斯力大妈。直到九十年代末，她都是这个村文化程度最高的农民，是一个被贫困耽搁的大学生。大妈说，1965年自己刚十七岁，在县城读高中，中央民族学院要从全县选三名成绩最好的学生保送上大学，其中就有她。恰遇母亲重病，家里无钱医治，只好收了别人的财礼，当年就把她嫁了出去。每谈到这里，大妈枯黄的眼睑里，有泪花涌动。后来工作队在村里举办了农民诗人培训班，开设了"农民诗歌专栏"，激活了老人热爱文艺的内心。她是二十多个学员里，年龄最大的，也是最勤奋的。一度，半个月能交七八首诗。她说，终于过上了好日子，心里开心。有好多想说的话需要表达，刚好诗歌给了自己这个机会。她在诗歌里写道：

我的心洒满阳光
那是祖国带来的温暖
我们的生活如此美好
那是党送来的甘泉

我入户走访，吐合提汗大妈见到我，赶忙把水瓢丢进桶里，手在围裙上擦了几下，握紧我的手。说儿子出车祸一万多元的住院费已经报销了，自己才掏了六百多元。说儿子的残疾证也办下来了，已经领到了残疾补贴。她松开右手，捂着胸口，眼含热泪，说感谢共产党，感谢工作队。

更让这些农民兴奋的是，自治区党委宣传部得知了我们村农民写诗的情况，专门派出侯菊凤副部长带领十余位专家，到村里，对农民诗人和村里的文化建设进行了调研，研究决定，给这个村的农民诗人们，出版一本农民诗集。

经过一年的培训、创作、修改、翻译，这本汇集了三十多位村民的三百多首诗歌，书名《心中的爱》诗集，终于在2020年7月，建党99周年之际，由新疆文化出版社出版发行。

轻轻抚摸诗集封面，看着目录一个个熟悉的名字，我的内心是激动而欣慰的。经过三年的坚持和推动，村里的农民们，终于有了这个创作的结果，而这个结果超出了我和他们的预想。就像这些农民诗人，带给整个村子精神风貌的变化，也超出了我和他们的预想一样。

农民们诗歌创作的水平，还很稚嫩，甚至与真正的诗歌相去甚远，但难能可贵的，是他们执着的态度和对文学的喜爱，还有村民们的高度认可。对一个村子而言，这些足够了，有共鸣，才有力量。

2020年9月25日，新疆作家协会主席阿拉提·阿斯木带领董立勃、叶尔克西等新疆作协主席团成员，到村里给农民诗人们召开《心中的爱》诗集出版首发式。同时安排专家，对村里的农民诗人，再次进行了培训，不断提升他们的创作水平。一些杂志社还将优选一批稿子，公开发表。

通过诗歌，让这个百年村庄的传承，有了新意；也通过诗歌，让二千多位村民的眼里，有了春意。这或许就是文艺的力量，引领人们的内心，朝向有光的方向。

院子门前那些盛开的花朵，都在诗意地表达，村民现在的生活。

## 小书法大作为

2020年春节前，在恰木古鲁克村委会大礼堂里，十几个维吾尔族孩子和新疆书法家们一起，在红纸上奋笔疾书，为村民们写春联和"福"字，几百位村民在围观，帮忙把刚写完的对联、"福"字晾晒在空地上。在书法家休息的片刻，一些村民拿起他们的笔，也开始一笔一画写起来。村民帕提古丽·买买提写了"中国梦我的梦"，海热古丽·艾拜写了"我们都是一家人"。村民阿孜姑·艾萨直接从参加书法班的儿子依布热依木·库尔班手里抢过毛笔，快速写出了"民族团结一家亲"几个字，还兴奋地举起来，要和书法家老师们合影。这让几位初次来村里参加活动的书法家们大为惊诧。在南疆塔克拉玛干沙漠边缘一个维吾尔村落里，孩子们写对联，已经很让人意外了，居然还有这么多孩子的父母，也能毫无违和感地拿起笔，书写内心的话语。此次活动的领队，新疆书协副主席兼秘书长李志顺兴奋地告诉老师们，今天的景象，都来源于文联工作队为孩子们举办书法培训班所取得的成果。

2018年6月9日，工作队启动了"书法进校园工程"。李志顺带着新疆书协的老师们，走进麦盖提县第五小学（原恰木古鲁克小学），给首批的30名孩子上了第一堂书法课。大部分孩子都是第一次见到毛笔，他们把毛笔攥在手里，反复察看，既兴奋又好奇。通过老师的授课，孩子们了解了书法的起源，文化内涵，历代书法名家，也知道了书法在中华优秀传统文化中的地位，书法的传承和发展。在老师的指导下，孩子们逐渐掌握了坐姿、握笔、蘸墨、运笔等。在宣纸上，落下了人生的第一笔。

四年级的木乃热·热哈曼是个刚满10岁的小姑娘，在书法班里进步最快。她说一抓上毛笔，就非常喜欢，开始觉得挺难，几个月之后，就慢慢掌握笔画和技巧了。说长大了要当书法家，像老师那样写出好作品。依布热依木·库尔班是五年级男孩，他说不但在课堂上要练好书法，回家还要辅导母亲写字。虽然母亲阿孜姑·艾萨只读过两年书，却非常喜欢用毛笔写字，儿子每天回家都要教母亲写两个字。还说一年级的弟弟也经常与他抢毛笔写字。说自己一定会坚持学好书法。

按照培训要求，每周给孩子们上一堂书法课。考虑到距离的问题，新疆书协的老师们,每两个月,安排专家老师来辅导一次,日常上课的任务,落在了麦盖提县书协的身上。县书协主席刘心甫老师已80岁高龄,性格开朗,精神矍铄,他愉快地接受了任务。县书协主席团有五个人,刘主席为班主任,以他授课为主,其他副主席轮流安排。刘主席说,给孩子们尤其是少数民族孩子传授书法,弘扬中华优秀传统文化,是每一个书法家义不容辞的责任。他愿意带领书协的主席团成员,义务给孩子们传授书法知识。

由于师资情况和书法培训的特殊要求,一个班30个孩子,已到了最大量。还有更多的孩子想学,却无法参加。村里的阿依仙姆大妈来到工作队,端着一盆才熟的紫桑葚,让我们品尝。看我们都吃进肚里才说,既然吃了她家的桑子,就得解决她家的难题。我忙问有什么困难,一定帮忙。她做了个握笔的手势,在桌子上划了几下,说孙女这几天一直缠着她,非要让她来找工作队,想参加这个班。我们都哈哈大笑起来,答应再增加一个名额,满足大妈孙女的要求。

孩子们学得非常认真,每周的书法课极少有缺席的。刘心甫主席每到授课时间,都会早早骑着自行车,驮着给孩子们的练习纸,来到学校。

几个月后,李志顺带着书协的专家来到村里,看到孩子们娴熟地运笔、合理的结构,激动地说:"才几个月,他们就找到了书写的感觉,这些维吾尔族孩子,对书法的悟性,超过了想象。"

2019年5月21日,中国书协分党组副书记、秘书长郑晓华带领张继等全国著名书法家,来到村里,为群众书写。郑晓华看到书法班孩子们的作品,非常兴奋,亲自指导用墨、运笔。他抓住五年级女孩阿孜古丽的手腕,教她如何发力和收笔,两人合写了一幅"民族团结一家亲"作品,送给了阿孜古丽。首都师范大学中国书法文化研究院的蒋乐志老师,和六年级学生热依罕古丽聊得很欢,她告诉蒋叔叔,想到北京上大学,学习书法。

蒋乐志记下了小姑娘母亲的电话说："你要好好学习,只要考到北京的大学,叔叔资助你,并教你书法。"热依罕古丽的母亲紧紧攥住蒋乐志的手,热泪盈眶。村民齐曼古丽·萨吾提在老师们的鼓励下,拿起笔一气呵成,写下了"我们都是一家人"。她说:"我的儿子参加了培训班,回家教我写,一年来,我会写的汉字越来越多,也越写越好,我非常喜欢我们中华文化。"

2019年8月22日,恰木古鲁克村举办了首届"乡村墨韵"书法展,60多幅作品近一半都是书法班的孩子和他们的父母亲创作的。通过书法培训班,村民们对书法作品越来越喜爱,也为祖国拥有数千年优秀传统文化而自豪。

尤其是每当春节前,书法家们来到村里写对联、写"福"字,村民们都会围得水泄不通。为能求得一副对联或一个"福"而雀跃,回家立即张贴在门框上。

工作队还将弘扬中华优秀传统文化和扶智扶志工作,有机结合起来。让新疆的书法家们创作了一批"勤劳致富""尊老孝亲""卫生家庭""优秀党员""农民诗人"等书法作品,用牌匾装裱好评选出一批村级先进人物,表彰和奖励给这些先进家庭,并号召全体村民向他们学习。全村形成了比学赶超、争取奖牌的良好氛围。截至到2020年10月,已经发出了32块牌匾,这些获得书法牌匾的村民们,十分珍惜荣誉,每天将字框擦拭得干干净净。他们知道,自己已成为村里看齐的标杆。


## 国学文化引领风尚


一直在喀什务工的村民阿布拉·艾买尔,回到村口,竟不敢相信,眼前就是自己的居住了二十多年的村子了。街道干净,花栏整齐。门口的鲜花和灰白院墙,相映成趣,粉刷一新的墙面上,全是中华优秀传统文化的内容。有孔子、孟子等先哲的思想；有唐宋八大家等大师的佳作；有孝道文化，国粹精华；有成语故事，传统节日；还有社会主义核心价值观的剪纸图解。残破老墙变得高雅素洁。才半年多没回来，阿布拉·艾买尔，居然找不到自家的小院了。

促进这一变化的是"国学文化进乡村工程"。在山东日照援疆指挥部的支持之下，文联工作队环村打造4000多米国学文化墙，让村民和孩子们了解传统文化的内涵，增强中华文化的认同。

上墙那天，兴趣浓郁的村民们都来围观。在"文帝孝母"的画作前，工作队员讲解故事：汉文帝刘恒的母亲一病三年，卧床不起。刘恒日夜守护床前，每天为母亲熬药，每次喂药，自己先尝一尝，药苦不苦，汤烫不烫，自己觉得差不多了，才给母亲喝。这个故事让在场的村民阿孜古丽感动不已，她表示要将这个故事告诉全家人，并以身作则，孝敬父母。

许多村民还在一幅幅反映民族团结、邻里和睦、子孙满堂的画作前合影。这些画作充满了浓厚的艺术气息，乐观向上的生活态度。80岁的吾守尔·艾沙对这些画作非常喜欢，不停询问上面的内容。由于他家外墙面太过狭窄，无法悬挂。施工队员准备把图画挂在邻居家的墙面上，他不停央求，自家墙上哪怕挂张小画。由于没有合适的，工作队员没同意。老人转身折进了屋子，以为他生气了，没多久老人出来，从口袋里掏出三张皱皱巴巴的10元纸币，硬塞给工作队员，说买一张画，自己挂上。老人执着的态度让队员们很感动，事后，工作队专门制作了一幅小斗方，为其挂上，并告诉他，工作队不收一分钱。

国学文化上墙之后，每次召开村民大会，工作队都会面向村民们宣讲相关内容，并用毛巾、香皂等物品，开展有奖问答。现在，大部分村民，都能说出国学文化墙的基本内容。一次，本村的一名维吾尔族出租车司机，在一张画像前停车，指着墙面对顾客说："孔子，我认识，他是我们国家最厉害的老师。"眼里露出自豪的神色。

工作队依照不同节日开展活动,不但让传统文化上墙,更要上心。

在新年春节,我们在宣讲时告诉村民,挂灯笼,贴春联,贴'福'字,贴窗花,放炮仗的意义,给村民详细讲解了春联的来历,祈福的内涵,"福"字的贴法。还免费给每家每户都赠送春联、"福"字、灯笼等节日礼品,利用入户走访的机会,手把手地教村民张贴、悬挂。仅仅两天时间,在工作队的帮助下,恰木古鲁克村550户人家全都贴好了春联、挂好了灯笼。大红灯笼高高挂、家家户户贴春联的热闹景象渲染了整个村庄。这让仅隔一条马路的邻村村民羡慕不已,纷纷找到文联工作队,也希望能得到一副春联。为了能使更多村民感受节日气氛,工作队将剩余的所有春联、"福"字和灯笼都倾情相送,并教会他们如何张贴和悬挂。一时间,放眼望去,整个村落红梅绽放、红旗招展,大家都沐浴在喜庆的海洋里。

村一组村民阿布都热依木,是第一个对春节感兴趣的人,也是第一个认真思考春联含义的人。他对于过春节要将"福"字倒贴、放炮仗等充满了疑问,工作队队员给他做了详细的解释,告诉他贴"福"字是民间由来已久的风俗,"福"字意指福气、福运,寄托了人们对幸福生活的向往和对美好未来的祈愿。

"那为什么要倒着贴'福'字?"他好奇地问。

"人们为了充分体现自己的向往和祝愿,将'福'字倒过来贴,表示幸福已到,福气已到。"工作队队员耐心解释着。

"那放炮仗又是怎么一回事呢?"

"春节还有一个名称叫'过年',传说'年'是一种能带来坏运气的怪兽。'年'一来,人间便万物萧条,草木凋敝;年过了,人间便万物复苏,花开满地。为了能将年早日轰走,人们便发明了鞭炮,用燃放鞭炮的形式将年赶走。简单地说,就是为了赶走坏运气,迎接新气象。因此,燃放鞭炮就成了春节期间必不可少的节目。"听完工作队员的娓娓道来,阿布都热依木才恍然大悟。

"我家对联上写着'鸡鸣知日上,犬吠报春来'不知道有什么意思?"看他对传统文化如此感兴趣,工作队员高兴地对他详细解释了这副对联的寓意,阿布都热依木脸上露出了满意的笑容,他反反复复地读了数遍,说要把这些美好的含义永远记在心里。

"原来过春节竟然有这么好的寓意,我们怎么早不知道呢?要是早知道,我们早就过春节了。"阿布都热依木真的受教了,感动了。他是为自己的国家感动,也为优秀的中华传统文化而自豪。

看到别的人家都贴上了对联,阿布拉老汉急了,因为他的院墙门垛才用水泥砌好,怎么涂胶水都沾不上,老汉一急,直接到五金店买了一把钢钉,硬是用17颗钢钉把对联生生钉在水泥柱子上。我们工作队员在全村巡看时,发现阿布都老汉把一张下联钉反了,帮忙用透明胶布帮他贴好。

春节期间,村民们唱红歌、跳民族舞、猜谜语、斗羊、拔河,好一番热闹喜庆的场景。形式多样的精彩节目将恰木古鲁克村从来都不曾有过的春节气氛烘托到了极致,引得邻村村民也忍不住跑来一起欢度春节。大年初一,村民们既按照中国传统习俗包了饺子,也按照维吾尔民族习俗做了抓饭,大家一起享用,其乐融融,共话新春。

2019年3月21日,是传统二十四节气的春分,又是少数民族的"诺鲁孜节",文联工作队举办系列庆祝活动。先以"感恩中国共产党,创造美好新生活"为主题的宣誓活动,拉开序幕,全村1500余人面对国旗,举起右手庄严宣誓:遵守国家宪法和法律,坚决贯彻党中央治疆方略,远离极端宗教,坚决与破坏新疆稳定的言行作斗争,崇尚科学,反对愚昧,用勤劳的双手,创造美好生活。宣誓结束后,工作队干部、全村党员和村两委干部带头在主题横幅上签字。在村文艺队演出之前,我专门向村民们介绍传统节气——春分的寓意。让大家牢记习近平总书记的话:幸福生活是奋斗出来的。号召大家用辛勤劳作,创造美好生活。随后,村文艺小分队表演了丰富多彩的节目。全体队员用合唱《没有共产党就没有新中国》拉开了演出的序幕,都塔尔弹唱、吉他弹唱、健美操表演精彩纷呈。尤其是文艺队员们的时装秀,将演出推向高潮,这些平时在地里务农的姑娘小伙子们,此时穿着时髦的服装,迈着矫健的步伐,一招一式都展现了现代青年的自信和阳光。整场演出,掌声不断,笑声不断,甚至连窗户外面都爬满了观看的学生。

工作队在村委会院子里,熬了两大锅预示着五谷丰登的"五谷粥",看完演出的村民们笑逐颜开,排队打粥,整个院子汇聚成为吃粥的海洋。

70多岁的萨依提·伊斯马伊力老人,一连吃了四碗,说好多年没吃到这么好吃的粥了。感谢工作队,让他不但明白春风的含义,还能和全村人像一家人一样在一起吃饭。30岁的塔依尔满脸喜悦,边吃边说,他是第一次参加这样的活动,学到了很多传统文化的知识,也感受到了集体的温暖,表示一定要用自己的双手,勤劳致富。

七夕节是中华民族的"爱情节",在村里举办村"幸福婚姻、美满家庭"表彰活动,践行"执子之手,与子偕老"这一浪漫的誓言。我们从全村选出十对婚姻时间最长、家庭生活最美满的夫妻进行表彰。他们中婚龄最长的已达五十年,到了金婚。最短的也有三十五年。这些上了年纪的夫妻,虽然满脸皱纹,有的已经行动不便,但都心怀自豪之情,脸上洋溢着幸福的笑容。平平淡淡才是真。

家庭,不仅是婚姻的保障,也是社会的保障。家庭和谐才能促进社会稳定,家庭和谐才能倡导文明风尚。表彰会的现场非常感人,有些孩子专门从外地赶来,抱着头发花白的父母,相拥而泣。还有许多孩子主动拿出给父母亲买的礼物,这样的场景也让我有许多感触,我对村民们动情地说："一个人从出生的那一瞬间开始，一直到成年、老年甚至死亡，都无时不与社会发生着各种各样的关系。个人作为社会的一分子，与社会的关系既相互独立又相互依赖。家庭是个人的生活基地，也是接受教育的第一场所。家庭环境的优劣直接影响下一代的精神世界和价值观，而且是根深蒂固的。家庭对于一个人的影响是最直接的，也是最重要的。如果希望自己的子女做一个道德高尚的人，父母就应该从自身做起，做很好的榜样，为子女营造一个和谐温暖的生活环境，让孩子在自由轻松的氛围中完善自我、快乐长大，孩子自然会拥有健全的人格和良好的品行。完美的婚姻、幸福的家庭对个人来说很重要，相应的，个人的品行和人格对社会也很重要。良好的家庭环境将直接影响社会环境的安定。"

我们对这十对模范家庭给予了高度的赞赏，表示要倡导这种文明风尚，希望更多的年轻人能努力培育家庭美德，不断提升精神境界，做一个忠于家庭、有责任、有担当的新时期青年。

文联工作队专门指派摄影家给这十对夫妻拍了金婚纪念照，还购买了十套组合式家具，给每户夫妻都制作了荣誉证书。又从村里选了十对今年刚结婚的年轻夫妻，给金婚夫妻们颁发了合影和证书。此举既教育、激励了年轻人向老人学习，又蕴含着幸福和谐婚姻的继承和传递。颁奖时，整个礼堂掌声雷动。尤其是这十户家庭的子女们，眼含热泪上前拥抱自己的父母，表达由衷的祝福和感恩，这一感人场景让现场的很多村民热泪盈眶。

刚结婚的艾买尔·吾斯曼是颁奖嘉宾，他激动地说："感谢工作队，让我见证了这场有意义的表彰会，在以后的日子里，我会时刻提醒自己，忠于家庭，坚守婚姻。我也要过到五十年金婚！"

受表彰的买买提明·阿力木老人眼里一直含着泪水，他的妻子娜瓦提汗·买买提重病在床，为了参加表彰会她坚持坐着轮椅来到现场。整个过程历时两个小时,买买提明·阿力木都紧紧握着妻子的手。他十分动情地说:"我的妻子可能时日无多了,我很高兴能陪伴她走完生命的最后一程。很感谢文联工作队,给了我们这次机会,与大家一起分享了我们四十九年婚姻的幸福,我们也没有什么遗憾的了。"没有海誓山盟的豪言壮语,也没有海枯石烂的坚贞表白,只有两只粗糙的手紧紧攥在一起。岁月的皱纹刻在脸上,感动的泪花噙在眼里,所有的语言都黯然失色,只有温暖在传递。"执子之手"会很浪漫和甜蜜,而"与子偕老"则需要恪守和坚毅,哪怕路途中有无数艰难险阻,哪怕生活中有多少荆棘丛生,都要有一颗坚定的心携手走过人生所有漫漫长路。

在传统的"重阳节",文联工作队开展尊老孝亲联谊活动。向村民详细讲述了重阳节的由来和九九重阳所蕴涵的意义,讲孝老爱亲不仅是家庭层面的责任和义务,更是我国传统文化倡导的社会和谐、家庭和睦的基础。在村里举办重阳节活动,就是着力营造浓郁的孝德氛围,让中华民族的传统美德在乡村踵事增华,让村民在了解传统文化的博大精深中,感受它的力量和魅力。

活动开始,首要选定本村10位70岁以上家庭和睦的老人,在儿女的陪同下上台后坐成一排,儿女们为老人脱掉鞋袜,倒上热水,帮他们细细地洗脚。参加活动的老人吾斯曼·阿玉甫激动地说:"我第一次过敬老节,孩子也是第一次给自己洗脚,心里十分激动和温暖。"他的女儿努热姑·吾斯曼说,这是自己第一次为父亲洗脚。想想父母为自己做的那么多,从来没有一句怨言,感到十分的惭愧,今后一定要好好孝顺父母,多陪陪他们。文联工作队还给每位老人购置了新皮鞋、新袜子,儿女们给父母仔细穿新棉袜和皮鞋,有的孩子给父母献上了花束,台下观看的700多位群众,许多都流出了感动的热泪。艾孜孜江·买合木提当时就坐在台下,这场孝亲活动,让他羞愧地低下头,他想到了自己腿脚不好的母亲,含辛茹苦把自己养大，三十多年来，还没有给她洗过一次脚。回到家里，艾孜孜江把今天的活动告诉母亲，并表示以后每天都要给母亲洗脚。说完他就开始烧热水，轻轻脱去母亲的袜子，看到母亲浮肿的腿，他流下了眼泪，细细地搓洗，慢慢地按摩。阿提古丽老人也眼含热泪，儿子的行为让她的确很吃惊，也很感动。从那天开始，两个多月来，艾孜孜江每天晚上都坚持给母亲洗脚，他说这样做既是表达对母亲的感激之情，也是做给孩子们看的，让孩子从小就懂得孝敬老人、感恩父母的道理。他说，工作队来了之后，通过各种方式开展活动，让他明白了很多道理，他从心里感激工作队。为了激励更多村民孝老爱亲，我们把一幅"尊老孝亲"的书法牌匾，颁发给村民艾孜孜江·买合木提，以表彰他对母亲的孝敬。

文联工作队一直坚持开展各类传统文化活动，用文化建设引领乡村民风。通过文化下基层活动，结合中华民族的传统节日，使优秀的中华传统文化在村民心中留下深刻的印象，真正在乡村营造一种良好的文化氛围，使村民在潜移默化中得到精神的陶冶。不断筑牢社会主义核心价值观的理念，现在，整个村民的精神风貌发生很大变化，衣着开始干净了，院子变得整洁了，脸上的微笑更加灿烂。尤其是村里的年轻人，在健康的文艺活动引领下，思想更加开放，追求美好生活的目标，也更加明确了。


## 村 史 馆


为了让村民切身感受这个拥有百年历史的老村庄的发展变化，教育村民们珍惜当下生活，维护祥和环境，文联工作队在山东日照援疆指挥部的支持之下，决定建设一个能起到感恩教育效果的村史馆。

在村民大会上，我们号召村民们，主动捐赠一些家里没有使用价值的老物件，作为村史馆陈列物品，继续发挥教育作用。有不少村民，都踊跃送来旧东西。2019年8月的一个中午，满头大汗的买罕木·居马老汉，推着勒勒车进到村委会，找到工作队，他指着车上一副石磨说，这是爷爷传下来的老物件，家里现在用不着了，听说村里新建了村史馆，家人一致同意捐出来，让更多的人受教育。这个73岁老人，紧紧攥着工作队员的手说，一定要让孩子们知道，幸福的生活是谁带来的。

由于历史原因，恰木古鲁克村没有留下来多少有价值的资料，尚健在的几位八九十岁的老人，成了印证历史的珍贵资源。

经过半年多的入户走访，了解村庄发展变化；寻找老照片和老物件；搜集资料，设计方案，开工建设。2019年7月1日，在建党98周年之际，村史馆终于面向村民开放。这间原本堆放杂物的近200㎡库房，被修葺一新。墙面的展板用图片和文字将村子各个时期的发展，特别是党的十八大以来翻天覆地的变化，直观地呈现给大家。橱柜里有上百年的有石磨、木盆、木桶；民国时期的新疆纸币、案板、擀面杖、洗手壶；五六十年代的油灯、马灯、扁担、老旧书本；七八十年代的镰刀、木叉、驴车龙套、锯子、火炭熨斗等，每一样东西，都带着一个时代的烙印和温度。老党员阿依提拉指着她捐赠铜锈斑斑的水壶告诉大家，这是她奶奶的小的时候就用的，那时候吃水要从七八公里外的叶河里用毛驴去驮，洗脸就往手心里倒一小捧水，现在自来水直接到盆里，想用多少用多少，真的感谢伟大祖国。党员吾布力卡斯木·吉力力指着工作队展板，对历年投入的建设项目如数家珍，说从打井修桥，到修路建房，不但建了夜市和村级卫星工厂，还经常安排文化演出，现在，大家就像生活在花园里。

每周，我们都会组织上百位村民来村史馆参观，从老的照片和老的物件上，大家感受到了，我们幸福生活的来源。越来越能感受中国共产党的伟大。村民买尔巴哈含着眼泪说，没有对比，就没有感动，看到过去的老照片，才知道现在我们有多幸福。

村史馆不但有老照片,还有村里的致富能手,大学生家庭,孝老爱亲家庭,卫生先进家庭等,身边的典型,让村民们看得见,摸得着,学得会。

村史馆教育,让我们的感恩教育找到了抓手。让每个人都懂得,我们多么不容易,才赢得这个幸福时代的艰难历程,才树立了中华民族不屈的精神,更加坚定了我们走向未来的勇气和信心。

普通的村史馆,既是村民们普通的记忆,更是对一个时代,最伟大时代的见证。

# 一份报纸与一条道路

为了出我的诗集《梦里的阳光》，我翻找出留存报刊的大纸箱。二十多年来，凡有作品发表，我都会将它们一一收集起来，存入箱中，这有点像银行业务里的零存整取，不知不觉竟存储了满满一大箱子。这是我第一次倾巢而出，被倒腾出来的报刊，堆放在地毯上，竟有些巍峨的意蕴，这些心灵的果实，让我颇具成就感，不禁联想到"汩汩溪流，汇成江河"的古训，我是要从中遴选出一些篇目，汇册成集。

起初，我并没有过度留意《博尔塔拉报》在箱中的分量，或许是大文豪郭沫若先生的刊头题字我太熟悉了，就像碰见常年生活在一个大院里的熟人，不会刻意地去辨认的，我把重点放了疆内外的报纸杂志上。把一本本封面设计风格迥异，版式开本大小不一的刊物归类到一起，才发现，它们汇集的高度，却不及整箱的三分之一，其余三分之二，竟都是堆放凌乱又拥挤不堪的《博尔塔拉报》。那一刻，我的心怦然被感动了，仿佛忽然才发现这位一直在精心照料自己却从未被认真关注的亲人。我小心地抚平报纸的褶皱，按时间的先后，将它们一张一张排叠在一起，居然有一百五十多份。做这件事的时候，我就像把一支失散的队伍，重新集合起来，我是司令员，而面对的每一个士兵，都与我有着血脉的联系。

翻看最早的一份报纸，是八十年代末期的，上面有二十年前我发表的一首小诗，从报纸的字体可以看出，一定是人工的铅字排版，行株间隙，人为凿痕十分明显。或许是手工加墨不均，字体的颜色也深浅不一，时间久了，纸质开始发黄，那些墨迹愈发显出差距，让我想起被洗旧了的粗布衣物。然而，它却是我们整个博尔塔拉蒙古自治州唯一的一份公开发行的报纸，也是我们怀揣着最初的文学梦想，极力攀登的山峰。现在站在二十年后的高度来审视它，就像回想我们当年经历的贫困生活，在物质匮乏的岁月里，它带给了我们多少精神的欢愉和心灵的幸福啊！

初涉写作，挑灯爬格，望着自己呕心沥血创作出来的文字，就像在抚养一个个出生不久的孩子，总期待着它们能长大成人。似乎手抄的稿件变成铅字，便标志着它们成长过程的完成。所以，能公开发表，当然成为每个作者的倾心向往。现在想来，我当时对《博尔塔拉报》的每一次投稿，都像是很忐忑地放飞的一只信鸽，它让我等待的日子，充满憧憬。当时副刊版面很少，有时一个多月才出一期，对报纸的惦念，甚至让我对常来单位送报刊的邮递员，都产生了极为亲切的好感。终于看到自己的某篇作品跻身界面，便兴奋异常，邀来几个文朋益友，小酌同贺，同时也常为别人发表作品举杯庆祝，大家共勉。如果把《博尔塔拉报》比作一方沃土，我们肯定是正在萌动的种子，它让我们始终处在一个文学的墒情里，生根发芽。

开始有越来越多的朋友，读了文章后打电话祝贺，也因为文章，我和越来越多的作者由神交变成挚友。此时的《博尔塔拉报》，更像是一座园子，我们种植着自己的花草，也欣赏着他人的菜畦。

我开始读一篇散文，这已是九十年代中后期的《博尔塔拉报》了，文字清晰，排版规整，很突出地向我展示着"激光照排"的优势，俨然一副脱离了手工作坊的自得与欣喜。这时的《赛里木》副刊，已经固定为每半个月一期了，《博尔塔拉报》也由以前的每周三期增扩为五期，感觉它像一棵越长越大的树，能提供给我们庇荫的场所也愈发广阔。

这个阶段我的创作体裁也发生了相应的转变，由主创诗歌改向了散文写作，目光关注的焦点也从浪漫主义的抒情，走向了现实主义的描述。我们生活的城市和地域，我们生存的状态和情绪，我们身边的人文和环境，都成为思考的主题。尽管这时，我的不少作品已经开始在疆内外的报纸杂志发表，但大部分作品，只要篇幅符合《博尔塔拉报》的版面要求，我都要首先投稿给它，就像总会把喜庆的消息说给自己最亲密的人来分享那般。这时，我不但在博州的文学圈里，而且在所工作的公安系统内，名声渐起，这个荣誉无疑是《博尔塔拉报》带来的。文学创作就像在储存本金，产生的影响便是收获的利息。

我从报纸堆里又抽出一张，这期副刊编发了我一个文学专版。在一份地区的党报上，给一个本地作者发专版，这或许是《博尔塔拉报》最具特色和极具风险的举措，这种突破来源于编辑们对作者的信任和对报纸的期待。此后，副刊又先后推出了四五位作者的文学专刊，影响深远。正是这种突破，才让博尔塔拉更多的"本土作家"成方阵地破土而出，以此为基地，构筑了地域文学的城堡。

时光已跨越到二十一世纪了，《博尔塔拉报》也由以前的每期四版改成了八版，副刊已增加至每周一期，纵观刊发的作品，无论是创作队伍还是创作水平都已今非昔比，日臻成熟。我本人和多位最初都是从《博尔塔拉报》起飞的本土作者，均已加入自治区作家协会，在区内外许多报纸杂志上频发作品，在疆内文学界也声誉鹊起，2006年我还加入了中国散文学会。2007年初，由于文学的牵引，我又从公安队伍转行到了文联，完成了文学由"游击战"向"正规战"的战略转变。而这一切文学梦想的实现，都和这份普普通通的报纸密切相关，就像所有的高楼大厦都离不开最初的基石，更何况自己还远谈不上高楼。

我选出一份报纸，色彩斑斓十分引人注目，副刊选登的是我州本土画家的绘画作品，构图鲜艳，色彩明亮，让人耳目一新。这是一份2009年的《博尔塔拉报》，已是电子照排、全彩印刷了，远远看去，报纸就像着上了五彩的服装，艳丽而华美。副刊也已不仅仅是作家展示文采的天堂，它还是画家、摄影家用颜色和光影表达心境的圣地。多种艺术体裁的专刊推介，让副刊成为越来越能凝聚艺术元素的魅力殿堂。

望着一百多份不同时段的《博尔塔拉报》，感觉就是一层一层往上升高的阶梯，又像一块一块向前铺就的砖石，我们走在上面，从懵懂走向成熟，从肤浅走向深入。报纸自身也在一次次做着蜕变，从粗糙走向精美，从简朴走向华贵。

时常在想，如果生活是一条河的话，《博尔塔拉报》无疑是渡河的舟船了，我们把自己的名字和文字装载其上，然后再把它们摆渡到对岸，我们的脚步踩着自己的文字，走出一条路，走向更远。

其实，在没有路的水面，船便是一条路，摆渡着别人和自己，也摆渡着昨天和明天。

# 被家乡挽留

十年前,蔡志疆打来电话,口气大义凛然:虽然你当上了博州文联副主席,可别忘了,你是从《博尔塔拉报》起飞的。在本报创刊五十周年之际,你一定要好好写篇东西,不负恩情。说完,未等我应允,就挂了电话。彰显了一个副刊部主任应有的工作魄力,抵足之情,无须赘言。他知道,我会写;我知道,我要写。

写了《一份报纸与一条道路》,彼时,我四十出头,报纸五十岁,感觉自己是在向一个长辈汇报成长心得。

又十年。年轻的张红编辑发来微信:今年七月一日是《博尔塔拉报》创刊六十周年,如有时间,可否写一篇您与本报有关的文章,散文、诗歌都行,实在太忙,不写也没关系。并将征文启事,转发与我。恭谦之语,尽显女性婉约。此时,我五十多,报纸六十岁,都越过半百之坎,顿然有了平辈的亲近,介乎兄弟间的聊天了。

一个甲子,无论对人还是事业,都有着深刻的意义。启程之日,报纸恰如一列火车,载着一车的报人们,同舟共济、风雨无阻。人在事业的磨砺下,透射出个性的锋锐;事业在人的推进中,绽放出蓬勃的生机。到站了,有人要下,也会有人要上,但列车总是要朝前行的,这是规律,更是信仰。

常有这样的感动,站在喧闹的都市,回望千里之外的草原,仿佛只是肉身移居了出来,情感被家乡的花草耽搁了。所有的美好,被记忆养活着;所有的文字,被心胸烘烤着,不能冷却,也不敢冷却。这是从家乡带出来的温度。

有些东西,因为生了根,便留在了那里。一些人,一些事,一些不能散去的声音,一些无法长大的梦境。他们花一样,寂静地开着。即使没时常想起,也不会凋零。

印象中,整条青得里大街,只有博尔塔拉报社大楼敢身无遮拦,昂立街市,像没有合身铠甲就赤膊上阵的勇士。整栋大楼的墙面,都裹着粗糙的水泥,给人一种尚未竣工的错觉。一站很多年,不修边幅,洋洋自得,彰显了文化人的特立独行和孤傲不羁,甚为醒目。那时候,让同事代为送稿,只需说——青得里大街那幢没穿衣服的大楼,就绝不会投错。

最早认识的报社编辑,是窦伟。八十年代末,我警校毕业后在派出所工作。马所长见我常常捧着一本诗集,深表赞赏地说,给你介绍个老师,我高中同学,他可是大名鼎鼎的诗人,在报社工作。让他好好辅导辅导你,搞文学没有好老师,那是不行的。

过了两天,所长提着一个袋子,说带上稿子,去拜见老师。

在一幢老式平房前,停下摩托车。推开木门,客厅的水泥地面上覆满灰尘,能明显见一条小路,通向里屋。里屋也很乱,与诗人梳理整齐的长发形成反差。我想,诗人是不会把时间浪费在收拾屋子这些生活小节上的,所以,杂乱无章,是诗人可贵品质的一部分。所长把床边桌上的报刊稿纸推到一边,腾出一块地方。从袋子里掏出一瓶酒,几只羊蹄,一包油炸花生,边喝边把我介绍给诗人。窦老师接过我的手稿,边看边喝。晃着头说,有几句很有想象力,写得不错,可以留用。我很虔诚地向他们敬酒。充满敬仰地看两个老同学推杯换盏。

趁着他们碰杯的间隙,随手拿起桌上的一篇稿子,散文诗《风筝》,记住了作者的姓名,自来水公司的李勇。

第二天,联系上了写诗的李勇,又通过李勇,认识了写小说的王钟和郭晓力,写诗的黄萍和似水,后又结识了博州群艺馆的谭方辉老师。八九十年代,真是文学的天堂,文学青年就像地里的庄稼,青苗遍野。

拜谒诗人没多久,我的一首小诗,在《博尔塔拉报》上发表了,这给了自己不小的激励。当时,《博尔塔拉报》是全州唯一公开发行的报纸,也是我们这群人竞相投稿的园地。无论谁的作品发表,都会激发出其他人的创作动力。发表频次的攀比,成为秘而不宣的竞技。围绕着这张报纸,博州文学的圈子,在慢慢形成。

一天,张子才主编找到我,说看了我的文章,文笔很好。他提议,可以将公安工作内容与文学创作结合起来,把公安上的案件侦破,用文学的语言展现出来,读者一定喜欢。还说可以为此,开设专版。在他的鼓励下,我第一次用文学的视角,去呈现侦破的细节。《博尔塔拉报》也专门开设了"寻踪觅迹"栏目,果然获得热烈反响。此后,我利用工作优势,在全州警界采访,写出了一系列情节跌宕的侦破通讯,每月一个整版,连发十余期。很快,就成了全州公安系统的"一支笔"。沿此路数,又在《人民公安报》《新疆日报》《新疆法制报》《新疆公安》等报刊,频频亮相,自然,又成为全疆公安系统的"笔杆子"。

蔡志疆负责《博尔塔拉报》副刊之后,经常到王钟的萨朗茶社喝茶聊天,提出"赛里木文艺"副刊的办刊宗旨和文艺特色,征询大家的意见。文人们直抒胸臆,大胆构思,就像在规划自己的庭院蓝图。甚至小说家和诗人们为了凸显文种特色,争得面红耳赤,互不相让,好像退一步便有丧权辱国之耻。志疆笑而不答,专心品茗。

汲取众家之长后,《博尔塔拉报》先推出了闫平中篇小说《小城故事》的连载;又开设了包括李勇、王钟、张帆、王信国、陈晓波等在内的七八位本土作家的文学专版;再举办了面向全州的美文大赛;报纸改成彩版后,又推出了美术、书法、摄影大赛等。越来越多的目光,投向了《博尔塔拉报》,越来越好的作品,被一一呈现。同时,以县域为主的文学群落,逐渐形成。博乐、精河、温泉都有了自己的创作队伍和代表作家,各县之间相互联系、互为依托,又发扬优势、各具特色。《美在温泉》《杞乡心语》等一批表现地域品质的文章,结集出版;一批成绩斐然的本土作家,成为新疆作协的省级会员。那是一段美好而辉煌的岁月,一群充满梦想的人,围绕着一张报纸,辛勤耕耘,就像一群蜜蜂,栖落在向日葵上,酿造生活的馈赠。

到博州文联工作不久,蔡志疆找到我说,以前你是警察,一个人写东西可以。现在你是文联主席了,要让更多的人写东西,要培养出更多的作家,才是主业。

我听出了话里深层的意思,故作疑惑地盯着他问,那你说如何做?

他兴奋地递过来一个策划方案,我们报社和你们文联合作,搞一个中小学作文大赛。写作人才,要从娃娃抓起! 我们出版面,你们负担大赛奖金。

好创意,一拍即合。两只手,紧紧握在了一起。一个字:干! 我俩都是想在朴素土地上开出花朵的人。

但支撑一个"干"字的,是厚厚的奖金,钱从哪里来? 文联真的是"一穷二白",账上没有一分钱。我凝视墙角木质文件柜侧面那行"下定决心、不怕牺牲"的语录,给自己增加信心。咱没钱,可以草船借箭。跨上自行车,直奔几家熟悉的企业。为了孩子,不丢人。

一周后,两家企业赞助到位。由州报社和州文联联合举办的"全州中小学生作文大赛"拉开序幕。

年末一统计,收到几十所学校的近千篇作文。经过专家认真评选,确定了各项奖项,又举行隆重颁奖典礼,州领导、主办单位、赞助单位的负责人,担任颁奖嘉宾。该项活动,影响之大,反响之好,都超出了想象。好些企业找到文联,提出要冠名赞助。原来的两家赞助企业,更显振奋,表示坚决支持,一干三年。

那天晚上,志疆和我都醉了。直到子夜时分,小餐馆打烊。我俩相互搀扶,蹒跚在青得里大街上。两个醉鬼,还在喋喋不休,东一榔头西一棒槌谋划着第二届作文大赛的场景。行至西迁广场附近，忽见一小酒馆红灯闪烁。坐定包厢，几瓶啤酒，一盘蚕豆，继续举杯畅饮，描绘未来。那是一场，英雄得志的高亢，高山流水的宿醉。

直到2012年我离开博州，到首府工作。直到2017年接到志疆病逝的噩耗。一直都认为，距离和阴阳只是一个幻觉，我依然在这里，志疆依然在这里，没有谁离开，因为报纸还在，我们的事业还在。

我们都是一群被家乡挽留下来的人，在言语里，在记忆里，在文字里，甚至在挑剔的舌尖上，都住着一个不走的家乡。

我经常把自己的名字种进《博尔塔拉报》的土壤里，就是想说明，从根里汲取的，是你的芬芳。

# 情 缘 上 海

## 邻　　居

　　母亲才从上海回来,说见到黄德祥了。就是打井队住我们家隔壁的上海知青,个子瘦高的,教过我数学。或许看出我眼里的一丝犹疑,母亲赶忙将地域和外貌并列调动出来,定位于我记忆里的坐标。其实,她刚提到这个名字,蛰伏已久的信息,就迅速跨越了三十多年的鸿沟,跳跃出来,追赶上了一个头发乌黑、眼睛明亮、爱穿一身干净衣衫的上海男人。"我们一到上海,他就到飞机场接我们了,还约了一大桌人陪我们吃饭,都是八十九团的上海知青。几十年没见了,我都认不出来了。"母亲说这些话的时候,一定把自己的视野放在了三十年前,记忆在这些人走了之后,就不再成长。人物和事物一直保留着当时的状态。母亲用过去的细节来测量当下的境况,自然会南辕北辙。所以,就人的生理而言,岁月永远都是记忆的敌人。

"黄老师不让我们住宾馆,就住在他们家里。"母亲所说的我们,包括姐姐和姐夫。我知道上海房价寸土寸金,一般工薪阶层,都不会太宽敞。一行三人住在上海人家,没一些深厚的交情,是难享此殊荣的。

在童年的脑海里,上海只是一个词。由于大白兔奶糖、甜味酥饼和芝麻饼干等诸多让我们望尘莫及的美好食物,与之产生了亲密的隶属关系,才让我对这个词充满了柔情蜜意。

康康是黄老师的小儿子,四五岁的他,总能穿一些花枝招展的新衣服,在一个比他大一倍且衣衫破旧的男孩子面前招摇过市,让我对自己身上颜色各异的补丁,充满痛恨。相对于服饰而言,更让我关注的,还是他手里紧攥的牛奶糖纸。贫瘠的生活,让我们的味蕾对甜蜜的味道,充满渴望。我猜想他口袋里还静静躺着几粒奶糖,舌尖就无法控制地泛出一些涎津。我咬牙从柳筐里掰了一块刚出锅的大饼,要跟他交换。康康凑近看了看白面和玉米面各半的混合食品,迅速跑回家,待折返时,嘴里已经将一块芝麻饼干,嚼的风生水起。通过食品,我第一次感受到了上海和新疆的巨大差距。

终于用捡废铁的钱,买了一本连环画书,康康缠着要看,我让他用一粒奶糖交换。他翻遍了所有口袋,将它们掏出体外,却空空如也。嘴在不停地嚼着,还不时地吹出泡。我只好屈就尺度,说嘴里的也行。康康看着画书的封面,犹豫了半晌,咬了一半给我。我用凉水冲了冲,放进嘴里,嚼了半天,问咋不甜?康康说,这是泡泡糖,是用来吹泡的。十一岁的时候,我才知道,世上还有一种没有甜味的假糖。

通过讲故事,看小人书,玩游戏等诸多手段,我陆陆续续从康康手里骗得了不少来自于上海的美食。虽然，还没有长大，康康一家人就返城回了上海。但正因为几年的邻居，让我对一个很远的模糊的地方，产生了清晰的认知。从那时起，在我隐秘的童年生活里，上海成为了一个无法言说的意境。

在我后来的初中、高中学习里，有不少上海知青教过我。让我一以贯之地对他们抱有美好的印象。干净、儒雅、有情调、讲品位。他们无形之中，成为兵团风尚的引领者，也成为平凡生活里，折射出来的亮光。

对于上海，内心的抵达要比身体，整整早了三十六年。

# 蛙　声

阴错阳差，工作了快三十年了，居然从没有去过上海。听到这个消息，许多看我的眼光，从惊诧很快就演变成了同情，仿佛我的人生布满了与众不同的缺陷。所以，当新疆作协董立勃主席谈到第五期上海作家培训班时，我强烈要求参加了。

一个月前，接到通知时，居然有了一种久违的心动。

在飞机上，我总是想到朱锦老师。他一直教到我们高中毕业。直到退休了，才和爱人返回上海。到虹桥机场驱车一百多里，来到位于青浦区金泽镇的上海作协写作营基地，我们新疆的20位同学，着实被小院子优雅的环境所折服。郁郁葱葱的灌木，修剪出的几条植物墙。绿色掩映之中，几幢古色古香的平房，垂钓者闲适的阳光。院子前面一池水塘，周边是开阔的湿地。院子后面十几米之遥，有一条河，水在静静流淌。我问营地肖老师，河的名字。他稍顿一下，摇了摇头，又补了一句算是回答，这条小河是流向淀山湖的。一条几百米宽阔且水流丰沛的河流，轻易被人忘记，唯一的解释就是拥有的水源太多，就像我们新疆人记不住房屋外的戈壁或者沙丘的名字一样。

我们是一群命里缺水的学生，西部的荒漠和风沙几乎吹干了眼里的潮润。对事物而言，水就是生命，就是柔美，就是希望起点。而青浦写作营与水如此之近，以至于觉得房屋的地基，就建立在河滩之上。我的宿舍靠近河边，一个常年习惯了干燥的睡眠，居然离水不足二十米，这是从来没有经历过的亲近，它让我担心会不会酣眠后，一翻身，就把脚伸进了河里。

夕阳下去之后，院子前池塘里的蛙声便开始了，起初零零星星，可有可无，像是演出前的调音，却有了一种水淋淋的清脆。蛙鸣搭建起了一条通道，很快就将我的记忆，推进了儿时的往事里。七八岁时，曾跟着一个远房表哥去艾比湖湿地的池塘抓青蛙。那时生活很艰难，表哥说这是田鸡，可好吃了。在我有限的知识层面里，无论如何也无法把青蛙与鸡联袂在一起的。但却抵不过表哥对肉香的描述，我兴奋地参与在行动之中，并负责打手电。历时太久，许多细节记不大清楚了，但蛙鸣却一直在心头萦绕。每每听到，都觉得是在控诉，讨要说法。我总会充满愧疚地低下头来。所以，工作之后的餐桌上，我绝不会去吃蛙肉的。

蛙鸣属于乡村，属于池塘，属于绿色环保，属于童年不绝如缕的歌谣。当然，也是被城市溺亡的乡音。

随着光线的越来越暗，蛙鸣却在渐渐增强，像荒原上被几星炭火点燃的枯草。起初只是一个角落，青烟漫起，后来虽然扩大了些区域，也只是些忽明忽暗的红碳。而夜幕的降临，无疑是浇下了一瓢汽油，"轰"的一声，火苗串起，火势蔓延，迅速成燎原之势。最后形成风起云涌，排山倒海之势。蛙鸣已将整个池塘烧得通红，火焰在水面上舞蹈。

我坚持认为，一定是这些极具灵性的天降神物，瞧出了我们这些新疆人的端倪，故意显摆，让我们无论如何也不能不对这些湿漉漉的水生音符，产生动容。

一个月的学习时间,都会枕着蛙鸣入睡。一想到这些,就觉得好像自己中了大奖,有一种恍如仙境的幸福。我想,无论在新疆还是在上海,蛙鸣无疑是乡村留给我们听觉的一种奢侈。

确实令人惊喜,在上海,在青浦,在文学写作营,一个静谧、葱茏、幽雅的世界,与蛙为伍、与河为伴,聆听文学,享受田园。仿佛这里不是人口千万的上海,而是失散多年的桃花源。

晚饭后,出门到文学营门前的公路散步,走了半个小时,身边居然没有经过一辆汽车。这让我们有了一种在乡村泥土路上随性徜徉的安全感,偶尔会在茂密的林隙间,漏出几声狗叫,也只是短暂的停留,就被蛙鸣盖过了。似乎这几公里绿色步道,是用蛙鸣刷出来的,鲜嫩翠绿,晶莹剔透。这样的心境和感觉,当然要留在文字里,当然要留在生命的历程里。

当我正在描述这种心情的时候,蛙的鸣叫更加声嘶力竭了。不得不承认,这种具有天然通灵特性的动物,一定洞穿了人类的某些秘密,因此,他们的合奏,才如此气宇轩昂,如此荡气回肠。从教育角度来说,如果优秀的孩子都是鼓励出来的话,那么从文学的角度来说,嘹亮的蛙鸣,应该由文学的审美,赞扬出来。

然而,蛙是不懂文学的,它只是竭尽全力展示自己歌唱才华,或许是为了引起雌蛙的共鸣。难道一个作家的作品,不是一次蛙鸣?

忽然觉得,每一只生活在上海青浦写作营池塘里的青蛙,都在彰显自己的才华。

## 雨　　后

雨是在下午课的时候落下来的。或许是上海大学教授葛红兵老师创意写作课程,讲得太精彩啦,坐在窗边,我居然没有感觉到。直到樟树叶子将雨的喧嚣,扩充了很大的分贝,听觉才被叫醒,回头看时,外面世界早已浸透了。

下课之后的雨,变得小心翼翼、轻歌曼舞,只是不经意间,才觉得有微风把斜斜的水雾,送到面颊。有些湿意,却又不冰凉。对上海不由赞叹,雨水竟然也如此精致。很容易联想到他们精致的生活,即使宴请,也会让摆上桌的每道菜,无论色泽还是造型,都小巧而美奂,引得内心,生出许多感动来。

文学营的小院子,有一个精美的露台,上铺实木地板,摆放几把藤椅。撑开的太阳伞和盛开的月季相映生辉,艳丽的花瓣上挂满了雨露,仿佛这些花儿刚刚集体被某件事情感动过。捧一本书,坐在藤椅里,身后被一片老树荫佑,眼前被一群花朵簇拥,即使不是在真的读书,你也觉得自己馥郁清香了。这样的环境,不能不使人安静下来,它给你所营造的优雅,只有读书才能与之相配。所有的庸俗,格格不入,哪怕你有一闪念的邪念,都愧对一朵花的芬芳。

雨停了,出门散步,连续路过几座几十米长的小桥,发现桥头都竖有一块牌匾,端端正正写着桥的名字,前一个叫"水车港桥",中间一个叫"夏田港桥",最南边的叫"夏天江桥"。桥相距都不远,坐落在蜿蜒的几条河叉上,依据经验推测,它们应该是一个水系。细细阅读这些名字,都有些清淡的诗意。

终于走到宿舍背倚着的那条河上了,顺水望去,至少有三四百米宽度,倘若在新疆,这无论如何也算是一条有影响力的大河了。可在上海,却跻身不了有名的行列。在此生活多年的老师,都叫不出河的名字,他们对河的轻待与无视,让我们这些缺水的心灵,深感惋憾。想起儿时的邻居,他父母一口气生了十一个孩子,最后连父亲都懒得费力气取名字了,就从三毛四毛往下排,一直叫到小毛。在新疆,我们甚至会把十几米宽的溪流称之为河,而且都要取一个响亮的名字,方圆百十公里的人,都以河为豪,津津乐道。新疆人,从内心深处,对水是充满敬意的。到了上海才发现,这里百十米宽的水流比比皆是,水的流向和丰盈,忙碌的人们无暇顾及。虽然人们对河流的命名,不甚热情,却对每一座桥毕恭毕敬,哪怕只有几十米的桥梁,都会逐一命名。或许是对人力的推崇吧,桥是人力所致,付出了心血。而河流则倚天所赐,与人的行为毫无关系,因为不劳神,所以不关心。

我所经过的这座百米大桥,气势恢宏,质地坚固。靠南桥头的水泥牌匾四方四正镌刻出"莲西大桥"几个楷体。按照桥随河姓的传承,这条河是不是该叫莲西河吧,我权且以此命名。

走出去三里多地,居然都没有见到一家商店。同学任茂谷说,过了莲西桥,再往前走一里地,就到金泽镇,那里有商业区。

我站在桥头回望,能看见一片高大茂盛的林木区,茂谷说,那就是文学营。它深陷在绿色里,像一只蝴蝶被淹没在花丛中。远远看去,小院的绿色甚至比周围的景物,更绿也更丰满。

雨后的河面,几乎看不出水的流淌。远处几叶小舟泊在中央,时而见到有鱼竿甩出。忽然候觉得,这时候能不能钓上鱼已经不重要了,重要的是,这种类似于归隐的垂钓,让当事者找到了一个退出时代的方式。远方繁茂的树木和天际的流水,是垂钓者的背景。近处花丛掩映的青砖绿瓦和鸥翔鹭鸣,是垂钓出的诗意。这里离我想要的生活如此之近,轻易就能进入缠绵悱恻的唐诗宋词里。江南的婉约,或许就是雨水酿造的吧。

我的心顿然柔软下来,在看不见钢筋水泥和霓虹闪烁的倒影里,我开始相信这个世界的美好,开始相信未来。在青浦,在金泽镇,这一方属于上海的土地,至少在今天,挽救了一个人的内心的美好,和对未来的憧憬。

# 大　厨

昨天晚上，主管我们生活的肖日文老师找到我，他说你是班长，找几个有代表性的同学，一起座谈一下，看看我们的伙食，还需要哪些改进？说实在的，我觉得已经十分完美了，幽静的院子，花草茂盛，每天被鸟声唤醒，空气湿润而清新。一日三餐丰盛多样，许多女生幸福得就像蝴蝶的翅膀，在花蕊间不停颤动。不知道回疆之后，如何调整。再让我们提出改进要求，有些接近无耻了。肖老师却很认真，坐在教室里，把两个大厨和负责伙食的张主任一起叫来，让新疆班的学员每个人至少谈一个改进想法，不能说好的。我只好说，把一道菜，炒辣一点，新疆人口味重。周军成说，把甜味稍微降一点。雅楠说，能不能炒个新疆辣子鸡，多放些辣皮子。牛厨师说，辣皮子是什么？我说是晒干的红辣椒，这下他听懂了。接着厨师又很认真地问我，用老母鸡炒还是用小土鸡炒？我顿住片刻，用小公鸡吧！问题终于解决了。子茉说，明天能不能吃一顿拌面？肖老师稍有为难，说上海人不会拉面，水面行不行？周军成说要吃干面，汤面不行。我问肖老师：

"什么是水面？"

"就是机器刚压出来的，没有干的面。"

"那可以，是面就行。"

本以为这个问题可以圆满解决了。年轻的刘厨师插了一句，你们新疆的拌面菜，怎么炒？

我仔细将辣子肉、芹菜肉和西红柿炒鸡蛋的操作方法讲完。肖老师一拍大腿，班长，明天你早点下课，亲自掌勺。见我没反应过来，他又补了一句，我们后厨不让一般人进去的。让我觉得，自己获得了某项殊荣。牛厨师老谋深算地看着我，慢悠悠地说，你是五期新疆培训班里，唯一到后厨炒菜的人。

葛老师上午的课，在十一点一刻结束了。我赶到厨房，两位厨师正在和服务员聊天。一副事不关己的样子。见我进来，牛厨师兴奋地站起身，指着案板上的几个盆子说，"看，都给你准备好了。"

对于美食的评判，我更像文学批评家，可以对作品评头论足，但要实际操作，还有不少距离。但我又不愿服输，虽然为此吃过不少苦头，但一到关键时刻，就奋不顾身了。

九十年代初与妻恋爱时，第一次到她家。岳母问，会炒菜不？我毫不犹豫就点了头。可当时，我连锅台都没摸过。但必须勇于担当，一则我刚进城工作，好不容易才谈上一个城里姑娘，不能因为这个缺陷，被岳母看扁。二则，因为在小餐厅包伙吃饭，常常看着陈师傅炒菜，对程序早已了然于胸，也想牛刀小试，以增加自己的分值。岳母从筐子里掏出几个土豆，我以为会有擦萝卜丝的工具，岳母却递过来一把菜刀和一块磨刀石，然后转身到客厅看电视去了。我只好一边回忆陈师傅的动作，一边现场模仿。切好菜刚放进盘子，女友进来，惊呼，你这刀工！比土豆条还要粗，咋能炒熟？对土豆丝的粗细，我本身就不太确定，女友一喊，我只好一根一根重新摆回案上，再往细里切。终于规整的差不多了，我问，葱姜蒜在哪里？女友很奇怪地瞪着我，要那些东西干什么？我们家从来不吃，放盐就行了。我一下蒙了，但很快镇定下来，箭已在弦上，这盘菜，恐将是此生最重要的挑战了。狠狠咬了一下嘴唇，谁让咱遇到的是根本不按规矩出牌的人家呢！

往锅里倒油的时候，女友说，少一点，油多了对身体不好。我回望一眼，只好减少了三分之一。按照思维定式，葱姜蒜应该成为主菜入锅之前必经的程序，我已经熟知了这条道路，它会引领我抵达想要的结果。可是离开了这些应有的元素，我就进入了一条不可控的通道。首先锅里的油开始冒烟，不知道先要放盐，还是放菜。土豆丝进锅之后，放不放酱油，什么时候放盐，都得听女友的安排。待到蓝烟升起，女友才尖叫着，赶快停火！加点水！为时已晚，土豆条已经烂在锅里，黑魆魆，浊乎乎，品相极差。关键还不止这些，由于紧张，又有人瞎指挥，手忙脚乱间，菜里放了两道盐。

土豆条端上桌的时候，岳母蹙了蹙眉头。我赶紧尝了一口，不但齁咸，还一股煳味，的确难吃。一人做事一人担。我把一盘菜全部拨进自己的饭碗里，以极为愧疚的心情，低头勉力吃完。整个下午，口在不停地喝开水，胃在不停地泛酸水。自此，土豆成为被胃强烈排斥的菜肴。或许岳母正是看到了我的担当精神，才得以让后面的故事延续。

此次在上海文学营下厨，是不太怯场的，二十多年的家庭生活，虽然下厨不多，但炒几个拌面菜，自以为绰绰有余。靠近灶台，面对大锅，心里却慌张了。在家里，只是两三个人的小灶。这次要完成的却是二十多个人的午饭。关键是二个厨师和服务员都围在身后，很谦虚地看着我，口口声声要跟我学炒新疆拌面菜。没有退路，抱着一只羊也是放，一群羊也是放的心态，我把油倒进锅里，再把肉放进去，才发现是猪肉，此时已顾不得材质了，大火在锅底烧着，其实也是在我的心上烧着。我又开始手忙脚乱了，好在有三个下手，葱、姜、蒜、咸盐、酱油、味精伸手就会递过来。牛厨师说，刚才你倒的酱油是调色的，不是调味的。赶快拿调味的来。再倒进锅里。味是调好了，菜却成了酱黑色，把我心里预期的鲜艳色泽全部掩盖。尝了一口，好在味道已经接近新疆的拌面菜了。

炒完两个菜，赶紧离开后厨，怕被大家发现。想躲在暗处，听听同学们的评头论足。

午饭时间到了，大家一拥而进。几盆菜很快拌进面里，一片呼啦之声。

没有任何人对菜品发表言论。来晚的陈颖，终于看到盛菜的盆里，还有少许菜汤,索性将自己的半碗面,直接倒进菜汤里。

此时,我悬着的心,终于放下了。

# 山　深　村

我现在已经习惯于朝这个方向散步。从文学营出来,向左拐,路牌上写着深山支路。这是一条林荫大道。柏油路两边是间隔种着油菜和蚕豆,快成熟了。尤其是油菜,枝干上结的油菜籽,已经开始泛出淡黄色。不时能看到一些老人在地里,或者弯着腰拔草,或者采摘一些豆荚。有时还能碰到骑人力三轮车的老人。上坡时,身子左一扭右一扭,费力地蹬着脚踏板,能听见链条吃紧时发出的嘎嘎声响。

往东走大约四五百米,有一条朝南拐的乡村小道。说是小道,其实也被水泥硬化了的,干干净净,平平整整。路两边则是茂密的林木。左边有许多玉兰树,枝繁叶茂,不时有鸟雀在林间穿飞。靠前还有个葡萄园,藤蔓已然密织在一根根木架之上。右边则是清一色挺拔的水杉,水杉后面是一个很大的园林,密密地长满了各种植物,园林的大铁门挂着一块铜牌子,写着"上海映绿园林有限公司"。

顺着水泥路走大约七八百米的样子,就可以看见一个被河流环绕的村庄了。我说的村庄,也仅仅指名字上的归属,透过房屋的建设,早已颠覆了我们习惯的定势。整个村子全部都是别墅式小洋楼,高的三层,矮的两层,两条小河从村子穿过。跨过几十米长的南水港桥,就进入了整个村子的中心。可以看到沿着河岸,每家的小码头前,都静静地泊着一叶小舟。有时还会看见某位村妇,蹲在岸边,从河里轻轻扯出渔网,慢慢摘下挂在上面为数不多的鱼虾。这种江南水乡的特质,一下就能打动你的视线。尤其是,当一群鸭子游过,它们滑动的脚蹼,将平静的水面渐次荡开一道道波纹，你会觉得时间也沉溺于这种安静和悠闲里了。在散步的过程中，我们碰到了村长。他说这个村子大都剩一些老人了，守着这个家，年轻人都到外面或工作或打工，最多把自己的孩子送回来，交给老人。

不少老人独自闲坐在楼门前，他们看我的眼神很友善，他们冲我点头，他们微笑。我猜想他们也把我当成了一个外来的打工者，他们一定希望自己的孩子行走在外面，也能够多得到一些友善和微笑。在村委会门口，聚集着更多的老人，那里有一个文化活动室，他们围在一起，谈天说地。这些人们几十年都生活在一起，他们一定记得彼此年轻时的样子，在相同的岁月里，经历过他们自己才会共有的苦乐年华和人生记忆。这是一群没有陌生、没有隐私，甚至没有所谓个性的村民。他们是这个村庄变化的记录者，是这个村庄时间的记录者，也或许是这个村庄最后的守望者。

这里每户房子的间距靠得很近，致使能行走的空间变得很窄，宽处不过三五米，窄处甚至不到两米。我经常会在窄巷里碰到一两个老人推着婴儿车，车里坐着东张西望的孙儿。

我手机的计步器显示，环山绕村一周，长度大约有2300米，村庄还不算太大。即使不大的村庄，也会觉得空空荡荡。即使晚饭后，散步至此，也没有农村鸡鸣狗叫的浓郁的烟火味道。虽然一幢幢楼房都盖得华丽气派，由于缺少了人气，让这些华丽变成了孤芳自赏。

走出村头，时常能看见三个约60多岁的妇女，在清扫通向村里的柏油路，她们头戴草帽，手持扫帚，一下一下将路面的尘土和落叶扫到路基下面。路南侧是一大块成熟的油菜地，三四个人将地里搭架子的竹竿艰难拖出来，一根根摆放在路上，捆扎好之后，放在三轮车上，一个人骑，两个人推，艰难地走向村子。经过我身边时，我看到他们草帽下花白的头发，和看我时浑浊的目光。

我的心痛了，为这些老人的艰辛，也为这个村庄的未来。

# 室　友

　　我们刚到上海作协文学营时，主管生活的肖老师就把一串钥匙交给我说，"班长，总共十个房间，你们刚好十男十女，你来安排。"钥匙递给我后又补充了一句，"对了，昨天已经提前来了两个人，他们各自占了两个房间。"因为一路飞行，大家都较为熟悉了，纷纷结对而去，刘永涛说他和提前到的李健熟悉，俩人拉着箱子走后，车前只剩下一个瘦瘦的年纪很小的男孩。他说，我是昨天到的李子麒。我看了一眼手里的名单，找到记录他的身份信息，98年的孩子，只比我女儿大一岁。我说，咱俩一个房间。他伸出手来，要拉我的箱子，我说不重，自己来。又过来一个男子，拉着我的手说，"主席，我是子麒的父亲李凤义，请你多关照。"

　　进了房间，安顿好后，子麒父亲把我约到室外，告诉我孩子很多舛。13岁遭遇车祸，医生本来已经判了死刑的，结果孩子顽强活了过来。医生又说站立起来的可能性很渺茫了，结果孩子在卧床一年多之后，终于站了起来。不幸的是，孩子的母亲，去年因病去世，这对孩子打击很大，一直辍学在家。因为身体还没有完全恢复，不放心，才来陪读的。又告诉我，几年前因为瘫卧在床，孩子开始读书和写作，十四岁时，以自己的生活经历为主，完成了一部长篇小说，书名是贾平凹题写的，书序是赵光鸣撰写的。此次能来上海文学营，也多亏了赵光鸣主席的力荐。李凤义的描述很简洁，没有过多的渲染，却让我对这个几乎比自己小两轮的孩子，充满了敬意。再进屋来，子麒拿出自己两部长篇小说，毕恭毕敬递给我说，请主席指导。我赶快接过，也把自己带的两本散文集，同样诚恳地送给子麒，我告诉他，这么多年，他是我同宿舍最小的同学，或许这种老少搭配，是我生命里，绝无仅有的。

孩子单薄而高挑,阳光而自信。没有病愈后的慵懒,也没有劫难后的自哀。尤其是晚上的睡眠,安静得像一只小猫。我知道自己有鼾声的毛病,生怕影响了孩子的睡眠。每每睡前都要看书,等到孩子睡了,才关灯。又经常半夜惊醒,担心自己的呼噜折磨别人。侧耳聆听,却无任何声响。第二天醒来,子麒说,"早上好!"我问,"呼噜声影响你睡觉了吧?"他轻松地摇摇头,没有,我爸也打呼噜。

子麒的父亲安顿好他之后,本来是要到附近的镇上找一家小宾馆住下的,文学营的徐大隆老师听说之后,坚持让李风义和自己同住,说这样不但方便照顾孩子,也可以和大家一起吃饭,没有必要多花那些钱。我看到风义握着大隆的手,眼圈微红。

孩子每天回到宿舍就在电脑上写东西,他说自己已经和几家文学网站签约了,要履约完成每天的任务。可以多挣一些钱,填补家用。他的第三部长篇小说已经写完,几家出版社让他写出故事梗概,计划支持出书。稍有闲暇的时候,子麒会主动和我探讨一些文学创作的困惑,我发现他对事物的认知和判断,远非其他17岁孩子所能抵达的。这让我时常想起自己17岁时的往事。在新疆兵团偏远的连队,母亲的几十元工资不足以养活我们一家五口,周日我就扛着工具,帮别人筛沙子,一方挣三块钱,交学费。去和泥巴打土块,帮家里盖小屋子。用铁锹翻地,给自家菜园种蔬菜。拿着柳筐,到收割完的麦地里捡拾落下的麦穗。这些当初苦难的经历,不但教会了吃苦耐劳,还让内心明白了耕耘和收获的关系。从这个意义上说,苦难永远都是成熟的老师。当然,没有谁愿意追求苦难,但作为一个男人,我们更要有勇气承担重担。

子麒的网络技术很好,我的电脑稍有什么不适,只需要几下,就可以搞定。他在网上和朋友聊得非常开心,会经常听到他哈哈大笑。由于大病初愈,仔细观察,依然能发现他走路时,右腿还有些微跛,腰也有些佝偻。但眼神明亮而清澈,表情温和而谦卑。

几天前,女儿打电话来,我专门讲了子麒的情况,让她以这位小哥哥为榜样,自强自立,百折不挠。女儿沉吟片刻说,既然老熊同志都说这孩子好,那就让他加我QQ吧!我可以会会他。引得我一声长叹,家庭环境太好了,孩子就不知道天高地厚了。

我得把子麒的两本小说带回去,让女儿读读。透过文字了解一个人,要比口述的结果,有力量得多。

今天晚饭,大隆老师说,这几天晚上,他一直在给李风义谈小说创作,风义说收获很大,自己也有了文学创作的冲动。我说太好了,说不定我们这一期会创造一个奇迹:新疆作协派来20位学员,结果培养出来21位作家。

说这话的时候,忽然想到了北宋的苏洵和苏轼父子,是毫无征兆地想到他们的。难道记忆在告诉我,许多故事是可以模仿的吗?

# 上 海 知 青

此时,我正在繁华的上海,在肇嘉浜路的明珠大酒店1417房间。夜幕已经散漫下来,透过14楼的视线,我可以看到霓虹的闪烁,车灯的流淌。这是一个高楼林立,淹没了视线的城市。这是一个车流如梭,渺小了行人的海洋。我才从沉醉中醒来,写下今天的记忆,也写下我记忆中那些温暖的面孔。

我来上海之前,母亲电话里对我说,一定要请黄老师夫妇和赵老师夫妇吃饭,说上半年自己来上海时,一周时间都在这两个老师家里食宿的。母亲还说了他们在疆时的邻里关系和情感依恋。

这些人都是六十年代的上海知青,黄老师还是我们家的邻居,许多都是我的老师,他们从八十年代初到九十年代中期,陆续回到了上海,回到了他们出发的故乡。

一个月前，来上海作协参加培训，刚到，我就打电话给朱锦老师，说我想见一见老师们，前期学习较忙。29号有空，我来安排，聚一聚，让他来挑地方。朱老师很激动，说我住的酒店就是市中心，就在附近最好。说他一定通知到老师们，一定参加。我定在了离酒店不远的上海1号。28号，朱老师短信告知我，已经通知了12位，都要参加。

睡前，我将时间调到10:30分，怕自己起晚。

心里有事，不到十点就醒了。洗漱完毕，上街吃了碗牛肉面。看看快十一点，便慢慢往上海1号走。刚到附近，一阿姨问我，上海1号怎么走？说有人请她来吃饭。我看上去隐约面熟，问是不是朱锦老师约的？她惊诧地看了我半天，点点头。我说就是我请老师们的，我是89团的。她立马热情起来，说自己是马全州的爱人吴老师，我知道马全州是我们89团医院院长。早年去广州，现在已是广州某医院的著名的外科主任了，吴老师虽然没有教过我，但依然有些印象。

不到十一点半，几乎所有人都到了。杨妙芳老师还是那样开朗、热情，我一眼就认出了她。她让我一个一个猜其他老师，相隔几十年，我只认出了原农五师《战旗报》的余丰主编。大部分都认不出来了，或者头发花白，嘴唇干瘪；或者龙钟老态，步履滞重。经过杨老师一一介绍，记忆才与他们留给我的少年影像，勉强对接，却难以统一了。记忆依旧保存着他们极富知识才华和人格魅力的景象，而后时间割断了延续的环节。直到三十年后，突然面对他们的暮年。我有些心酸，对往事，也对生活的波澜。

响应党的号召，他们大都是1963年~1966年来到农五师89团的，大的不过20岁，小的不到18岁。从人头攒动、车流如梭的上海，一下坠落到了芦苇遍野、荒无人烟的戈壁，其中的绝望和落差，岂非文字所能抵达。他们却像红柳一样，不但扎下了根，还在改变着周围的环境。可以说，是上海知青，改变了我们这一代兵团人的知识结构和生活趋向。

老师们聊到了我的父亲，说他是一个医术非常高明的连队卫生员。

说从来不让人吃药,有病了只需要扎几根银针就好了。一头白发的汤老师说,我孩子拉肚子到医院治了一个星期都不好,找到你爸爸,他在孩子左手的五个指头上扎了五针,两天就好了。顾老师说,我当时是六连的会计,你爸爸是六连的卫生员。薛老师说,我的两个孩子,都是你爸爸接生的,那时候哪有妇产科?卫生员什么都干。他们在谈我父亲的时候,我是骄傲的。尽管父亲所做的这些事,我一无所知。几十年了,依然能被人记住,应该不是为了一件事情,而是敬仰一种品德。就像我记住我的这些老师一样,不是哪一堂课,是他们几十年如一日的孜孜不倦,是他们二十岁到五十岁期间的青春和智慧,与我有了亲切的分享。我的知识里,有一部分是他们教的,我的记忆里当然也有一部分是他们。

在与他们几个小时的聚会里,谈的最多是新疆,是兵团,是他们生活了二三十年的89团。他们极少谈上海,谈现代的繁华,谈生活的困境。他们告诉我,上海知青有一个联谊组织,经常一起聚会,他们有共同的记忆和语境,大家相互扶持。

从我的生命历程之中,我应该感谢这群上海知青的老师们,教授我知识,教会我生活。但从他们的个体而言,却又饱含着命运的悲剧。新疆和上海,分割了他们的生活和情感,也销蚀了不能回归的青春。他们回到了故乡,记忆却被新疆收藏了。在上海,他们是一群身份不明确的人,在植物长根须的时候,他们被移植到了漠北,他们的根不在这里。而如今,他们的枝干回来了,这是他们内心朝阳的方向。却发现,除了语言和面孔,这座城市与他们相距甚远。就像松树干上的结疤,坚硬、顽强,却与整体木质,格格不入。

我感谢他们,因为我的生命里有过他们给予的温度。这个世界也应该感谢他们,因为他们用唯一的青春,填补了那个年代的荒凉。